「兄ちゃん、行ってらっしゃい」
「行ってくる」

「わたくしは門のカメレオン、
ジュールラックと申します。以後、お見知りおきを」

「はい、ポルカ村のリヒト、認証完了です」

「追撃だ」

tensai majutsushi wo
otouto ni motsu to jinsei wa kounaru

天才魔術師を弟に持つと人生はこうなる I

—著— 江崎乙鳥

—イラスト— ox

author itcho esaki
illustration ox

contents

目次

tensai majutsushi wo
otouto ni motsu to jinsei wa
kounaru

プロローグ

ヴォルフは焦っていた。

息子のように手塩にかけて育ててきた、愛弟子の検査の日が目前に迫っていたからだ。

（この子は国に取り上げられてしまうだろう）

狩人の直感が確信めいてそう告げる。

そのくらいルカの弓の腕は卓越していた。

まだ十二歳。強い弓を引くには体の成長を待たねばならない。

しかしだからこそ、威力を補うための、急所への正確な射撃は磨かれた。

村を見下ろす山の中腹、冷たく深い茂みで、二人は息を潜めていた。視線の先には狙いの獲物がその臆病を振りまくようにたどたどしく歩いていた。

コビトジカはここいらに生息する、名前通り小型の鹿だ。成体になっても兎を二回り大きくした程度にしかならない。数こそ多いが警戒心が強く、少し風が枝葉を鳴らしたというだけで飛ぶように逃げるので、コソ泥鹿とも呼ばれていた。

狩りに肝要なことは待つこと、そして機を得たら決して逃さないことだ。

年の割に凛々しい顔を引き締め、息を詰めて矢をつがえる。

弦を引き絞る乾いた音が小刻みに上がり、やがて一点に狙いが定まる。

彼の目は現在《いま》ではなく刹那の先の獲物を見ていた。

命乞いをしていた短弓は許され、射出とともにその身を翻して息を吹き返す。

濁った短い悲鳴を上げて獲物は転げた。

ルカは飛び出して行って近距離で矢を射かけたが、もう動きが鈍いと見るや腰に提げていたナイフでとどめを刺した。

（これで三頭連続、目だけを射抜いている……）

動いている獲物の極めて小さな急所だけを射るのは異常だ。この天才に、自分の技術のすべてを教え込むのには、圧倒的に時間が足りない。

すでになんらかの〈恩恵〉は与えられているはずだ。

それを官吏に調べられる日が、もう明日に迫っているのだった。

第一章

tensai majutsushi wo
otouto ni motsu
to jinsei wa kounaru

ルカは五歳のときに狩りの師匠であるヴォルフに引き取られた。

親や家族がみな死んだというわけでもなく、山を下りれば村に両親と兄、弟が暮らしている。

ルカはこの世界ではずいぶんとまれな見た目に生まれてしまった。白髪白皙《はくせき》、かすかな紫の虹彩は、どれひとつとして村にはない色だった。

田舎の小さな村だ。物心つく前から当たり前のように差別を受けた。全員が全員、罪もない幼子に冷たかったわけではない。しかし村では村長に次ぐ立場に当たる、自警団の長がルカを忌《い》んだ。そのため決して少なくない数の彼の下の者どもも、かかわりを避けるようになったのだ。

春の花まつりで子どもに配られる菓子を一人だけもらえずに、村はずれの木の根元にぽつんと座っているのを見つけたのが、流れ者のヴォルフだった。

ヴォルフは二十年ほど前にこの村にはぐれてきた魔獣を退治し、前村長の意向で狩人として居ついた。村近くの山で暮らしていたうえに元々寡黙なので、村人との接触は少なかったが、現村長に代替わりしてからは村の集会に呼ばれることさえなくなっていた。敵対はしていないが村人とも言い切れず、時々獲物の肉を売ってくれる者——それがヴォルフの立ち位置だった。

その日山を下りたのは、たまたま獲れたオオジカを花まつりに持って行ってやろうと気が向いたからだった。ヴォルフはのちにそれを精霊のお導きだったのだろうと言った。山に暮らし山に生かされていたヴォルフは、自然の中の大いなる存在を信じていたのである。

ヴォルフが両親にどうやって話をつけたのかルカは知らない。

ただ花まつりのあと家を連れ出され、ヴォルフの山小屋で暮らすようになった。

はじめは手に慣れればいいと、おもちゃに毛が生えた程度の弓を持たされた。弓はほとんどしなることもなく、弾性に優れた弦は眠たげに、矢尻のつけられていない木の矢をぼよんとはじき出した。穴を掘りかけていた小さな兎を狙ったが、痛がられてめんどくさそうに逃げられる。それがルカのはじめのうちの弓だった。

ヴォルフはとにかく山歩きに慣れさせようと、自分のあとをついてこさせた。ルカが枝を踏み、柴に当たり、逃した獲物は数知れなかった。大人の足についてくることもほとんどできず、ヴォルフが進もうと思っていた行程の四分の一も歩けなかった。それでもヴォルフは毎日の糧を得ていたし、その様子をルカに見せた。

山では足をどのように運ぶのか。ヴォルフの目はどこを見たのか。どんな獣がどんな草を食《は》み、どんな跡を残すのか。弓をどのように構えているのか。息をどのようにしているのか。どんな力をこめているのか。

ルカは聡《さと》かった。

真似できるものはすぐに真似をした。覚えれば済むことならすぐに覚えた。足りないとわかりながらどうにもできないのは、体力と筋力だった。

力がないから強い弓が引けない。射程を大きく取れない。

では近づけるようにすればいいのではないだろうか。

毛皮に矢が刺さらないのなら、矢が刺さるところに当てればいいのではないか。

ルカが初めて得たのは兎だった。留守番中に山小屋の周りで狩ったものだ。

目と首に刺さった矢を見て、ヴォルフはうまくやったなと喜んだ。ヴォルフはこのときは偶然だと思っていたのだ。ルカが自分に足りないものを補うために編み出した知恵と努力の賜物《たまもの》だとは、まだ知る由もなかったのである。

◇◇◇

この世界の人間には〈神の恩恵〉と呼ばれる特殊能力が与えられる。

内容は人それぞれ。顕現するタイミングもまちまちだが、早い子は生まれてすぐ、遅くとも十二までには賜るものである。基本的には一人にひとつだが、広い世では複数持つ者もいるという。なんでも王様は五つも持っているという話で、高貴な血筋が関係するのだろうと巷《ちまた》では認識されていた。一介の村人には御伽噺《おとぎばなし》と大差ない話であった。

しかし、十二になれば御伽噺ほどではないにしろ、一般庶民が夢を見られる儀礼がこの国にはある。

それが〈検査の日〉だ。

良い〈恩恵〉を得た者は国から奨学金を与えられ、国立学校で勉強し、将来官吏なり騎士なり国に尽くす仕事に就くことになる。安定した高給が約束されるうえに、労働力を取られた家族にも年金が支給されるという好待遇だ。憧れる者は多い。そしてその資質があるか調べるために、十二歳になった子どもは全員検査を受けるのである。

具体的には十二になったあとの最初の二至二分の日（春分・夏至・秋分・冬至）、各地の礼拝所にある聖石を使うと、〈神の恩恵〉の名称が浮かび上がる。それを国から派遣されている官吏が立ち会い、優れたものかどうか確認する。

ルカは春分が過ぎてから生まれたので、夏至の日に町の礼拝所まで検査に行かなければならない。ひなびた小さな村には聖石が設置されていないのだ。億劫《おっくう》ではあるものの、幸いにして同時に検査を受ける者はこの村にはいない。通例では大人が一人か二人引率するのだが、ルカは村の者が苦手だったのもあり、一人でのんびり歩いて行くつもりだった。だがいざ出立の日になってみると、村長が行商の馬車がちょうど来るように手を回していた。

山を下り、両親に出かける旨だけ伝え出てくると、村の門のところに行商の男が待っていた。

「兄ちゃん、行ってらっしゃい」

家族の中で弟だけが見送りに来た。この弟――リヒトはヴォルフのところに一度遊びに来て以来すっかり気に入ってしまい、家の畑の手伝いもそこそこに、山小屋に入り浸るようになった。自分とは似つかない、つややかな黒髪が陽光の下で優しい風になびく。

「行ってくる」

ルカはこの村で唯一自分に懐《なつ》いてくるリヒトが、近頃かわいくてしかたがないのだった。

「町までは丸一日かかるから、休憩までは荷台でのんびりしてりゃいい」

行商の男はそう言うと、自分は御者台に移りすぐに馬車を操《く》った。ルカは礼を言い素直に荷物の横に腰かけていた。

この男は定期的に村に様々な物資を運んでくれ、村で作っている野菜や木工品などを買っていく。ルカも狩った獲物の皮や干し肉を売ったことがあるので顔見知りであった。壮年を迎えた頃合いで、もっと王都に近い町に家族がいるらしい。ルカの見た目に反応したことがない、二人目の人だった。

正直幌《ほろ》馬車なのはありがたい。体質上、目も肌も日光に弱いようで、今日のような日差しの強い日は日陰がないと厳しいのだ。

(山や森ならいくらでも隠れていられるんだけどな)

わざわざ検査の日など設けた国に、恨み言のひとつも言いたくなってしまう。この日を楽しみにする者は多いと聞くが、ルカはこのまま山で狩人として暮らしていきたいので、国にとって重要でないほうが都合がいい。それに自分がどんな〈恩恵〉を授かっているのか、だいたい予想がついていた。

それは七歳のときだった。

ルカは日常的に兎やキジを狩れるようになっていた。弓と並行して投擲《とうてき》や罠猟《わなりょう》も覚え始め、狩りを楽しめるようになってきた反面、調子に乗る時期でもあった。

それまで一人で山小屋から大きく離れることなどなかったのに、ヴォルフが村へ下りた隙《すき》になんとなく一人で小屋を離れてしまった。待っている時間がもったいなく、一人でももう大丈夫ではないか。ヴォルフが戻ってきたときに一人で狩った獲物を見せたら褒めてもらえるのではないか。なんで小屋を出たのかもう覚えていないが、大方そんなことを思ったのだろう。

ヴォルフと一緒に仕掛けた罠を見回ったり、獣の気配を探ったりしながら、どんどん山深くへ分け入った。太陽の方角もわかるし、木に紐《ひも》で印もつけている。歩き方はわかっているので迷うこともない。そしてヴォルフが自分を連れていってくれないところに、足を踏み入れたくなった。初めてのことに挑戦してもしばらくなにも起きないと、人は慣れるものだと七歳のルカは知らなかった。慣れとは油断であると、わかってもいなかった。

背後で茂みが揺れる音がした。振り返ると、そこにはルカの一・五倍ほども体高のある、大イノシシがこちらを見据えていた。


(死ぬ)


強烈にそう思ったことはよく覚えている。この獣は興奮していて、いままさに自分に飛びかかろうとしている、そう直感的にわかったからだ。

このときルカにはこの獣がイノシシであるとすら判断できなかった。イノシシの肉も食べたことがあるし、毛皮を触ってみたこともある。ヴォルフが狩ったイノシシを丸のまま見せてもらったこともある。でもそのイノシシとはまず大きさが全然違うし、仕留められて横たわったイノシシを上から見るのと、自分の身長より大きいイノシシが立って正面からこちらを見据えているのとでは状況がまったく異なり、同じ種類の獣であると思い至らなかったのである。

なんでこんなに獣臭いのにいままで気づかなかったんだろう。

なんでこの巨体で掻き分けている茂みの音に気づかなかったんだろう。

風向きかもしれない。自分の立てていた音のほうが大きかったのかもしれない。もはや答えを探す余裕も意味もなかった。後悔してももう遅い。足は震えてまったく動かない。

小さな目は狂ったように血走って、こちらを見ているようで焦点が合っていないようでもある。丸太のように太い牙はこちらの心臓を抉《えぐ》り出しそうな角度でせり出し、まっすぐにルカを狙いすましている。大きな鼻から勢いよく息を巻くと、踏み出しを確認するかのように黒い蹄《ひづめ》で二度地面を掻き叩き、矢のような勢いで突進してきた。

（死ぬ。死ぬ。死ぬ……）

地面を一直線に蹂躙《じゅうりん》し、恐怖が形を成して近づいてくる。茂みも草もまるで存在しないかのように悉くなぎ倒し、蹴り上げられた土は高く舞い上がって後方を煙らせた。

あの牙に腹を突かれて死ぬのか。それとも臼のような歯で生きながら噛み砕かれるのか。

ルカはなぜかすべてがゆっくりと進むように見える感覚を味わいながら、視界にくさびのようなものが浮かんだのを不思議に思った。それはイノシシがもう通り過ぎた脇の木の枝の上に、小鳥がとまるかのように映っていた。そしてルカは思ったのだ。

（あの枝にいれば死なずに済むのに）

その瞬間、それは発動した。まさに瞬《またた》きののちに、その枝に自分は跨《またが》っていた。

ルカが呆然としている間にイノシシは奥の木にぶつかって、ざらざらと落ちる濃い緑の葉のなかで目を回していた。結構な大木だったのに、幹の根元付近は大きく抉れ、白い内側がぱっくりと剝き出しになっていた。あれを自分が食らっていたらと思うとぞっとする。

ルカは改めて自分のいる枝を見た。ルカの体格でぎりぎり耐えるくらいの細い枝。ありがとうと心の中で礼を言い、近場のもう少し太い枝をいくつか見た。〝くさび〟の出る枝があったので、そこに移れ、と念じてみた。次の瞬間、ルカはその太枝の上にいた。

〈瞬間移動〉

それがルカの〈恩恵〉だった。

当時のことを思い出すにつけ、顔から火が出る思いがする。なぜあんな謎の万能感に浸れたのか、わけがわからない。

あのあとイノシシは結局どこかへ行ってしまい、ルカはイノシシが突進した木が急に倒れたらどうしようと不安になり、戻ってきたヴォルフに、〈瞬間移動〉の件を除いて事の顛末《てんまつ》を話した。〈瞬間移動〉の部分はイノシシに激突される寸前に横に飛んだと嘘をついた。初めてヴォルフから拳骨《げんこつ》が落ちた。ルカの勝手を知ったヴォルフは本気で怒っていた。

今ならなぜ怒られたのかわかる。山を、自然を舐めてかかったら簡単に死ぬのだ。自分ならできる、そう思うのは勘違いだ。ヴォルフはルカが死ぬかもしれないことをなんの覚悟もしないでしたから、あんなに怒ったのだ。

(ずっとヴォルフと山で狩りをしていければいいな……)

〈瞬間移動〉のことは誰にも話したことがない。ヴォルフは聞いてもきっと誰にも言わない。それはわかる。

（ただ、いままでそんな〈恩恵〉聞いたことがないんだよな）

ルカも五歳までは村で暮らしていたので、村の人がどんな〈恩恵〉を持っているかそこそこ耳に入ってきていた。村の男衆で威張っている奴は大抵身体能力に関する〈恩恵〉だ。〈豪腕〉とか〈俊足〉とか。東区画の食堂の女将《おかみ》さんは〈利き酒〉だと大人たちが話して笑っていたことがある。

ちなみにルカの父親は〈器用〉、母親は〈裁縫〉。どっちも手先の器用な仕事が得意なのに農民をやっている。ルカの苦手な兄は〈木工〉らしい。農家を継ぐのだが。

ひとつ言えることは、村で聞いたことのあるさまざまな〈恩恵〉がすべて「どの人間も普通にできることの延長線上にある」ということだ。

ちょっと人より力持ち。ちょっと人より足が速い。感覚が鋭いとか、特定の作業が得意とか、普通にあることだ。

じゃあ、〈瞬間移動〉は？

そう考えたとき、口に出せなくなってしまったのである。ただでさえ異質な自分が、もっと異質になってしまう気がして。世の中には魔法が使える〈恩恵〉もあると聞くが、それもこの村では異分子になるだろう。

（国に採られるようなものではないと思うんだけど、基準もよくわからないしな）

ルカは検査の日を、楽しみではないどころか実は心底嫌だったのだ。

（〈瞬間移動〉できる奴、ありふれてるといいな）

うっかり不安に心を曇らせたあとは、特にやることもなく幌の中で無聊《ぶりょう》をかこっていた。

やがて耐えられなくなり、ルカは日差し対策にフードを被って御者をしているところを見せてもらった。御者台に移って手綱を持たせてもらい、なんちゃって御者気分に浸っていると自然と笑みも浮かんでくる。その後の休憩や野営も、狩りで鍛えた料理や野営の手際を褒められ、割と楽しい一日旅になった。

◇◇◇

ちょうど三の鐘（正午近く）の鳴っているときに町に着き、行商のおじさんと昼食を町の食堂でとることにした。村長から手間賃を多めに渡されたからと奢《おご》ってくれた。

村長はルカのことを思いやってくれる数少ない大人の一人だ。自警団の長を諫《いさ》めてくれたこともあるらしいが、ルカのような子ども一人のことで敵対するまでに至るはずもない。やんわり言っているうちにヴォルフのもとに預けられたので、胸を撫でおろしたことだろう。悪い人ではないのだ。今回だって陰ながら支援してくれたのだから。

壁につり下げられた木札のメニューでは料理の想像ができず悩んでいると、行商のおじさんがおすすめのメニューをいくつか教えてくれた。その中から揚げ鶏のサワーソース定食を頼む。

　店に入った瞬間から美味しそうな匂いが鼻腔《びこう》をくすぐり続けている。どんな料理が出てくるのだろう。

　ルカは母の手料理か山小屋での料理しか口にしたことがない。あとは保存のきく、岩よりは柔らかいと言える黒パンくらいだ。

　周りのテーブルにもキラキラした皿や綺麗な盛りつけの料理が運ばれているのに気がついているが、他人《ひと》の食卓を覗くなんてできないので、自分のテーブルに料理が来るのが待ち遠しくってしかたがない。

　行商はそんな様子のルカを初めて見て、笑ってはいけない、笑ったらもう心を許してくれないと必死に自分に言い聞かせていた。

「お待たせしました」

　ルカと行商のおじさんのぶんが同時に運ばれてきた。大皿にメインのおかず。サラダにスープ。そして薄茶に焼き色のついた白っぽいパン。いつもの黒パンもとい岩パンに比べたら、もう白パンと言ってもいいかもしれない白いパン。

「じゃあ、いただこうか」

「はい。いただきます」

これはどうやって調理しているのだろうか。鶏肉全体がなにかサクサクするものに包まれており、それはさらに液体をまとって飴《あめ》色に照り輝いている。その上から刻んだ卵の入ったもったりとした白いソースがかかっている。ルカはひと切れフォークで持ち上げ、白いソースと一緒にかぶりついた。

（美味しいっ……）

程よい食感を残した衣に旨味《うまみ》を閉じ込められていた鶏肉が、嚙んだ瞬間たっぷりの肉汁を溢《あふ》れさせ、衣に染み込んでいた酸味の強い飴色ソースが淡白な鶏と馴染んで味の満足感を舌に与えてくれる。さらに強い味に刺激を受けた舌を労《いた》わるように、且つ同じ酸味系統という決してすでに構築された美味の邪魔をしない、優しい卵のソースが新たな調和を生み出してくれる。鶏と飴色ソースと卵が手をつないで踊っている。そんな幻想をルカは得た。

「パンもやわらかいよ」

「……」

ルカは半信半疑で白パンを手に取ると、まずその弾力に驚いた。ちょっとおじさんに見られているけど、つついてみよう。ふよん。

「！！！！」

ショックだった。いや、悲劇だった。なぜならこの瞬間、いままで食べてきたパンだと思っていたものは岩だと確信したからだ。

これがパンならあれは岩だ。そうでなくてはおかしい。

ルカは震える指先で白パンをひと口分千切った。そもそもいままで食べてきた岩は指先で千切れないのである。こっちがパンならやっぱりあれは岩だ。証明できてしまった。

ルカは岩とは比重すら違う白パンのかけらを口に放り込んだ。ひと噛み。ふた噛み。み噛み。

立ち昇る小麦の香ばしさと無数の気泡に閉じ込められた馥郁《ふくいく》たる息吹。そうだ。このパンは呼吸しているのだ。

そして美しさは一瞬。生命《いのち》とは儚《はかな》いものと言わんばかりに口の中で溶けていく、白パン。

白パンとは美――そのものと見つけたり。

ルカは絶望を知った。おそらく自分はふた口目も、その儚さに滂沱《ぼうだ》の涙を流しながら白パンを噛みしめることだろう。刹那の香気《かざ》に、悠久の美を見つけて――。

◇◇◇

行商のおじさんとは食堂を出たところで別れた。帰りは一人徒歩になるが、行きでもそのつもりだったので特に問題はない。だがルカは行商のおじさんに、移動は日が出ているうちに限ること、夜は身を隠して人に会っても声をかけないようにすること、そしてフードは取らないことを約束させられた。

もう十二だし、イノシシのときみたいに油断もしない。村のおかげと言うべきか、人間のほうが獣より怖いこともあるとよくわかっている。

おじさんは特に、あとをつけられていないか常に気にするようにと注意した。ルカの見た目は人攫《さら》いに遭いやすいのだそうだ。この町も治安は決して悪くないが、悪い奴はいつ来るか先触れを出さないからなと念を押した。フードを取らないというのはそのためだ。たしかにフードでは前から見たら白銀の髪を隠せていないが、全方位から見られるより少しはましである。それに日が落ちたら明るめの金髪と違いなんてわからないだろう。肌が飛びぬけて白いのだけはどうにもならないが、それも顔と手首から先だけだ。

（いざとなったら〈瞬間移動〉で逃げればいいし）

そうなのだ。〈瞬間移動〉は犯罪にぜったい強い。即死さえしなければ逃げ切れる自信がある。というか帰りもできるだけ町を楽しんで、安宿に一泊してから〈瞬間移動〉で帰るつもりなのだ。

ルカはそうお気楽に考えながら、町の礼拝所で同じ検査を受けるであろう子どもたちの列に並んだ。

列はするすると進み、たいして待たずにルカの番となった。礼拝堂に入るのは一人ずつなので、二番目からは入口の外で待っている。前の子が終わってすれ違うときにちょっとびっくりされてしまった。ルカが後ろに並んでも振り返ってこなかったので、気づいていなかったらしい。

礼拝堂に入ると入口からまっすぐに深緑色の絨毯《じゅうたん》が延び、奥の教壇、さらに最奥の神の像に続いている。両側には礼拝に来た人たちが座れるよう座席が並んでいる。造りは村の礼拝堂と似ているが、面積が大きく収容人数が多い。

教壇の手前に机が設置され、その上に白い石板が載っている。そして傍らには全体的に黒っぽい服を着た官吏と、机を挟むように配置された兵士が二人、こちらは鎧《よろい》を着ているが兜《かぶと》は信者用の座席の机に無造作に置かれていた。年に四回もある子どもの全頭検査の日なんて、そりゃあ気も抜けることだろう。

「あれ、鬼の子じゃん。めっずらしー」

「おい！」

向かって左に立っていた軽薄そうな兵士は、ルカの見た目に対する差別用語をさらりと口にした。ルカはその薄い紫の瞳を眇《すが》め、ありふれた色彩の兵士を見た。ルカのように色素が薄く全体的に白い人を「鬼の子」という。大昔はそう信じられていたのだ。滅多に生まれないはずなのだが、有名な御伽噺に出てくるせいでその差別用語だけやたら知られているのである。

　べつにいまさらなんと呼ばれようと気にならない。それにここまではっきり厭味もなく言えるのは、差別用語を差別用語として認識すらしていない可能性が高い。そうなってくると不思議と腹も立たないものである。

「すまんな」と兵士を窘《たしな》めた官吏が謝った。官吏って謝るんだ。もっとふんぞり返っているのかと思っていた。

「べつにいいです」

　口を滑らせた若い兵士も決まり悪そうに頭を掻いている。右側の兵士は相方をじろりと睨《にら》むついでにルカも睨んだ。気難しそうなのでかかわり合いにならないようにしよう。

　そして官吏に促されるまま石板――聖石に手をかざした。すると白い石ににじみ出るようにして

〈移動〉

と表示された。ルカはヴォルフのおかげでいくらか文字が読めたので、目を丸くした。

（えっ……ざっくりしすぎでは……）

「〈移動〉ね。走るのは速いの？」

　先ほどの軽薄な兵士が砕けた口調で聞いてくる。

「はぁ……たぶん」

〈移動〉と言っても……という内心はあれど、聞かれていないことをわざわざ話すつもりはない。

「じゃあ兵士とかに向いてるかもなぁ。ちょっと」

そう言いながら軽薄兵士は親指で外を指した。「かけっこしようよ」

「え」

ルカはちらりと官吏を見たが、官吏は「〈移動〉なら別にいいや」と言わんばかりの顔をして斜め上の空《くう》を見つめていた。

労働環境が過酷なのだろうか。心配なところである。

軽薄兵士は「次の子よろしくね」と、官吏と気難しそうな兵士に手を振ってルカを押し押し礼拝堂を出た。

「んじゃー、俺と競走だ！」

そう言って軽薄兵士は甲冑《かっちゅう》の残りも脱いでしまい、芝生の上に積んでいる。たぶんだが、鎧を脱ぎたかっただけではないだろうか。とはいえルカも食後の運動がしたかったので素直に従った。礼拝堂の建物の周りを全力疾走することに決まった。一周なので短距離走だ。長距離を確かめるほどの時間も理由もないのだろう。

兵士が声をかけたどこぞの子どもの付き添いと思われるおじさんに、よーいどんとゴール判定をしてもらう。その辺に落ちていたロープをまっすぐに芝生の上に置き、スタートラインとする。ルカたちがスタートしたらロープを持ち上げて、先にそのロープを切ったほうが勝ちだ。

「じゃあいくよー。よーい……どん！」

本気で全力疾走し、僅かな差だが普通に負けた。

ルカとて山を毎日駆け回り、健脚には自信があるが、なにぶんまだ少年の体である。肉体の完成している若い兵士には勝てない。

ちなみにスタートしてすぐ、官吏のおじさんも見学に出てきていた。まだ列が消化されていないようだが、休息は大事だからしかたあるまい。

「まあ……速いっちゃ速いけど、普通だなぁ」と官吏。

「そうですね」と軽薄。

「子どもにしては速いだろ」とどこぞのおじさんがフォローしてくれる。

「そりゃあ」と軽薄も頷《うなず》く。

「でも奨学金で進学させるほどのものかな」と官吏。

「……」

「……」

ルカとしてはなにも言えない。軽薄もおじさんも、もういいかなという空気を出し始めていた。

「まあそうだな。十五になったら志願兵に応募できるから、まだ兵士になる目はあるぞ！」

だれも兵士になりたいだなんて言ってないのに、軽薄兵士は勝手にルカを励ました。つまりは村に帰っていいということだ。

「わかりました」

望んでいた結果になったので、不本意な激励は甘んじて受け入れることにした。特に検査を終えた証明書とかはないらしい。官吏が聖石に文字が浮かび上がったとき手元の帳簿になにやら書き込んでいたので、国が管理していればいいのだろう。

◇◇◇

そのあとルカは予定通り、町を散策した。村と違って本屋があったり、ひとつひとつの店が大きかったり、品揃えが豊富だったりと見ていて楽しい。

安宿を一晩借り、夕食は昼間の店にまた行った。行商のおじさんが昼を奢ってくれたおかげでお金が浮いたし、値段感がわかっているお店は安心だからだ。

夕食のメニューはグラタンと煮込み肉団子という両方メインディッシュといった感じの

ものだった。グラタンは昼に行商のおじさんが食べていたのでぜったいに食べたかった。肉団子は本当はべつのメインのおかずくらいの値段がするのだが、お店のお姉さんが昼間ルカが泣きながら食べていたのを覚えていて、煮込んでいるうちに割れてしまってお客さんに出せないものをサービスでおまけしてくれたのだった。世にいう女神さまというのは、きっとこのお姉さんのことなのだろう。

おなかが幸せの塊で満たされ、ルカは明日に備えてさっさと眠った。そして夜明け前に宿を出た。この時間、人影はほとんどない。少し遠くに人の動く気配がするが、市場の方角なので仕入れの人たちだと思われる。宿付近には人の気配は感じられない。

街道を少し進んで立ち止まった。このあたりでいいだろう。

いまの自分の位置を標《しる》しておくために、手持ちの紐で円を作り、その中に立つ。紐は獲物を解体するとき腸を縛るのに使うので、いつも腰の革袋の中に入れてあるのだ。

そしてルカは地平線を見つめながら〈瞬間移動〉の〝くさび〟を出した。

七歳のときに発動した〈瞬間移動〉であるが、その検証はほとんどできていない。イノシシ事件以降、ヴォルフは十歳まで山の一人歩きを許してくれなかったし、留守番もなしで山を下りるときは一緒に下りていた。

「一度痛い目を見たんだから、お前を信用していないというわけじゃないぞ。俺もよくよく考えたら危険なことをさせていたと反省したんだ。お前に一人で中型の獣と戦う力がつくまでは、一緒にいる」などと言われては、不平を言うわけにもいかなかった。

十歳を過ぎたころ、ルカはヴォルフが見守るなか、群れとはぐれたアカミミオオカミを単独で狩った。アカミミオオカミはオオカミ種のなかでも大型で、非常に獰猛《どうもう》且つ柔軟な動きで獲物を襲う。狩人は狩人でありまた獲物でもある。それを痛感させられる獣だ。それをはぐれとはいえ一人で狩ったことで、ルカは確実に一段階上がったと認められた。それでようやく範囲を制限しての一人歩きが許されたのだ。

だが一人の時間ができても、〈瞬間移動〉の実験に山中を選ぶのはやはり無謀が過ぎる。遠くに狙いを定めて移動した瞬間、目の前に大イノシシが……なんてことになったら洒落にならないからだ。せいぜい近場の枝に〈瞬間移動〉する練習ができた程度だった。

加えてここ一年近くは弟のリヒトも遊びに来るようになっていたから、ヴォルフの目を盗んで山小屋で試すのは安全をみてやめておいた。

そんなわけで、満を持しての実験だ。

今日試したいことは、〈瞬間移動〉はどこまで遠距離でできるのか。これを山中でやるのはさすがに危険だし不可能だ。しかし今日は地平線まで見える街道や農地に囲まれた場所があり、しかも時間帯的に人に目撃される可能性が低い。フードも深くかぶっているし、誰かにちょっと見られたからといってもすぐに再度〈瞬間移動〉すれば、幽霊でも見たと思ってくれるだろう。

そうと決まれば〝くさび〟をできるだけ遠くに見るようにしてみる。ちょうど地平線のあたりに小さな建物が見える。人家というより農機具の倉庫のようだ。そのあたりを見ていると、〝くさび〟がどこかに吸いつくように定まった。これは不思議な現象だ。最初からそうだった。

あのイノシシ事件のときも、最初に乗った枝が細くて心もとなかったため、太い枝に移ろうとした。でも〝くさび〟が定まる枝と定まらない枝があった。定まらないと〈移動〉できないため、二つにどんな違いがあるのか知らなければならない。それがわからなければ、いざというときにどこにも〝くさび〟が定まらない……ということだって考えられるのだから。

(でもとりあえずはあそこに〈移動〉……)

ルカはいま立っている地点から見える地平線すれすれの建物の近くに〈瞬間移動〉した。

(うん、問題ないな)

建物は案の定農機具倉庫で人の気配もない。〈移動〉してきたほうを見ると〝くさび〟がすでに定まっている。

(あれ?)

無意識につけたのだろうか。それとも移動してきたところにはつくものなのだろうか。疑問は湧いたものの、長距離の移動の検証中なのでいったん保留ということにした。

さて、今度はその〝くさび〟が定まった状態から、さらに離れるように街道を走った。

「視界に入っていない状態でも〈移動〉できるのか」が知りたいのだ。

結果は視界に入らなくても〝くさび〟は外れなかった。そしていまや地平線の向こうへ消えた場所へ、〈移動〉できると直感した。実際に〈移動〉する前に、〈移動〉できると感覚でわかったのだ。

だから次はわざとつけた〝くさび〟を外した。そこから元の場所に〝くさび〟を打つことができるか？　つまり
「知っている場所なら見えないところでもイメージで〝くさび〟を打てるか」

が知りたい。

結果としてそれはできなかった。視界に少しも入っていない場所に〝くさび〟を打つことはできない。だから山の中でイノシシに出くわしたとして、山小屋にイメージで〝くさび〟を打って逃げ込む……なんてことはできないということだ。

期待したことが不可能とわかり、ちょっとへこみながら来た道を引き返す。

ただ自分と〝くさび〟がどのくらい離れているのか感覚でわかるのは貴重な実感だった。

「目で見えているからわかる」ではなく、「地平線の向こうになってもその存在がわかる」のだ。それは〝くさび〟を発生させた時点で感じる形容しがたい第六感としか言いようがなかった。

農機具倉庫のそばに戻り、この位置から見える地平線の街道の真ん中が最初の立ち位置、つまり紐の円がある場所のはずだ。

（紐を回収したいから戻ろう）

〝くさび〟は今回も簡単に定まった。〈瞬間移動〉する。

「え？」

ルカは足元を見て目を疑った。小さいアロエの鉢がそこにはあった。ルカにぴったりと寄り添うようにして。

（いやいやいや）

頭が大混乱だ。ちなみに紐は影も形もない。

（待って。待って……）

ぜったいに間違えていない。身長が変わらなければ、地平線までの距離は同じはずだ。そして自分は出発地点から地平線上の農機具倉庫に行き、一回〝くさび〟は外したけれども、農機具倉庫から見えた地平線上に戻ってきたのだ。同じ場所でないとおかしい。

わずかに場所がずれたのかなと思って付近をしばらく駆け回ったが、紐は見つけられなかった。それになんといってもおかしいのはアロエだ。宿からずっとこの街道をてくてく歩いてきたのだ。アロエの鉢が街道のど真ん中においてあったらぜったいに気づく。ぜったいにだ。

いま自分が立っている場所は、おそらく元の場所で正しいはずだ。ルカは山歩きを五歳から始めて七年になる。木の特徴を覚えるのは無意識レベルでやっている、もはや癖だ。先ほど紐で円を作るときに、このあたりにするかと周囲を見回した。いま自分の脇にある木は、そのときに見た木だ。間違いない。

（自分の七年が嘘を言っていなければ……）

地平線を見れば、農機具倉庫の近くに〝くさび〟がぽつんと見えている。ルカはある仮説を立ててアロエの鉢を持ち、今度は〈移動〉を使わずにその〝くさび〟へ向かって走っていった。そして見つけた。農機具倉庫のそば、〈移動〉前に自分が立っていた位置に、円形の紐が落ちているのを。

「〈瞬間移動〉じゃない」

呆然とした思いは、自然と口からこぼれ出ていた。

駄目押しで、紐の輪の中に、乾いた土が丸い跡を残しているのを見つけた。少しルカの足跡と重なってはいるものの、それはしぶとく残っていた。長い間植木鉢なんかを置いておくと細かい土が鉢の底を象《かたど》るように固まることがあるものだ。そこにアロエの鉢を合わせると、大きさが完全に一致した。

アロエはここにあったのだ。

「やっていたのは、自分と物体の交換……いや、あえて聖石の表示である〈移動〉を使うなら……〈相互移動〉、といったところか」

さっき起きたことをまとめるとこうだ。*

①ルカは視界に入る範囲に存在したアロエの鉢に無意識に〝くさび〟を打った。

②自分とアロエの鉢を〈相互移動〉した。

振り返ったときに〝くさび〟が見えたのは、アロエの鉢の〝くさび〟がついたままだったからだ。

③少し離れて視界から外れても、アロエの鉢に打った〝くさび〟は外れなかった。

もしこのときに元の位置に戻っていたら、自分とアロエの鉢はそれぞれ元の位置に戻り、紐がなくなっているなんてこともなく、違和感を覚えなかっただろう。ただアロエの鉢はルカがいた街道の真ん中に移動しているので、帰り道に見つけて「なんだこれ」と思ったはずだ。

④ルカは元の位置に戻らずアロエの鉢から〝くさび〟を外した。そして視界から外れた

*p.35の図を参照。

アロエの鉢に〝くさび〟が打てないことを確認した。
⑤しかたがないのでまた農機具倉庫のさっきの位置まで戻り、地平線上の大体の場所に〝くさび〟を打とうとした。このときアロエの鉢に〝くさび〟がついた可能性もある。でも紐のほうについた。偶然なのか、一度〝くさび〟を打って外したものには再度打てないのかは検証が必要だ。

⑥最後に農機具倉庫のそばに立った自分と紐が〈相互移動〉され、元の位置に紐はないわ、アロエの鉢が出現しているわで混乱に陥ったわけだ。

わかってしまえば単純だった。でも一度頭が混乱したことでどっと疲れてしまった。五年間、思い違いをしていたという間抜けっぷりも意識するとつらいし。

ちなみに先ほど要検証とした「一度〝くさび〟を打って外したものには再度打てないのか」はたったいまアロエの鉢に〝くさび〟を打てたことから、同じものに何度でも打ったり外したりができるようだ。

それにしても……そうか。いままで〈瞬間移動〉だと思っていたから少しでも距離のあるところに〝くさび〟を打とうとしていた。でも目の前のアロエに打ったことでよくわかった。物体につくのだ。

(うん、そうなると〝くさび〟っていう表現はやめようかな。地面や枝の上に打ちこむつもりで呼んでたからな……)

イメージが合わなかったので、今後はマーカーと呼ぶことにした。そのほうが物質につけているイメージに合う。

今回〈瞬間移動〉ではなく〈相互移動〉だと判明したことで、知りたいと思っていたイノシシ事件の「〝くさび〟もといマーカーが定まる枝と定まらない枝があった」というのも仮説だがほぼ確定と思われる答えが出る。

マーカーがついた枝にはマーカーをつけられる落ち葉なり、木の実なりが載っていたのではないだろうか。マーカーがつかなかった枝の上にはなにも物体がなかった。ルカも視界に入っているとはいえ、森に当たり前にあるそれらなら気にも留めなかっただろう。

〈移動〉前にはなかったなんて、意識もしていなかったはずだ。

(この朝だけで、知りたいことを埋められた)

疲れはしたが、同時に満足感も大きい。

(〈相互移動〉だとわかったからには、また確かめたいことが出てきそうだな)

とりあえず本日は打ち止めである。もうさっさと帰りたい。ルカは石ころなんかいくらでもあるだろう、と地平線上でマーカーづけしての〈相互移動〉を連続して使い、日が昇

街道実験

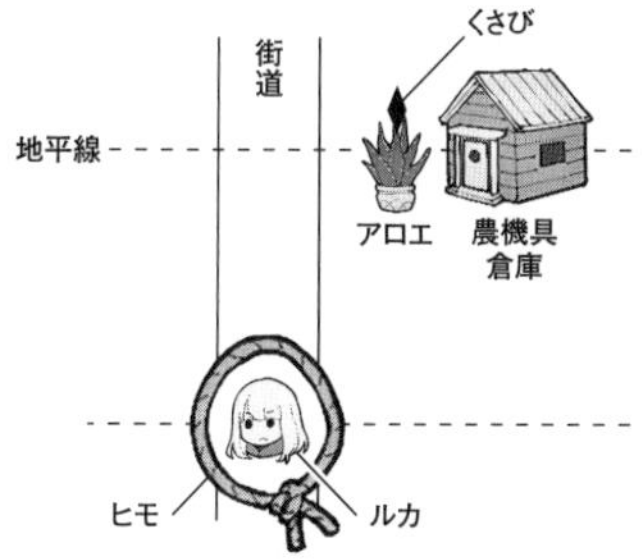

1 地平線上に見える農機具倉庫のそばにあったアロエの鉢に“くさび”をつける。

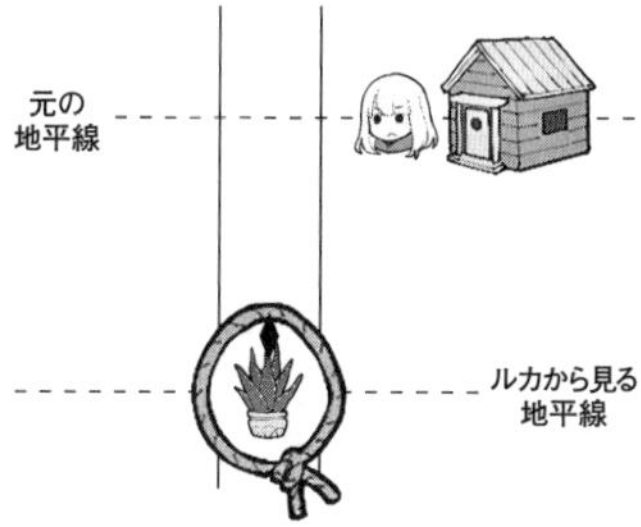

2 ルカとアロエの鉢が入れ替わる。

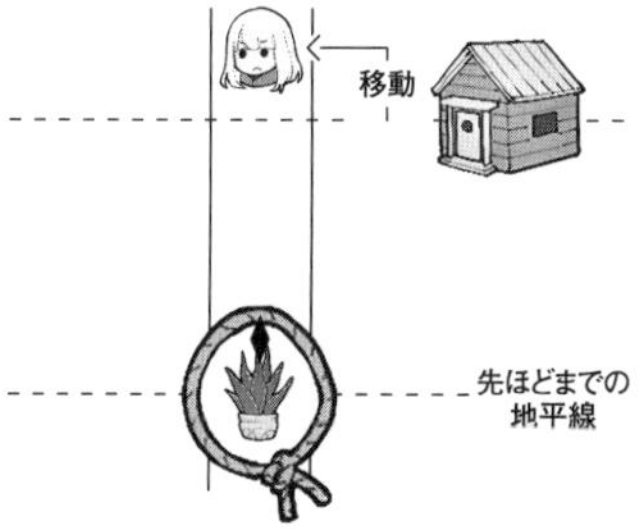

3 ルカは遠ざかって“くさび”は地平線の向こうへ行ったが、外れていないのを感じることができる。

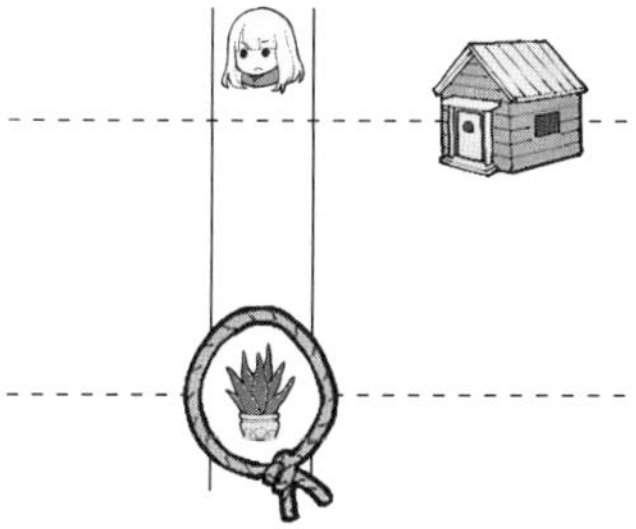

4 “くさび”を外すと地平線の向こうにはつけることができない。

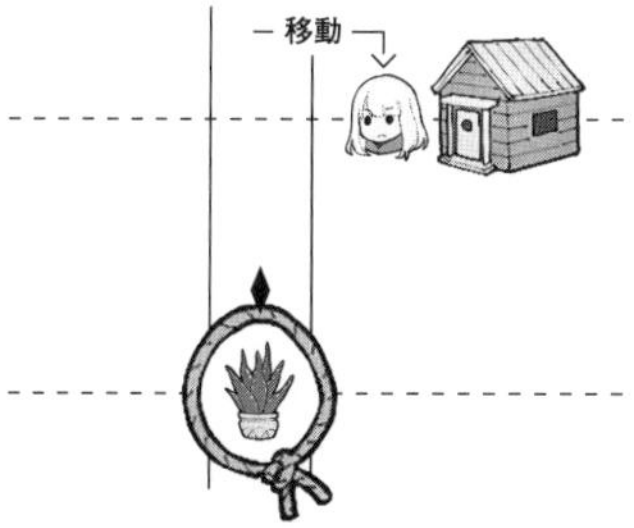

5 農機具倉庫横のさっきの位置に戻る。そこから地平線上を見て、“くさび”がヒモにつく。

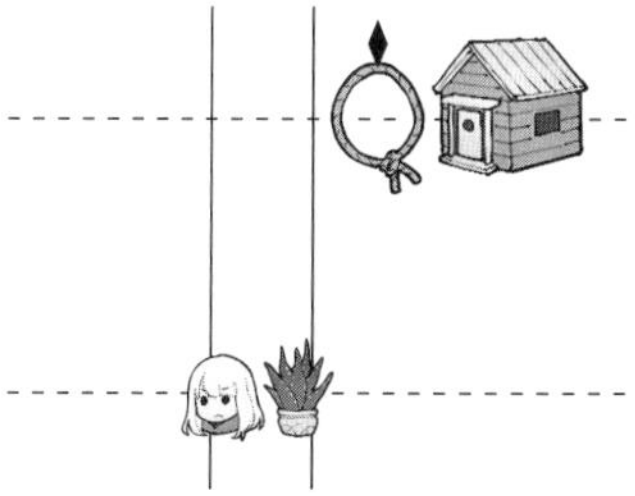

6 ルカとヒモが入れ替わりルカはアロエに寄り添った状態で元の位置に戻る。

るころには村に到着してしまっていた。

◇◇◇

少し帰るのが早すぎたと思い、村付近の森で投擲の練習をしたり野草を摘んだりして過ごした。朝の森の冷たい空気が鼻を通り体を清めるような心地がする。獲物を獲りたい衝動に駆られたが、荷物になり野草と違ってごまかせないので諦めた。

昼前に村の門を入ってそのまま実家に向かう。実家には家族全員のほかにヴォルフと村長がいた。朝からみなで帰りを待っていたという。時間を潰していたのを申し訳なく思ったが、向こうで検査を終えて徒歩で帰ったらこのくらいになるはずなのでしかたがない。

「で、どうだったね」

村長が代表して切り出した。

「はい。〈移動〉という〈恩恵〉を賜りました」

「〈移動〉？」

何人かの声が合わさった。

「〈一撃必中〉とかじゃないのか？」

「いえ、〈移動〉です」

質問したのは父であるが、ルカは村長もいる場と思い丁寧に答えた。みな一様に意外そうな顔をしている。父がなぜそんな予想を立てたのか知らないが、ルカとしては正直に答えているのだからどうしようもない。ルカは〈移動〉と出たから足が速いか確認するために兵士と競走した話もした。

「負けましたね」

「……うん、まあ、相手は兵士だしな」

「そうよね、現役の若い兵士なんだから反則よ」

両親がなぜか慌ててフォローを始める。べつに気にしていないのに。

「〈移動〉とはずいぶん幅の広い言葉だ。短距離走だけでは真価はわからん。現にルカは山歩きでいえば、ひとかどの技術を習得している」

ヴォルフが息巻いて父に鋭い目線を送る。その鼻息はいつかの大イノシシを思い出すのでやめてほしい。

父はヴォルフに若干怯《おび》えながらもその意見には同意した。そのまま「山歩きに役立つ〈恩恵〉」という理解になり、「実用的な〈恩恵〉でよかったなぁ！」とみな喜んでくれた。いや、兄だけは一言も発していないので喜んでいるのか知らないが。

その後みなで昼食をとり、ルカはヴォルフと山小屋へ帰った。

「オスカーを怒るなよ」

帰り道、ヴォルフは急にこんなことを言った。オスカーとは父の名である。

「怒ってないけど、なんで？」

「お前の弓の腕がいいから、弓に特化した〈恩恵〉なんじゃないかと思い込んでいたんだ。俺もだけどな」

ヴォルフはそう言って呵呵《かか》と笑った。ルカの前で隆々とした背筋が揺れる。ヴォルフは頑健な体軀《たいく》を持つ大男だ。齢《よわい》五十を超えているはずだが、筋肉もみっしりついている。ルカの父も村では背が高いほうだが、それでもヴォルフの肩くらいしかない。そんなヴォルフに睨みを利かされた父の青くなった顔を思い出し、ルカも思わずにやりとした。

「もしかして獲物の目に当ててるやつのこと？」

「そうだよ！」

「あれは非力なりに獲物に大打撃を与えるために練習したんだ」

あれは神に与えてもらったものではない。自分で一から磨いた技術だ。ヴォルフから盗んだ技術が根底にあるのは否めないが、〈恩恵〉のおかげにされてしまうのは納得がいかない。

「ははは、あれだけ正確だからな。誤解されるのもしかたがない。お前を試した兵士は短距離走などではなく、弓を引かせればよかったんだ。そうすれば、自分たちが金の卵を逃すところだったと冷や汗をかいたに違いない」

「じゃあ彼らはもう金を逃したことになるね」

「ああ、憐《あわ》れなことだ」

冗談で乗ってみたのだが、ヴォルフは驚くほど上機嫌だった。

そしてまた山に戻り狩りをして、二年の月日が過ぎた。

◇　◇　◇

明日は春分——十二になったリヒトの検査の日だ。

引率の一人に、約十日後に成人を迎えるルカが選ばれた。リヒトと一緒に検査を受ける子が三人いて、世話が大変だから引率は二人ということになったのだ。

ルカに白羽の矢が立ったのは、リヒトが「兄さんと一緒に町を歩きたい」とかわいいことを言ったせいもあるかもしれないが、おそらく二年前ルカを乗せてくれた行商が再度村を訪れた折、野営の手際を大袈裟に褒めたのが村の大人たちの記憶に残っていたからだろう。

今回は村で用意した驢馬《ろば》の荷車に子どもたちを乗せ、ルカともう一人の中年男の引率はその横を歩いていく。

村の大人どもはルカとぎくしゃくしているが、生まれたばかりの頃に恐れられたような災厄を招いたことなどない。むしろ最近は強い弓が引けるようになってきて、一人で大物を仕留めてくることもあり、村に貢献している。だから一部の険悪な者を除いては、対等な関係を築きつつあった。

ルカとしては差別を受けたわけだから心を許すことは今後もできないだろう。だがやはり小さな村のことだ。物々交換や共同作業で世話になることもある。納得はしていないが呑み込むしかない、というところだ。


さて、検査を控えた弟リヒトであるが、実に聡明でまだ十二なのに大人顔負けの知識や知恵を持つ。

ヴォルフのところに入り浸りなので狩りの腕を磨くのかと思いきや、本を読みに来ていたのだった。

ヴォルフは意外と本持ちで、鳥屋に籠《こも》るときもよく一、二冊持ち込んでいる。村の人間の識字率は高いとは言えないが、ヴォルフは村に流れてくる前は各地を転々としていたようで、教養があり文化的な一面を持っていた。ルカもリヒトもヴォルフに読み書き計算を教えてもらった。ルカは狩りの弟子なので狩猟技術の傍らで学んだ程度だったが、リヒトは自然や数学に興味を持ち、ヴォルフの本は通い始めて一年経たずに読み尽くしてしまったほどだった。気に入りの本は『世界の鉱物とその特性』と『天体運行の数理』。ヴォルフは二年に一回ほどだが町に行き、手持ちの本を売り払って別の本を仕入れる。でもこの二冊が売られそうになると、リヒトは売らないでとヴォルフの腰にしがみついてせがんだ。たしかリヒトが十歳になる前の秋のことだ。よくそんな本が読めるものだとルカは感心していた。ちなみにヴォルフは鉱物の本はともかく天体の本は難しすぎて買うんじゃなかったと後悔していたのでとても売りたがっていたのだが、リヒトに根負けして、結局いまも山小屋に置いてある。

そんな自慢の弟は、荷台から降りてさっきからルカたちの前を率先して歩いている。驢馬の負担を減らすためだろう。今日は初めて村を出ての遠出とあって、鳥や花を見つけてはルカに話しかけてくる。ルカはそんな弟を眩《まぶ》し気に見つめながらフードを被りなおした。

真夜中に起こされ、夜番を交代する。この季節、夜はまだしっかりと寒く、寝起きのほてりはすぐに冷め焚火に身を近づけた。子どもたちは焚火の暖気が届く範囲で並んで眠っている。少年少女の小さな背が並ぶのを見て、自分も検査のころはあのくらいだったかと考えた。

この三年弱でルカは父親とさして変わらない体格になった。ヴォルフのような屈強な体には程遠いが、細い手足でも鍛え上げられており、天性のばねに力とスタミナが加わって、狩りでは大物を単独で仕留められるようになっていた。

初めてホホグロジカを仕留めたときのことを思い出す。まだ一年半ほど前の秋のことだ。

ホホグロジカは馬と見紛《みまご》うばかりの巨軀《きょく》の持ち主だ。名前の通り頬も黒いのだがそもそも全体的に黒に近い灰色をしている。山小屋のある側では見かけたことがなく、峠を越えた向こう、岩肌が剝き出しの険しい山に棲《す》んでおり、雄はいくつにも枝分かれした絢爛《けんらん》たる角を太い首の上で誇示している。おなじ鹿でもコビトジカとは似ても似つかぬ堂々とした佇《たたず》まいで、気性は荒く、自分の縄張りに入ってきた動物を見つけると頭突きしようと突進してくる。だが突進だけかと思うと痛い目を見る。というか死ぬ。

彼らの角は雄同士でぶつけ合って研がれているらしく、枝分かれした数だけ刃物がついているようなものなのだ。以前死んだイノシシをヴォルフと見つけた折、針金のような毛にびっしりと覆われた硬い皮がズタズタに引き裂かれているのを目の当たりにした。ヴォルフはホホグロジカにやられたなと言い、そのときにこの鹿の恐ろしさを聞いたのだ。

ルカはその話を聞いてからずっと、こいつを仕留めたいと思っていた。秋の鹿はよく肥えて美味しい。それだけ大きければ肉もたくさん取れるし、皮も角も期待できる。ルカは根気強く山を駆けた。そして切り立った岩々を背に泰然と歩を進めるそれを見つけたのである。ルカはマーカーをつけて二日粘った。一撃で仕留められる獲物とは思えない。そして彼の射程に入ったら攻撃から逃げるだけでなにもできなくなるだろう。気づかれないまま監視を続け、こちらが確実に射線と足場を確保し続けられる位置に彼が自らやってくるまで辛抱しなければならない。

以前イノシシが死んでいたのは本来棲んでいるはずの岩山よりもう少し手前だった。きっと実りを求めてこちらまで来ることがあるのだ。それであればすぐに岩場に逃げ込まれることもないし、木や茂みが障害物となり身を守りながら攻撃することもできる。二日目の日が南中を通り過ぎたころ、チャンスは廻《めぐ》ってきた。彼は岩山を離れ茂みの多いこちらの山までやってきたのだ。

ルカは近づいてくる獲物に向けて矢を引き絞った。

（一……）

吸い込まれるように獲物の目に矢が飛び込む。鋭い痛みにはじかれたように巨体が躍る。

ルカは素早く二手、追撃を放った。

（二……、三……）

続けざまに喉元に二本の矢が刺さる。

（四……、五……）

前胸部と前脚を射撃し、巨大鹿は崩れた。ルカは視界を奪った側から近づき、ナイフで喉笛を掻っ切る。待った時間に比べハントに使った時間は一瞬だ。そのくらい圧倒的な勝利だった。ルカは感慨に浸る暇もなくホホグロジカの解体を始めた。肉と皮と頭部にまで分け、ほかの部分は置いていく。頭部は角の生え際に縄を巻きつけて手に提げ、肉は皮でくるんでひとまとめにした。それだけでも普通なら持って帰れない重さであるが、ルカはまとめた荷を摑《つか》むと近場にぽんぽんと〈相互移動〉していった。峠の近くまで来ると人の気配がした。

「ヴォルフ？」

「ルカ！　無事だったか！」

　ホホグロジカを泊まり込みで狩りに行くと伝えていたのだが、昨晩帰らなかったので心配になって探しに来たという。しかしヴォルフはそんな話をするあいだも、ルカの提げていたホホグロジカの首に目を遣り、焼けた顔を興奮で赤くしていた。

「よくやったな、ルカ！」

　ばんばんと背中を大きな手のひらで叩かれる。力加減を学んでほしいが、嬉しかった。そのあと肉と皮を持つのを手伝ってもらい、よくこの量を運んできたなと不思議がられたが知らんふりをした。山小屋まで運んでしまえばこちらのものだ。あとはどうとでもなる。

　ルカのホホグロジカ単独ハントの報は、その日のうちに村じゅうを駆け巡った。折しも収穫祭の直前である。大量の鹿肉に人々の心は期待でいっぱいになった。

　荷車に載せて広げられた極端に傷の少ない皮と鹿の頭部がお披露目される。ルカは嫌だったのだがこのハントはルカが一人前になったという証明になるとヴォルフに言われ、その荷車の近くに立つことになった。周りには人だかりができて鹿の角の見事さや、皮から推測した大きさなどを話す声でにぎやかだ。家族や村長はもちろん、隣近所の人やあまり話したことのない人たちも声をかけてくれた。ルカはくすぐったいような思いで、顔が熱くなるのを感じていた。

しかし人生初の大物の単独ハントは、良い思い出だけでは終わらなかったのである。

肉はともかく、角と皮は行商に買い取ってもらうつもりでいた。角は薬として高値がつくし、大きく傷のほとんどない皮はいくらでも用途があった。ところが自警団が村のためにすべて無償で供出するべきだと騒ぎ出したのだ。

彼らの言い分は、「村に育ててもらったのだから一人前になったときの仕事は村に還元すべき」というものだ。なるほど、村に育ててもらったのならそうなのかもしれない。しかしルカは幼少のころから見た目が他人《ひと》と違うというだけでいわれのない差別を受けてきた。迫害されはしたが育ててもらったとは思っていない。だから対価を払うなら売ってもいいが、無償で提供するなど首を縦に振ることはできなかった。

久しぶりに実家で団欒《だんらん》していたルカにそれを伝えに来た村長も言いづらそうにしており、横で聞いていたヴォルフは黙ってはいるものの怒りで額や腕の血管が浮いてきていた。このまま放っておいたらどこかが破れて血が噴き出るのではないだろうか。落としどころを見つけて早くこの話を終わらせたい。

「私としては、肉は村の収穫祭で振る舞ってくれてかまいません」

「……」

ヴォルフにさらに青筋が追加された気がするが、なにも言ってこない。村長は顎に手を当て思案気だ。

「……うむ。ルカがそう言ってくれると儂《わし》としても助かる。せっかくめでたいことなのに、これ以上嫌な思いをすることもあるまい」

そうしてなんとか話をまとめたはずだった。しかしルカたちがそんな話をしているさなか、鹿の角が誰かに持ち出されてしまったのだった。皮は実家に運び込んでいて無事だったが、角は頭部全体を収穫祭のあいだ飾ろうということになり、村の集会所に置いていたのだった。

見つかったのは村の薬師のところで、もう細かく切り刻まれて見る影もない。しかも薬師は「自警団の長が供出品だからって持ってきてくれたんだ」と自分の非を認めようとしなかった。

村の集会所から勝手に持ち出されたために、そこに村の有力者たちと自警団、薬師、そしてルカたちが集められた。

自警団の長は村長に話した主張を通し、無償であるべきなのだから問題ないと言い放った。

「ではあなたの息子のガストンが一人前になったときには、どんな仕事を無償で提供したんですか？」

　そう言ったのはルカではなかった。ヴォルフでも村長でもない。振り返ると、集会所の戸口に父が立っていた。

「私の息子が初めて狩ったホホグロジカの角を提供するくらいです。あなたの息子もさぞ立派な仕事を村に還元したのでしょう？」

　いつも物腰が柔らかく穏やかな父は、いつも通りの口調で尋ねた。

「オスカーの言う通りじゃな。ガストンは成人したばかりじゃ。ガストンが一人前になったとき、どんな仕事をただでしてやったんじゃ？　村長なのにそんな殊勝なことをしておったと知らなんだ。教えておくれな」

　自警団の長は顔を真っ赤にして言葉に詰まった。

「まだ半人前ということかの。じゃあ一人前になったときのことを楽しみにしておるぞ。みなも聞いたな？　今後この村では、一人前になったときの仕事は村に還元されるものとする。それはルカの仕留めたホホグロジカの角と同等の価値でなければならない。自警団の長の進言じゃ。儂も呑もうではないか」

　村の有力者たちがざわめいた。それはそうだ。ルカの仕留めた鹿の角レベルのものを納めろと言われたのだ。まだ見習いの息子を持つ者もたくさんいる。そんな仕事を無償でやるなど、たまったものではない。

「ちょっと待ってください。儂は反対です。仕事は金を得られるから仕事なのです。無償で提供するのを仕事とは呼びません」

慌てたように声を上げたのは村で職人頭をやっている老人だ。自らは鍛冶職人であり、長年炉に向き合ってきた肌は深い皺《しわ》を刻み、なめし革のように灼《や》けていた。

「ほう？　ではおぬしはルカが鹿の角を取り上げられたのをどう考えるのじゃ？」

「……不当だと思います」

その職人頭を皮切りに、有力者勢から次々と不当だとの声が上がる。その様子に薬師は顔色をなくし、自警団も長以外の者は肩を寄せ合うようにして不安げな顔をし始めた。

「どうするかのう。おぬしら以外の者は不当だと考えておるようじゃが」

「……」

自警団の長がだんまりを決めこんだため村長は続ける。

「行商に売りたかったが、角があそこまで細かく刻まれておってはホホグロジカと証明できず買ってもらえん。さて、不当に角を取り上げられたルカにどう補償をするべきか……」

これには有力者たちも顔を見合わせた。収穫祭前で冬支度前である。自警団のなかにも臨時で支出できるような者はいないと容易に想像できたのだ。

「そういえば、ルカは角は売りたいが、肉は村人に無償で振る舞ってよいと言ってくれておったの」

どよめきが走る。「本当か」「すごい、大盤振る舞いじゃないか」

自分が置いてけぼりだったので急に話を振られてルカはびっくりした。集会所の壁の木目を数えていたところだったのだ。

「でも角の金が手に入らんわけじゃから、肉のほうを有料にしてはどうかの」

村長の目論見がわかったので、先ほど色めきたった人々は急激に落胆した。

「角の金と見合うとも思えんが、台無しにされて肉もただで振る舞うというのはおかしな話じゃ。肉は有料で欲しい者に売るように。それで手打ちとしようかの」

ルカとしては問題ない。肉は本来持って帰れない量を〈相互移動〉で全量持って帰ってきたのだ。多すぎたから収穫祭で配ることに異論はなかった。それが金になるなら万々歳である。角が売れていた場合を想定したらたしかに損だが、大損までは行かないだろう。そんなことよりも早く帰りたい。今日も脂の乗った鹿肉の香草焼きと鹿肉と根菜のスープがルカを待っているのである。

「オスカーも、それでよいか」

村長はルカが面倒くさそうに頷いたのを見て、父親のほうにも尋ねた。ルカはまだ未成年だったので、最終的な決定権は父にある。

「それでいいですが、村の者には肉が有料になった経緯を話させてもらいます」

「もちろんかまわん」

「うちの奴らには儂からも説明しておく」

職人頭のおじいさんも配下の職人に話すと協力を約束してくれた。ほかの有力者の面々も頷いている。ルカとしては今日まで顔も知らなかった人たちが味方してくれたのが不思議だった。それだけ村長がうまくやってくれたのだ。

自警団の長のせいで無料だったはずの肉が有料になったというのはあっという間に広まった。この騒動以降、自警団の男衆はしばらく肩身の狭い思いをすることになった。薬師のもとにあった角は村の共同管理となり、今後それを使う薬は角のぶんだけ価格が下がるらしい。ルカはというと、オスカーの助言もあり、肉は有料ではあるものの破格の安さにした。それによって多くの者が肉を買えたし、ほとんどの村人にとってルカの心証は悪くならなかったのである。

ただ、この出来事はその後のルカに大きな影響を与えることになった。つまり、もう二度と対価をもらえない仕事はしたくない、という意識が芽生えたのだ。初めての大物を一番嫌な人間に取り上げられるところだった。途中から面倒くさくなったけれど、理不尽な言いがかりに怒りが湧いたのも事実だ。

（本当はああいうときに自分で交渉できないといけないんだ）

ヴォルフが怒っていた割になにも言わなかったのも、ルカに自分で戦わせようとしたのかもしれない。でも結局父と村長がいなかったらルカは奪われるだけだった。そしてふと気がついた。

（父さんはあれ、怒ってたんだよな）

当時のことを思い出してルカは空を見上げた。満天の星に向かい、焚火の煙が溶けていくのを目で追っていった。

◇◇◇

〈恩恵〉のほうはあれから少し理解が進んだ。

すぐに気づいたことはマーカーは二つまで出るということだった。実験中にいったん石にマーキングし、（やっぱりあそこにしようかな）と迷ったときに突如二つ目が出たのだ。ちなみに三つ目は出せなかった。

そしてマーキングした二つの物体同士で〈相互移動〉できることも続けてわかった。この「マーカーが二つ出る意味」がそもそもこういうことだったのかもしれない。自分が例外的に〈相互移動〉の対象になれるだけであり、「マーカーをつけた二つの物体の場所を交換すること」が〈相互移動〉の本質なのだろう。つづけてルカはマーカーを二つの物体につけたまま、そのうちの一つと自分で〈相互移動〉してみたが、もう一つの物体からマーカーが外れることはなかった。

　またある日、なんとなくマーキングしたところがゆっくり動いているように見えたことがあった。近づいてみると、マーカーがカナブンについていた。つまり生き物にもマーカーをつけられることがわかったのだ。ホホグロジカにマーカーをつけて安全圏から位置を把握しようと考えたのは、このときの発見があったからである。

〈罠猟でもかなりありがたいことになるんじゃないか？　罠の中に石でも置いて、獲物と〈相互移動〉させれば獲物は一瞬で罠の中だ〉

　めちゃくちゃずるいことを思いついてしまった気がしたので、これはいまのところ実行していない。飢饉《ききん》でも起きない限り、今後もやろうとは思わないだろう。

　地味に便利なのが、「だいたいあのあたり」とざっくり指定してマーキングすると、それはその位置にある小石なり折れ枝なりに指定されていることである。アロエの鉢のときにすでに確認していたことではあるが、たぶんこの「当たり障りのないものへの自動指定」はかなりありがたいものだ。これがなければ視界ギリギリの遠くに〈実質瞬間移動〉はできなかったわけだから。

さらに自分と大岩を〈相互移動〉させようと思ったが、それはできなかった。

マーキングしても大岩の上にあった落ち葉が指定されてしまい、大岩を何度指定してもうまくマーキングされなかったのだ。

（質量か体積が問題なのかな。たしかに「山ひとつと自分」を〈相互移動〉しようとしたらとんでもないことになるし……）

また小さいものも砂の一粒では指定ができなかった。

これも細かい検証をしたいが、どうすればできるかわからないので保留にしている。

まとめ

・マーカーは二つまで出る。三つ目は出ない。
・マーキングした二つの物体同士で〈相互移動〉できる。
・マーキングした二つの物体のうち一つとルカで〈相互移動〉しても、もう一つのマーカーは外れない。
・生き物にもマーカーをつけられる。
・マーカーはだいたいの位置を狙うとそこにあるものに自動指定できる。
・マーカーがつけられるものは、質量や体積で限界があるのかもしれない。

◇◇◇

今回も昼前に無事に町に到着した。リヒトは初めて町に来たので、ものめずらしそうに見て回った。今日のために狩りで金を貯めていた。弟が欲しいものなら買ってやりたいのが兄ごころだ。

とりあえず買い物は検査が終わってからという話になり、みなで例の食堂で昼食をとった。リヒトが目玉焼きの乗った挽肉焼きを感慨深げに味わっている。ほっぺが桃色に染まってたいへんかわいい。

礼拝所に来ると結構長い列ができていた。中年の引率は少し離れた広場で荷車を駐《と》め待っていると言う。疲れたようにどっかりと荷台に腰かけたのを見て、休憩したいのだなと理解した。保護者と一緒に並ぶ子どもはいないのでルカも列から離れるが、急にぽっかりと時間ができてしまい、塀にもたれてゆっくりと列が進むのを見守っていた。

にわかに塀の向こうが騒がしくなった。検査の日に合わせて市が立っているが、そういう楽しげな賑《にぎ》わいとは別の種類の喧騒《けんそう》だった。リヒトたちを見るとまだ列の中ほどにいる。ルカはリヒトたちのところへ行き、検査が終わったらここの敷地内の花壇で待つように言うと、礼拝所を出て様子を見に行くことにした。

フードを深く被り、露店の女性に声をかける。

「どうかしたんですか？」

女性は不安げな様子で通りの奥を覗くようにしていた。ルカを見て一瞬驚いたようだったが、急いで顔を取り繕って答えてくれた。

「いやね、北門のほうで、なんか盗賊が町に押しかけてきてるって聞いたんだけど」

女性が通りの奥を気にしていたのは、そちらが北門のほうだからだ。盗賊がやってきていないか心配だったらしい。隣の露店の店主とどうすべきかと相談を始めた。ルカは礼を言って北門へ向かった。

（いや、おかしいだろう。年に四回だけある検査日で、町に王都から来た兵士がいるんだぞ）

なぜ兵力がいつもより大きいときを狙ってくる必要があるのか。

幸いリヒトは礼拝所の敷地内にいる。あそこなら兵士もいるし、いざとなっても子どもたちの避難誘導くらいはしてくれるだろう。盗賊が来るなら北門へ向かっているルカのほうが先に出くわすはずだし、そうしたら〈移動〉で即座にリヒトのもとへ戻り回収して逃げればいい。

そのため、ちょっと様子を見に行こうとするのに躊躇《ためら》いはなかった。

屋根伝いに行けないかと目を上に向ける。盗賊襲来の報が町中を駆け回ったせいだろう。北門近くの区画に来ると、みんな窓も扉も閉め切っていて道は閑散としていた。さっきまでの区画の、穏やかな空気のなか窓を開放して洗濯ものを干していたり、窓から顔を出した女性が別の窓のご近所さんとお喋りをしていたりといった景色が嘘のようだ。この緊張は北門を中心にどんどん広がっているのだろうと推測できた。

露店にわずかに残っていた商人も、大急ぎで片したり、もう商品は諦めたとばかり売り上げだけ持って逃げ出したりしている。

これなら〈移動〉を誰かに見られる可能性は低い。

ルカは人気のまったくない路地裏に入ると、マーキングした小石を近くの屋根の上に放り投げて自らと〈相互移動〉し、屋根に上がる。その後も視界に入るそこそこ遠目の屋根にマーキングしては〈移動〉していく。こちらで用意しなくても屋根の上には意外と小石や葉っぱが載っていた。鴉《からす》が咥《くわ》えてくるでもするのだろうか。不思議だ。

北の町外れまでやってくると、男どもが怒鳴りあっている声が聞こえてきた。

（あれが北門か）

ルカたちが入ってきた南門とほぼ変わらない造りの簡素な石門に、大勢が集まり鎧や槍《やり》がぶつかり合う音が聞こえている。戦闘……という感じではない。もめているのは間違いないが、武装した兵士がひしめきあっているために互いにぶつかって金属音がしているだけだ。

結構な人数だ。王都からこんな辺鄙《へんぴ》な町にあんなに人員を割くものなのだろうか。町の自警団にしては装備が立派だし、以前見た王都から来た軽薄兵士と同じ甲冑なので、王都の兵士で間違いないと思う。……いや、よく見るといかにも町の自警団といった体《てい》の革の防具を着た者もいる。ごちゃまぜなのかもしれない。

盗賊のほうは門の向こうにいるらしくここからは見えない。とはいえ門に寄って見えなくなる程度の人数しか来ていないということだ。これなら数の力で抑え込める。ルカは兵士に任せればいいと安堵《あんど》の息をついた。そのとき。

高いところから遠くに目を遣ったからわかった。

なにか大きなものが、町の外、遠くの森から凄い速さでやってきている。森を抜けてもところどころに低木の茂みがあるせいか、門からはまだ見えないのだろうか。

（なんだあれ）

あんな大きさで、あんなスピードで走れる獣をルカは知らない。

（魔獣？）

魔獣とは獣の一種であることには違いないのだが、魔法を使うことができるものの総称だ。体の形から想像できる以外の攻撃方法や守りを持つため、魔獣狩りには専門知識が要求されると聞く。

生息域の偏りか、ルカの村付近には魔獣はまったく出ない。ヴォルフが村に来るきっかけになったはぐれ魔獣が来たのは、ルカが生まれる十年以上前のことだ。十五年の人生で一度も見たことがないのだから、違うかもしれない。でももし魔獣じゃなくても、確実に町を襲おうとしているアイツに誰も気づいていないのはよろしくない。

盗賊（?）はアイツから逃げてきたのではなかろうか。

そしてよりにもよって町まで引きつけてきてしまったのではないのか?

おそらく身分証もないだろうし、門で止められたのを強引に入ろうとして大騒ぎになったのでは。

そんな推測をしてる場合ではなかった。ルカは心の中で持ち主に謝りながら洗濯物として干されていたシーツを纏《まと》い、口元だけが出るようにしてほぼ全身を隠した。

「魔獣が来るぞ――――！」

屋根の上から声の限りに叫んだ。

人が一番密集しているところは喧騒の中心で聞こえていなそうだが、周囲にまばらに散って警戒していた兵士たちがルカのほうを見上げた。凄く不審な顔をしているのがここからでもわかる。

（すまないな）

ルカは魔獣が来ている方角を指さしてまた声をあげる。

「魔獣だ！　町に近づいてくるぞ！」

どよめきが広がっていく。ルカの声が聞こえたのか、盗賊っぽい男どもが門から身をよじるようにして這《は》い出し、大声をあげた。

「だからさっきから言ってるだろうが！　こっちに来てるんだよ！　緊急事態なんだ！入れてくれ！」

なんだ、言っていたのか。

信用してもらえなかったのかな。

とりあえず町に入るのを優先して強引にしたばっかりに言い訳の嘘だと決めつけられたのかな。

そんなことを考えていると、兵士の一人が門の上に上りルカの指さす方向を確認する。

「本当だ！　魔獣が来る！　あれは……耳打牛《ソニックウェイブバイソン》だ！」

兵士の声によりその場はさらに荒れた。

耳打牛《ソニックウェイブバイソン》。初めて聞く名前だった。

ルカは屋根を飛び移り兵士たちの死角に来ると、ここまで来る途中で見かけた武器屋に〈移動〉した。弓と矢を一式「お借り」する。弓矢は自前のが荷車に置いてあるのだが、道中の危険に備えるためだったので、町に入ってからは油断していた。取りに行くと引率の男に弓を使いに行くことが知られてしまう。面倒は避けたい。

そしてさっきの屋根の上まで戻ってくると、兵士たちはさらに混迷し、恐慌とも言える状態になっていた。そこへ最も兵が密集していたところから破《わ》れ鐘をつくような叱咤《しった》が飛んだ。

「静まれ！」

その力強く太い声は空気をビリビリと振動させ、こちらまで身が硬直するような錯覚に陥った。体格が良く、王都の兵士の甲冑を着ている。雰囲気は若そうだが、顔はよく見えない。

その男はてきぱきと指示を出し、盗賊を捕らえ連れていく者、応援を呼びに行く者、ここで魔獣の監視および迎撃に残る者と仕分けをし、すぐにその場の統率を取った。さっきまでのパニックが嘘のようだ。

ルカがその様子を見ていると、その男がパッとこちらを見上げた。ルカはフードの上からさらにシーツを被り、目元は陰になっている。だが、はっきりと目が合ったと思った。

「そこのお前！　下りてこい！」

（いやだよ）

なにも悪いことをしていないどころかむしろ魔獣の来襲を早めに教えてあげたというのに、命令されるいわれなどない。弟も心配だし。検査が終わって初めての町で花壇で待ちぼうけとか、泣いてしまうかもしれないではないか。とはいえ……

（応援を待っているのでは間に合わないだろうな。なんだあのスピード。速すぎるだろ

う）

近づいてくる耳打牛を見ていると、それは確かに牛に似ていた。でもルカの知っている畑を耕すのを手伝わせる赤べことは違う。岩のように筋肉が盛り上がり、体の前面に体重のほとんどが寄っているのではないかと思うほどに頭から首、肩にかけての迫力が凄い。二本の角は捻《ね》じれながら前に張り出しており、逞《たくま》しい体の前部はその角を打ち込むための強力な槌《つち》になるのだろう。

（春の風が吹いている。だがこの程度なら外すことはあるまい）

ルカはその場で矢をつがえると、かなりその全容がはっきりしてきた魔獣に対して矢を放った。

（一……）

わん

確実に当たると踏んでいた。しかし矢が耳打牛の目に命中する、と思った瞬間、そこだけに強風が吹いたように矢は横に外れ、力なく地に落ちた。ほぼ同時に、空中に不快な揺れを感じた。門の兵士たちはなぜか膝から崩れ落ちている。ルカも多少くらくらしている。同じ場所でぐるぐると回って急に止まると、まっすぐに立っていられないあの感覚。その軽度のものだ。

（なんだこれ）

「耳を塞《ふさ》げ！　耳打牛の攻撃は音だ！」

先ほど周囲に指示を出していた兵士が門の前からルカに怒鳴った。

（音……？）

「また来るぞ！」

見ると耳打牛の二本の角のあいだに小さな光点が発生している。ルカは反射的に耳を両手で塞いだ。

わん

空気が揺れる。なるほどな。魔法でおかしな音を出しているようだ。そのせいで耳に影響が出る。耳には音を聞く以外に体のバランスを取る器官が存在するという。あの音を食らうと、それが狂わされるらしい。ルカが兵士たちよりましなようなのは、耳打牛からの距離が少しは遠いのと、フードとシーツを二重で被っていたからかもしれない。

（耳を塞げば大丈夫そうだが……矢を音ではじき返したってことか？　そんなのどうすればいいんだ）

そうこうしているうちにもみるみる耳打牛は門に近づいてくる。もう兵士たちも及び腰になっている。あの統率を取っている兵士が態勢を立て直そうとしているが、なかなかうまくいかないようだ。ルカは耳打牛をじっと見た。正確には耳打牛の足の動きと、これから通る道を――。

〈相互移動〉。

　ルカがそれを発動するやいなや、耳打牛は前につんのめって転げることになった。その機を逃さず、矢を撃ち込む。予想外の状況に、音の壁を作り出す光点を出す余裕はなかったらしい。

（二……命中。三……命中）

　目に、首に、足に、次々と矢を放つ。耳打牛はもう立ち上がれないだろう。すぐにとどめを刺してやりたいが、それは兵士に任せるしかない。ルカは遠い屋根の上から、命を奪った獣にいつもするように、簡易的な祈りを捧げた。

「おい！　お前！」

　ほかの兵士たちが目の前で起きた出来事をまだ信じられず呆然としているさなか、例の兵士はルカに向かって声を張り上げてきた。

「お前だ！　お前！　下りてこい！」

　ルカは自分の手を見て、感動に打ち震えていた。知らない兵士が呼びかけていようがそんなことを気にする余裕はない。

（初めて手に取った弓と矢で……）

　借りたときに何度か弦をはじいて強度や柔軟性の確認はしたが、初めて手に取った道具で打ち取ったのだ。しかも魔獣を。いまになって手に少し震えが来ても当然というものであろう。

先ほどの種を明かすとこうである。

急に足元に小石の代わりにシーツが出現した耳打牛はそれに足を巻き取られ、自分の突進の勢いに任せて転がり倒れた。シーツは転ばせた直後、再度小石と〈相互移動〉することによってすぐ手元に戻している。シーツが兵士たちの眼前に出現したのは一瞬だし、土煙の上がっていた耳打牛の足元だ。それに耳打牛が転がった光景の衝撃で、シーツをまともに見た者などいないだろう。そもそも奴らは恐慌状態だったのだ。わけがわかるまい。土にまみれたシーツを再度頭から被るのはちょっと抵抗があったが、しかたがない。服装であとからバレたくないのだ。

あの男はまだ自分を呼んでいる。

（うるさいな）

ルカはマーキング先をその男から死角になる煙突の陰にあった葉っぱに指定すると、屋根から飛び降りた。

「なっ!?」

飛び降りて建物で男の視線を遮った瞬間、シーツを空中に残し葉っぱと〈相互移動〉する。さっきまでルカがいたほうへ、何人かが駆けていくのがわかる。おそらく地面に落ちた汚いシーツしか残されていないだろう。

せっかく洗濯したのに、持ち主にはすまないことをした。町を守ったということで許してほしい。心の中で謝って、すぐにまた〈移動〉し、弓矢一式をお返しした。矢は矢筒に入っていた六本すべてを使い切ったので、矢筒に相場の金額を入れておく。そして礼拝所近くまで来ると、ルカは土埃《つちぼこり》を払いながら歩いて戻った。

礼拝所の門を入ると盗賊の報で緊張感が高まっており、子どもたちは全員建物の中から出されていないようだった。

（よかった）

ルカは胸を撫でおろし、リヒトの姿を探して礼拝堂へと近づいていった。

◇　◇　◇

盗賊捕縛と魔獣討伐の報が礼拝所にも届き、事情を知らなかった者たちは仰天していたものの、無事検査が再開された。

リヒトの番になったので出入口付近で待っていると、兵士が出てきてルカに話しかけた。

「リヒトくんのお兄さんですか？」

「はい」

「ちょっと来てください」

促されるままに礼拝堂に入ると、奥の聖石の前にリヒトが立っていた。正面の官吏はルカのときと同じ人だ。

「やあ、あのときの」

「こんにちは」

向こうもルカを覚えてくれていたらしい。まあ、一度見たらまず忘れないだろう。ちなみに兵士たちは初めて見る人たちなので特に挨拶もなかった。

リヒトの〈恩恵〉は〈魔術使い〉だった。

「え、すごい」

官吏からにこにこ顔で伝えられ、思わず声が漏れてしまう。まさかうちの子が。賢い賢いと思ってはいたが〈恩恵〉にまで恵まれてしまうなんて。思わずリヒトを期待の眼差しで見てしまう。リヒトはちょっとむくれているようにも見える。どうしたのだろう。

「うん、奨学金決定だな」

「ですよね」

魔法や魔術に関する〈恩恵〉は奨学生確定なのだ。

そうか。リヒトは王都で学ぶことになるのか。家は兄が継ぐことになっていたが、リヒトが独り立ちするにしても成人までは一緒にいられると思っていた。まさかこんなに早く離れることになるなんて。リヒトの将来が約束される喜ばしいことなのに、やっぱりさみしい気持ちも拭えない。

官吏や兵士たちにおめでとうと言われ、笑顔で礼を言う。

奨学生に決まった者への説明をリヒトと一緒に受け、やたら分厚い奨学生徴集通知を手に礼拝所をあとにした。村から同行した引率の男や子どもたちも一様に驚いていた。田舎の小さな村から魔術使いが出る。それは一大ニュースにほかならないのだった。

だいぶ時間が押してしまったので、町で頼まれていた買い物などを少しして、また一日がかりで村へ帰った。ルカたちは、戻り次第家族会議である。

〈奨学生徴集通知〉

名前　リヒト
年齢　十二
出身　ポルカ村
恩恵　魔術使い
奨学生ランク　一等
指定校　グラハデン魔術学校

上記の者、本通知発行日を含む十日以内に入学手続きを完了すること

詳細は別紙参照

その別紙とやらには入学手続きは王都まで行かなくても、町の役所でもできること、奨学生ランク一等の者は入学金・授業料が全額免除のほか、労働力を期待していた家庭への補償として毎月一定額の給付金を受け取れることなどが書いてあった。

「手厚い！」

「手厚いな」

「でもこの村でそんなに現金があってもねぇ」

「あるに越したことないじゃないか。町まで買い物に行くことだってできるんだし」

食卓に置かれた徴集通知を家族で囲むようにして読みながら、父も母も大喜びしている。

「この奨学生ランクってなにで決まるの？」

「〈魔術使い〉は問答無用でこのランクらしいよ。検査してくれた官吏のおじさんが言ってた。手厚い代わりに、将来国の機関に召し上げられることは決定事項だって」

ルカは保護者としてちゃんと説明を受けてきたのである。リヒトなら自分でちゃんと聞

いてきただろうが。

「まあ、国の命令じゃしかたないわねぇ」

「そうだな」

「休暇はないのか」とめずらしく兄が発言する。

いつもルカが会話に入っているときはしゃべりたがらないのに。

「まとまったのだと冬にふた月くらいある[*1]」

「ええ!? 収穫祭には被る?」

「被らない。冬至の十日前から、灯芯祭[*2]の五日後までだから」

「ええー……」

母はがっくりして食卓につっぷした。

(わかるよ。収穫祭と冬支度は一年で一番忙しいからね)

「あ! ねえ! この『奨学生ランク一等の者は、一名のみ同伴者を随行させることが可能』っていうのは?」

それもルカはちゃんと説明を聞いてきている。

「従僕とか侍女がいる人向けだね」

「……それって貴族なんじゃないの?」

「うん。あと貴族と平民が同じクラスになることはないって。というか勉強する棟も寮も

*1 魔術学校の冬休み
日本の暦でおよそ十二月十五日〜二月十五日に当たる。夏休みはない。
*2 灯芯祭
日本の立春のころに当たる、春の訪れを神に祈るロウソク祭。

全然違うらしいよ。貴族は建前上奨学生になっても寄付金とかいっぱい払うから、こういう措置がないと困るんだって」

「なんだそりゃ」

ほんとなんだそりゃだが、お上の考えることをこちらで深く考えてもしかたがないのである。

ここで、いままで家族のやりとりを黙って聞いていたリヒトが爆弾発言をした。

「ルカ兄さんを連れていきたい」

「え？」

先ほどから「ルカ兄さんと一緒じゃなきゃ嫌だ」と泣いてわめく弟を「もう十二歳なんだから身の回りのことは自分でできるでしょ！」と母が必死に言い聞かせている。いつの間にか「兄ちゃん」呼びから「兄さん」になって精神的な成長を喜んでいたが、まだこんなにもかわいらしい面が残っていたのかとついつい頬が緩む。

しかしリヒトのかわいらしさに脂下《やにさ》がっているわけにもいかない。とにかく十日以内に入学手続きを完了させなければならないのだ。もう二日目が終わろうとしている。町まで一日みなくてはならないから、猶予は七日しかない。

「入学手続きが終わったら国が手配した馬車が来るらしいんだ。向こうの都合次第だから、手続き後すぐかもしれないし、待たされることになるなら宿代も出るみたい。でも身ひとつで行くわけにもいかないでしょ。必要なものの買い出しとかもあるし、町には早めに着かないと」

ギャン泣きの弟と母を尻目に、今後の予定を父に話す。

七日以内に町で入学手続きをしたら、そのまま町で待機して手配された馬車で王都に行く。本当にもめている時間などないのだ。

するとそれまでなにやら考え込んでいた兄が急に言った。

「ルカ、お前、リヒトについていけ」

「え？」

父とルカの声が合わさった。

ルカは兄の思惑にすぐに思い至った。兄が自分に冷たく当たる理由だ。

兄には結婚したい女がいる。女もどこがいいのか知らないが兄に惚れている。しかし女の父親はそう簡単にはいかない。鬼の子がいる家に大切な娘をやるなんて、と渋った。自警団の一派だったのだ。でも娘が乗り気だと知ると今度は持参金を値切ってきた。つまりルカがいるせいで、兄の結婚は滞っているのだった。兄の恋人の女性はかなりおとなしい人らしく、父親の所業を知っても強く言えないでいるらしい。結婚の申し込みをしたのはもう二年ほど前だと聞いている。そりゃあ我慢も限界だろう。

そこでルカを追い出しにかかったわけだ。

ルカは自分のことは自分で決めると言い、その日は怒って出ていった。しかし次の日の狩りで矢を何本も無駄にしてヴォルフから拳骨を食らい、なにがあったか話した。

「村を出るのもいいかもしれん」

「え……」

まさかここでヴォルフに切り捨てられるとは思っていなかった。

（なんで？　どうして？）

「ああ、誤解するなよ。でも王都なんて、こんな機会でもないと行けんだろ」

「そりゃあ」

「人の金で」

「たしかに馬車代は国持ちだけど」

ヴォルフは顎を太い指でこする。みっしりと生えた髭《ひげ》に指が埋まって気持ちよさそうだ。

「行ってみて嫌だったら帰ってくればいいじゃないか」

「んー……えー……？」

ルカは思わず困惑の声を出した。めったにない、甘えを含んだ声音だ。ヴォルフはにやりと笑った。

「その、奨学生ランク一等だったか？　その通知に書いてあるんだろ？　同伴者を連れてきていいって」

「うん」

「じゃあ向こうに文句を言う権利はない」

「……」

「寮にお前の部屋ももらえるのか、弟と同室になるのかはわからんが、とにかく出入り自由ってことになる」

「うん……まあ」

「王都に行って一人暮らしするのにいくらかかると思ってる。お前の親父の一年の稼ぎなんざ、月が一周満ち欠けする間になくなっちまうんだぞ」

「え！」

「でもリヒトはとりあえず寝床と飯は確保したんだろ」

「うん」

寮では朝夕、食事が出るらしい。昼はないが、学内の食堂で有料で食べられる。それは同伴者も同じだ。

「同伴者の権利だけしっかり確保しておいて、向こうで出稼ぎでもすればいいじゃないか」

「……！」

ルカはいままでそんな図太く、図々しく、厚かましい思考に辿《たど》り着いたことはなかった。頭のてっぺんに雷でも落ちてきたかのような衝撃を感じた。

「狩りの腕はもうかなりある。俺は仕込めることは仕込んだからな。この三年で体もほぼ完成した。村だけじゃ学べないこと、見られないもんを見てこいよ」

（ヴォルフ、いままでで一番しゃべったな）

結局「奨学生本人じゃないんだから嫌になったら帰ってくればいい」の一言が駄目押しとなって、ルカは心を決めた。

tensai majutsushi wo
otouto ni motsu to jinsei wa
kounaru

◆ I ◆

第二章

tensai majutsushi wo
otouto ni motsu
to jinsei wa kounaru

ルカはリヒトと一緒に魔術学校へ行くことにした。

ヴォルフとの話を父に伝えると、父は笑って承諾した。リヒトはルカの同行を聞くなり花が咲いたように顔を輝かせ、いつもの理知的なリヒトに戻って今後の予定を話し始めた。そんなリヒトの変わり身の早さを見て、なだめるのを担当していた母は愕然《がくぜん》とした顔をして言葉を失っていた。

冬休みには帰ってくるので、大袈裟《おおげさ》な別れにはならない。ヴォルフに餞別《せんべつ》としてイノシシを一頭狩ったくらいだ。出立の日に実家に寄り、両親に挨拶してリヒトと旅立った。

手続きの締め切りまであと四日しかないが、宿代を自分たちで出しても最終日ぎりぎりにすればよいのではないかという話になった。村から持ってきたのは着替えとリヒトの気に入りの本、そしてルカの狩猟道具くらいで身軽なものである。ヴォルフはとうとうあの二冊をリヒトに取り上げられてしまったのだ。笑える。

町に着くと安宿を取り、さっそく買い物に出かける。服屋を探して歩いていると、町の広場に出た。ひとところに集中して人だかりができており、その中心部に板に張りつけられた黒っぽい獣の毛皮が見えた。半分近くが大人の身長から上に出ているので相当大きなものだ。

「兄さん、見に行こうよ！」

「ああ」

人混みからリヒトを守りながら前へ出ていく。最前列に来ると、立派な毛皮が全貌を現した。

「大きいねぇ」

「ほんとだな」

「あ！　そっちに説明書きがあるみたい！」

立派な獲物に感心していると、リヒトが左わきに立て札が掲げられているのを見つけた。

「えっと……あ、検査の日に討伐された魔獣だって！」

「え？」

リヒトの言葉でびっくりして立て札を読む。それは王都の兵士が設置した正式な触れ書きで、町を脅《おびや》かした耳打牛《ソニックウェイブバイソン》という魔獣であり、突然変異レベルの巨大な個体だと書かれていた。

そして最後に、討伐に協力した弓使いの青年の情報を求むとあった。全身をシーツで隠していたはずなので姿は見られていない。一瞬シーツを手放したが、混乱で見た者はいないだろう。その証拠に身体的特徴はおよその身長しか書かれていない。「青年」というのも、ルカの身長は十五を前にして伸び切っていたので、大人だが声からして年齢は若そうという判断になったのではないだろうか。

気にしない気にしない。自分はなにも見なかった。ルカは内心そう言い聞かせた。

「兄さん、弓だって」

「うん、そうみたいだな」

「僕が凄腕の弓使いを探せって言われたら、ぜったい兄さんなのになぁ」

リヒトがかわいいことを言ったので頭を撫で、ルカはご機嫌で買い物に向かった。

リヒトに町で新品の服を何着かと筆記用具を買った。金は両親から預かっていた。特に着替えは長兄とルカのお下がりばかりだったリヒトに、王都の学校で恥をかかないようにとの親心だ。ルカは狩りでこつこつ貯めていた金があるのでブーツを買ってやった。これで入学式には上から下までぴかぴかの晴れ姿が見られるはずだ。


締め切り日に入学手続きをするため役所に行くと、貴族でもないのに同伴者申請をしたことで受付のお姉さんには驚かれたが、「まあ、徴集通知に書いてありますしね」と受け入れられた。やはりかなりめずらしいことであるらしい。

お姉さんは一度奥に行って戻ってくると、ムーンストーンのような白みがかった石のついた指輪を二つ、銀の皿に載せて戻ってきた。

「こちらは魔術学校の通行証になります。学生の方、つまりリヒトくんにとっては学生証でもあります。血をほんの少しでいいので、この石につけてください」

言われた通りに指の先をナイフで傷つけ、白い石につける。すると石が煌々《こうこう》と光り、その光が収まるとつけたはずの血は消えていた。リヒトもじっと指輪に見入っている。

「これで指輪の登録が終わりました。この指輪は魔術具であり、登録者以外が身に着けても、通行証の役割は果たしません。失くすとグリフォンに噛み殺されるらしいので失くさないように。指のサイズにかかわらずぴったりに変形しますので、ずっとはめておかれるのがよいでしょう」

冗談なのかなと思ったが顔がぜんぜん笑っていない。再発行の制度はないようだ。迎えの馬車は今日手続きに来たほかの子たちと乗り合いで、明日になるらしい。二人は今日の分の宿賃をもらって、安宿に帰った。

◇◇◇

指定された通り、二の鐘のころに役所前の馬車の乗りつけ場に来た。人はまばらだが、リヒトのほかに子どもが二人いる。こんな時間に役所前にいる子どもは一緒に馬車に乗る奨学生にちがいない。向こうも気にしているようで先ほどからチラチラとルカたちを盗み見ている。一人は燃えるような赤毛の小柄な女の子、もう一人は金髪でのっぽの男の子だ。

「声をかけに行くかい？」

「本当に奨学生だってわかるまではいいよ」

でもどちらも指輪をしているし、リヒトも気がついていると思う。あの女の子なんか、わざと指輪をアピールするようにさっきから何度も髪をかきあげているし。

三者のあいだに微妙な空気が流れるなか、一台の黒い馬車が乗りつけ場に入ってきた。御者の男が降りてきて、名前を呼ぶ。

「リンドール町のスカーレット、ボンド村のアレクサンドル、ポルカ村のリヒト、ルカ」

呼ばれて御者のもとへ行き、挨拶をして乗り込む。この町——リンドールから王都までは馬車で七日程度らしい。なにもなければいいのだが——そう思うルカの気持ちを励ますように、車窓の外では春の穏やかな景色が軽やかに流れはじめた。

「え？　お兄ちゃん同伴で来たの？」

赤毛の女の子、スカーレットはリヒトに確認し、ルカに目を遣ると鼻で笑った。前髪を上げ露《あら》わにした形の良い額の下で、強気な茶色の目を輝かせている。腰まで伸ばした髪は天然の巻き毛で、それはさながら赤銅の滝のようにも思えた。

「えー、まだお兄ちゃんなしじゃいられないなんて！　お子様ー！」

高笑いをしているけれど、先ほどした自己紹介によるとスカーレットは十歳だ。〈恩恵〉が魔法系らしく、魔法・魔術系は発動した時点でわかるので、検査を十二まで待つ必要がない。聖石で確かに魔法系の〈恩恵〉であることを確認したら、飛び級で奨学生になる。

　それを聞いてルカはもやっとした。

　そうだ。〈恩恵〉には発動した時点でその内容がわかるものがある。ルカだって〈瞬間移動〉と間違えてはいたものの、わかっていたのだから。魔法・魔術系ならなおさらだ。

　ルカは思い出していた。リヒトはヴォルフに魔術について書かれた本が読みたいと頻《しき》りにせがんでいなかっただろうか。つい最近のことではない。もっと何年も前。実際ヴォルフも投げ売りされていた古本ではあるが、何冊か融通していた気がする。

（そして検査の日に判明した〈恩恵〉が〈魔術使い〉……）

　ルカは思わず隣に座るリヒトを見た。リヒトは年下の女の子の相手が面倒なようで目を閉じて静かにしていた。

「お兄さん、その髪って、生まれつきですか？」

「うん、そうだよ」

　斜め前からアレクサンドルが話しかけてきた。スカーレットよりは礼儀正しいが、いきなり髪の話を振ってくるあたり、やはりまだお子様かもしれない。ちなみに彼はリヒトと同じ十二歳だ。優し気な水色の目はちょっと垂れ気味で、心なしか気が弱そうにも見える。

「髪の色がなんだ」

　目をつむっていたリヒトが険のある声を出した。

「あ……ごめん」

いけない。リヒトが誤解されてしまう。優しい子なのに。

「気にしないで。それより弟と仲良くしてくれると嬉しい」

「あ、はい」

リヒトが眉間をくつろげたのでアレクサンドルはぽつりぽつりと自分の村や家族のことを話し始めた。ルカには同年代の友達はいなかったが、普通はこんなふうにちょっと照れながら話したりするんだろうかと微笑ましく感じた。

先ほどまで騒がしかった方向が急に静かになったなと思って見ると、スカーレットがむっつりした顔で初々しく話す男子二人を睨んでいた。どうやら最初にリヒトに対して攻撃的なことを口走ってしまったために、素直におしゃべりに参加できないみたいだ。しばらく少女を放置する想像もしてみたのだが、意固地になられると面倒くさいと思い、話しかけることにした。

「スカーレットは魔法系の〈恩恵〉だと言っていたけれど、リヒトの〈魔術使い〉となにが違うんだい？」

スカーレットははじかれたようにルカを見て、ぱあっと顔を輝かせた。

「あ、あら知らないの!?　しっかたないわねー！　教えてあげてもいいわ！」

スカーレットがしかたがないという体《てい》を取りながら話しだそうとすると、リヒトが取り

上げた。

「簡単に言うと、魔法は天才が使うもの、魔術は多くの人が使えるようにしたものって感じかな」

「ほう」

「ちょ、ちょっと！　わたしが話すところでしょ！」

スカーレットが慌てて言い募るも、リヒトは無視して続けた。

「魔法っていうのは魔力を世界の法則にそのまま乗せて使用するんだ。だからその感性がわかる人が感覚で使ってるんだ。もっと言うと、『理由はわかんないけど、使える』ってこと」

「ふむ」

「魔術は、もともとそうやって天才たちが使ってきた魔法を、ほかの人でも再現できないかなって、観察して、解析して、体系化して、手続き化したものなんだ」

「うーん……じゃあ料理で言うと、魔法使いが料理の天才で、適当に作っても美味しいものを作れる人だとすると、魔術使いはその手順をきちんとレシピに起こせる人、という感じかな？」

「そう、そう！　材料も、分量も、手順も、火加減も、ぜんぶきっちりまとめて、次はその天才料理人じゃなくても、同じ料理が作れるようにする。それが魔法に対しての魔術ってことだよ」

　なるほど。感覚的ではあるが少しは理解できた気がする。

「ちょっと！　ちょっとなんなの⁉　話が終わっちゃったじゃない！」

「ちなみに魔獣が使うのはこれで言うとぜんぶ魔法ってことになるね」

「たしかに。あいつらが考えて魔術で魔法を再現しているとは思えないな」

ルカは笑って言った。リヒトはわずかに目を細めて微笑んだ。ポルカ村に魔獣はいない。ではルカがどこであいつらと呼ぶほど魔獣を知る機会があったのか。それに見当がついたからだった。


「ぐぬぬぅ……」

　スカーレットが悶《もだ》えている。そろそろフォローを入れねばなるまい。

「じゃあ、スカーレットはリヒトと同じグラハデン魔術学校に行くのかい？」

「え、ええ！　そうよ！　魔法系は本来教会預かりなんだけど、基礎科目は魔術学校で習うの。だから三年生までは魔術学校で勉強して、四年・五年は教会で実習を受けるっていうわけ！」

「預かり……？」

　魔術学校は五年制だ。それはいいとして、預かりとはなんだろう。

「預かりっていうのは将来仕事をする配属先のことだよ。〈恩恵〉によってどの機関に勤めるのかが変わるんだ」

ルカの疑問を見通したようにリヒトが言った。スカーレットが小さく「あ！　また！」と言っている。

「この国には三権って呼ばれる対等な機関があるでしょ？」

「王家、教会、魔術学校ね」

すかさずスカーレットが割り込み、リヒトはちょっと眉をひくつかせた。

「うん。それで、戦闘に長《た》けた〈恩恵〉持ちは軍学校に入って卒業後は王国軍に配属、魔法使いは教会に、魔術使いは魔術学校の魔術師団に入るか王国の官吏に、ってだいたい決まってるんだよ」

「そうだったのか」

「まあ完全にそう分けちゃうと人材が偏り過ぎてうまく回らないから、融通は利くみたいよ」

「なるほど」

スカーレットはなんとか会話に乗り込むことに成功し、一気に機嫌が良くなった。

「じゃあ卒業後はスカーレットは教会、リヒトは魔術師団か国の官吏ってことか」

「そうね」

「ちなみに僕は王国軍です」

それまでみんなの会話を聞いていたアレクサンドルが入ってきた。

「えっ？　じゃあアレクサンドルは戦闘系の〈恩恵〉ってこと!?　見えないー……」

スカーレットが天然で失礼なことを言う。とはいえルカもリヒトも内心同意してしまった。

「ははは……長いからアレクでいいよ。僕もほんの十日前まではとても自分が戦闘系だとは思ってなかったし」

アレクサンドル、もといアレクは眉尻を下げて猫背になった。本当に気弱そうだ。軍学校に行くのに大丈夫だろうか。

「ねえどんな〈恩恵〉なの？」

「おい、他人《ひと》の〈恩恵〉を聞くなよ」

興味に駆られたスカーレットをリヒトが注意する。

暗黙の了解であるが、世間では自分から話さない限り〈恩恵〉を他人が聞くのは失礼とされている。良い〈恩恵〉を得た者は奨学生になるので勝手に広まってしまうが、自慢したいのでない限り話す必要がないからだ。ルカが村人の〈恩恵〉をいくつか知っていたのも、それが自慢して自ら明かしていた者の〈恩恵〉だからだ。あとは家族の〈恩恵〉しか知らない。ヴォルフのさえも知らないのだ。

「べつにいいよ。奨学生だし。僕の〈恩恵〉は〈聖剣の使い手〉っていうんだ」

「せいけん……って、聖なる剣の聖剣？」

「そう」

「嘘でしょ⁉」

本当に失礼である。

「いやだって、ルカさまもそう思ったわよね⁉」

スカーレットはいつから自分を「さま」付けしていたっけ。というかこちらに振らないでほしい。ルカだってこの少年が〈聖剣の使い手〉と言われてもぜんぜんピンと来ていないのだから。


窓外の景色が森になってしばらく経つ。

「みんなはこの森入ったことある？」

アレクが外を見ながら話を振った。

「当然よ！」

スカーレットの食いつきが非常に良い。

「私は周辺の村じゃなくてあの町出身なの。クィントローネ商会。あなたたちも聞いたことくらいあるんじゃなくって？」

「ないね」

「ない」

「……すまない」

男子二人が無邪気に答えてしまったために、ルカはなんとなく謝った。

「ほんっとーに田舎者なのね！」

スカーレットは怒って腕を組んで座りなおした。

それにしても、そうか。商会の娘さんだったのか。たしかにかなり仕立ての良いワンピースを着ている。首元や袖口にレースがあしらわれ、刺繍《ししゅう》で花の文様が入ったスカート部分は足首までたっぷりと生地があった。荷物もルカたちやアレクは背負子《しょいこ》に布袋を固定したものだが、スカーレットは革ごしらえの鞄《かばん》だったのである。

「町で展示されていた耳打牛《ソニックウェイブバイソン》は見た？」

「ああ、あれね！　もちろん見たわ！　あそこで解体ショーもやったのよ」

スカーレットは得意気に話していたので気づいていないが、アレクは解体と聞いてちょっと青ざめている。本当に軍学校で大丈夫だろうか。

「わたしたちの検査の日よね。あれが出たの」

「うん、この森から出てきたはずだ」

リヒトが頷くのを見て、ルカも同意する。この目で見たので間違いない、ということは言わない。

「通って平気なのかな」

あのレベルの魔獣がまだいるのではという想像に至ったのだろう。アレクが青い顔のまま言った。

「あれからすぐ王都から応援があったのよ。王国軍騎士団と魔術師団のね」

「へえ」

スカーレットは町にいただけあって情報通だ。

「ひとまず街道の安全性は確認したらしいけど、まだ警戒に当たってるそうよ。町に滞在してた騎士も多かったし、森の中も街道付近に散らばるようにして探索してるんですって」

「じゃあまだ安全かどうかわからないってこと？」

「でもあんな大きな耳打牛、突然変異だし仲間もいないでしょ」

ルカはアレクとスカーレットのやりとりを聞きながら考える。

騎士団と魔術師団がわざわざ来て調査したのか。

一頭だけ突出した個体を盗賊が運悪く引き寄せてきた。それ以外の理由があるのか？

仕留めたあとで、そんなにしっかり警邏《けいら》しないといけない理由が？

そもそも耳打牛が襲ってきた時点で、すでに町のなかには不自然なくらい多く王都の兵士がいた。なぜあんなにいたんだろう。いつもあのくらいいるものなのか？

「ルカさんは弓を使うんですか？」

「え？　……ああ、そうだ」

　アレクがルカの荷物から出ている弓に目を留めて言った。

「兄さんは凄腕の狩人なんだ。アカミミオオカミもホホグロジカも単独ハントしてるんだからな」

　リヒトが自分のことのように得意気に言った。

「え！　すごい！　ホホグロジカは角も薬になるし、皮もすっごく柔らかくて色も綺麗で高値で売れるのよ！」

　スカーレットが食いつく。たしかにあれは高く売れた。今回町での買い物ではたいした貯金も半分はあの皮から来ている。

「兄さんは五歳のときから村で一番の狩人に弟子入りしててね。十三で一人前って認められたんだ」

「へー！　すごい！」

「じゃあすごいのはその師匠なんじゃない？」

　素直に褒めてくれるアレクに対して、スカーレットは辛辣《しんらつ》だ。リヒトは途端に殺気立った目をスカーレットに向けたが、ルカが「まあ、そうだな」と流したので開きかけていた口を閉じた。

ヴォルフはすごいのだ。それは事実なので納得である。

◇◇◇

この馬車での移動中にルカは成人になった。野営のときにリヒトが近づいてきて、おめでとうと言ってくれる。

「兄さん、成人、村で迎えられなくてごめん」

「え」

ルカはべつに成人を村で迎えたいと思ったことなどない。ちなみに山小屋で迎えたいと思ったこともない。それを伝えるとリヒトは「そっか」とさみしそうに笑った。

「でも結構無理矢理だったでしょ。連れてきたの」

さすがに自覚があったのだろう。ルカもそれを聞いて笑う。

「まあ、たしかにあんなに駄々をこねるとは思わなかったな」

リヒトは頬を膨らませた。

「でも、もっと一緒にいられると思っていたのに、いきなり王都に行くことになったからな。離れがたかったんだよ」ルカは声を改めて言った。

「……」

「だからお前はそんなこと気にしなくていいよ」

「うん……」

「それに聞いただろ。ヴォルフが権利だけ確保しろって言ったこと」

「あれは笑った」

焚火の前で横に並び、二人で忍び笑いに肩を揺らす。

「その手袋が成人祝い？」

「ああ」

ヴォルフからの成人祝いは出立前にもらった。日に弱いルカの手を守る、子山羊《やぎ》の黒い手袋だ。指先は出るタイプで、弦を引き矢を押さえる感覚に支障はない。手にぴったりと吸いつくようでいて、通気性が良く蒸れることもない、最上の品だった。通行証の指輪はその手袋の上からしている。サイズが変わるとはなんと便利であることか。

「お前の成人は冬休み期間になるから、村で過ごせるよ」

両親にはリヒトの入学準備のほうを優先してほしいとルカから頼んだ。

「僕は兄さんがいればそれでいいんだ」

ルカは三年後を思う。きっとあっという間なのだろう。

「お前が帰るときは私も帰るさ」

「約束だからね」

リヒトはしっかりと言質を取って破顔した。


馬車の旅も六日目ともなればみな結構疲弊している。

明日には王都に着くというのは本当だろうか。初日の休憩中に御者に見せてもらった地図が雑すぎて、行程もなにもわかったものではない。地図の発行元として「地理調査院」とか書いてあったけれど、いったいなにを調査したのか担当者に問い詰めたい。

「じゃあ次のお話はルカさまね」

無聊を慰めるために交代で話をしている。この案を出したのはスカーレットで、なんだかんだとみんな自分の持ちネタを話すうちに、仲良くなってきていた。話が短いとか、つまらないとか言う者が一人もいないのも良い。なにを話してもいいし、わからないことを質問しているうちに会話にもなる。お尻は痛いが、馬車のなかの空気は決して悪いものではなかった。

これまでにスカーレットはファッションの流行や町に現れた誰も騙《だま》せなかった詐欺師の話、アレクは実家が林業を営んでいるらしく山の管理をする父のそばで学んだこと、リヒトはせっかく本を持ってきていたので、それをみんなに見せながらの鉱物の話、ルカは大イノシシに襲われかけた話やアカミミオオカミの話をした。次はなんの話をしよう。

「じゃあ矢毒の作り方について……」

と話し始めたところで、急に馬車が止まった。慣性の法則によってみなの体が揃って傾く。どうしたのだろうと思いながら体勢を戻していると、御者が小窓を開けてこちらに話しかけてきた。

「この先の様子がおかしい。ちょっと見てくるから、絶対に馬車から降りないでくれ」

「はい」

御者が馬車を降り剣を携えて離れていくのを見て、みな押し黙った。ずっと順調だったので、不意に訪れた緊張感にどうしていいのかわからないのだ。


ルカも最初は御者の言うことをちゃんと守ろうと思った。でも、いくらなんでも遅すぎだろう。「ちょっと見てくる」の範疇《はんちゅう》を超えているだろう。

ルカは腰に提げたナイフを確認し、弓を持って矢筒を背負う。

「兄さん、行くの？」

スカーレットとアレクも不安でいっぱいの目を向けてくる。

「私は本当にすぐに戻る。私を信じられるか」

「信じる」

即答するリヒトを見て、二人も信じると言った。

ルカは馬車の内鍵を閉め、小窓もぜったいに開けてはいけないと言い聞かせた。三人は真剣な顔で頷いた。ルカが車外へ出て、約束通り内鍵の閉まる音がする。ルカは即座に道の先へ目を遣り、〈実質瞬間移動〉をしていった。

馬車付近の小石にマーキングはしてある。

視界に入っていなくても、マーキングさえしてあればすぐに戻れる。

ルカはこれまで実験で確かめてきたことを反芻《はんすう》しながら、安全を見て小刻みに〈移動〉した。道が少しカーブしている。馬車はもう見えない。

そして一レグレーム*3ほど先で、御者が倒れているのが目に入った。地面には血が流れている。

（なんだ？　盗賊？　それとも獣か？）

不用意に近づいて同じ轍《てつ》を踏むわけにはいかない。ルカは御者の近くの枝上にマーカーをつけられることを確認した。即座にそこに移る。そしてやっとなにが起きていたのかわかった。クマに似た魔獣が出たのだ。

ルカは魔獣の名前を知らない。ただあれは魔獣でなくてはおかしい。後ろ足二本で立っているが、ルカの身長の倍くらいある。幸いまだこちらには気づいていない。

御者以外に五人の兵士がいた。王都の兵士の鎧だ。倒れた御者の近くで、二人の兵士が

*3 一レグレーム
一キロメートル

クマ型の魔獣と対峙《たいじ》している。御者はあの鋭い爪にやられたのだ。血だまりのなか俯《うつぶ》せになっていて、いま生きているのかどうかわからない。兵士の仲間も三人倒れている。全員生死不明だ。

御者は異変を察知して降りていったので、おそらく兵士たちのほうが先に会敵していたのだろう。駆けつけた御者は援護するつもりでやられたのかもしれない。

ルカは木の幹に身を隠し、チャンスを窺った。兵士を助ける義理はないが、御者は一時的とはいえ旅の仲間である。手当てが間に合うかわからないけれど、それを確かめるためにも早く倒さないといけない。

激しく動いているため的は大きいが当てづらい。無駄撃ちして急所に入らなかったら、逆上させるだけだ。少し走るだけでリヒトたちのいる馬車が見つかってしまう。確実にここで仕留めなければならない。

弓を引く直前の体勢でしばし待つ。

兵士たちはなんとか二人がかりでクマモドキの攻撃を分散させている。しかしなかなか攻撃の隙を作れず防戦一方だ。

（でかい図体のせいでリーチが勝っているんだな）

クマモドキがどちらかに攻撃を入れる際にできる隙を狙うと、そのリーチ差のために兵士は一歩余分に踏みださなければならない。それによってクマモドキの次の一手で射程から逃れられず、確実に殺されてしまう。

（しかも持久戦はクマのほうがぜったいに有利だ）

　クマではなくクマモドキだが、どちらにしろスタミナで人間が勝てるわけがない。

　とうとう若いほうの兵士がクマモドキの一撃で盾ごと倒された。もうおじさんのほうは無視して若いほうにとどめを刺しにいく。クマモドキが大きく腕を振りかぶった。

（一……命中）

　振りかぶった際の一瞬の静止を捉え、矢を放つ。

　それはいつも通り目を貫通した。

（深く行けたな。脳に達しているはずだが……）

　一撃でまったく動かなくなるか、しばらく不作為の運動をするかはどこまで深く傷つけられたかによる。角度にもよるし、魔獣だとさらにわからない。

　しかし幸いなことに大方の運動は押さえたようだ。不意の攻撃によろけたクマモドキに、おじさん兵士の渾身《こんしん》の突きが刺さる。

　ガキン！

（行った！）

　首に入った。命懸けの踏み込みで、その剣が首に刺さったのだ。クマモドキはしばらくのあいだ、いや、一瞬だったのかもしれない、直立で微動だにしないと思うと、その巨体をゆっくりと前方に傾けた。おじさん兵士は慌てて剣を抜こうとしたが抜けず、諦めて手を放しクマモドキから距離を取る。地響きを残して、その巨体は地に沈んだ。

おじさん兵士は事切れたクマモドキの傍らで膝をつき、肩で息をしている。

「隊長……」

若い兵士が尻もちをついたまま、震える声で呼びかける。

「隊長……」

再度呼びかけるが、おじさん兵士は息が上がってなにも返せない。手で少し待てと示し、若い兵士も黙った。

脅威は去った――と言い切っていいのかわからないが、とりあえずこの木の陰にもマーキングしておいて、一瞬で馬車近くの小石と〈相互移動〉した。


「ただいま」

「兄さん！」

馬車のドアをノックすると、リヒトが瞬時にドアを開けて飛びついてきた。ルカは取り急ぎリヒトを撫でて中に入る。

「お前たち、しずかに。落ち着いて聞け」

三人とも泣きそうな顔をしつつも静まる。よくこらえた。

「この先で兵士たちがクマ型の魔獣と戦っていた」

そう言いながらルカは弓と矢筒を下ろす。

「クマ型……？　まさか！　鋼羆《スチールコートグリズリー》⁉」

スカーレットが顔を真っ青にして叫ぶ。

「いや、私は魔獣の名前はわからない。でもクマ型魔獣は兵士が仕留めた」

「すごい！　……ってちょっと！　アレク⁉」

アレクは魔獣の名前を聞いて気を失ってしまった。知っている魔獣なのだろうか。いや、その名前が正しいのかもルカにはわからないのだが。

「でも御者と、一緒にいた兵士何人かは怪我をして、意識がないみたいだった。生きているかもわからない」

「そんな……」

「この馬車にはまだ水と、応急処置の道具くらいは積んでいるはずだ。私は兵士たちのところへそれを運ぶから、お前たちは……」

このまま馬車にいてくれ、そう言うつもりだったのだが——

「わたしを連れていって」

「え……」

「いますぐに！　わたし、治癒魔法が使えるの！」

それを聞いてルカは飛び上がるようにしてスカーレットを抱え外に出た。

「じ、自分で走るわよ!?」

「このほうが速い！」

「わ、わかったわ」

ルカに問答無用とばかりに強く言われ、スカーレットは抵抗をやめた。

「リヒト、とりあえず行ってくる！　アレクを頼む！」

「わかった！」

ルカは馬車の扉を閉めると、スカーレットに「スピードを出すから、肩に顔をつけて目を閉じていてくれるか」と言った。平時であれば目を閉じなくても、と思う余裕があったかもしれない。しかしスカーレットは素直に顔を伏せ目を閉じた。あとは悟られないように〈移動〉だ。走るふりをするのも馬鹿らしいが、その場で何歩か足踏みをした。

「着いたよ」

「え？」

木陰の茂みから出て、兵士たちのすぐそばまで、スカーレットを抱えたまま小走りで近づく。

「すみません。そこの御者の方の馬車の乗客です。この子が治癒魔法を使えるんです。手当てさせてください」

そうおじさん兵士に話しかけた。

「治癒魔法!?」

「はい」

スカーレットが浮かぶ疑問を無理矢理振り払い、凛々しく応えた。ルカを追及している場合ではないと判断したらしい。

「部下を……いや、御者殿が先だ。我らはいい。とにかく頼む」

「わかりました」

そうしてルカはまず倒れている者たちの生死を確認した。

御者はかなりの血を失っているが、彼女は奇跡とも言える魔法で傷を塞ぎ、これ以上の失血を防いだ。兵士二人は気を失ってはいたものの、治癒が間に合った。一人は首の骨が折れていて、助からなかった。

スカーレットは真っ青な顔をしながら、おじさん兵士と若い兵士にも治癒魔法をかけた。

「すまない」

「いいのよ」

簡潔な返事だった。赤い髪がほつれて汗で額に張りついている。歯を食いしばって唇は色をなくし、患部に触れる手にはいつしか血がこびりついていた。怪我人のそばに跪《ひざまず》いた彼女のワンピースの裾は、泥と血を吸って黒く染まっていた。

若い兵士は、亡くなった兵士のそばで声を出すこともできずに肩を震わせていた。

「お嬢さん、私はもう大丈夫だ。遠慮ではない。もう歩ける。それだけで先ほどまでの私にとっては奇跡だ」

おじさん兵士は言った。確かにさっき肩で息をして声も出せないときに見た、疲労と焦《しょう》燥《そう》と絶望が入り交じった顔はもうそこにはない。

「あの、隊長」

なにかに整理をつけたのか、若い兵士が改まって近くに来た。

「あれはいったい……」

若い兵士が指し示す先にあったのは、矢。クマモドキの眼窩《がんか》に深々と刺さり、倒れた時に折れた矢だった。

「矢……そうだ矢！　援護射撃をしてくれた者がいるのだ！」

「近くにはいなそうですけど」ルカはすかさず言った。

「そうね……」スカーレットも同意する。

「たしかに……いたのだ……」

そしてガチャガチャと音を立てて水だの救急医療品などを運ぶ男子二人が来たのだった。アレクは気がついたのか。よかった。

「ありがたい」

二人の兵士は水を受け取って喉を潤している。さっき治療した者たちはまだ意識を取り戻していない。自分たちの乗ってきた馬車が一レグレームほど手前で置き去りだと告げると、若いほうの兵士が御者の代わりを買って出た。そして負傷者と遺体をこのまま王都まで運ばせてくれと。

ルカたちは全員了承した。

王都まではあと一日だ。

兵士だと思っていた彼らは騎士だった。馬に乗るかとか軍の中での位とかで違うらしい。おじさん兵士もといおじさん騎士は森の中の野営地に戻って別動隊に連絡を取り、王都への早馬を走らせるというのでここでお別れだ。大丈夫かと聞いたが、連絡手段はあるようだ。

あのクマモドキは不意打ちで野営地を襲ってきて、馬は逃げてしまい、後退しながら応戦しているうちに街道に出てしまったという話だった。そのため逃げた馬が戻ってきているかどうしても確認したいそうだ。馬は友達でもあるし財産でもあると聞くから、気持ちは理解できた。

残りの道程を進みながら、ルカは御者台で若い騎士と並んでいた。馬車のなかが狭くなったのでここしか場所がないのだ。

　騎士とぽつりぽつりと話をするなかで、あのクマモドキはスカーレットの言った通り、鋼羆《スチールコートグリズリー》という名だと教えてもらった。体毛が鋼鉄のように硬く、さらにその毛を覆うように防御魔法がかかっている、攻撃の一切通らない反則級の魔獣だそうだ。しかも突然変異レベルの巨大個体。援護射撃で目を潰されたときにようやく防御魔法が解けたのだそうだ。いままでは「出くわしたら逃げる」、「人里に近寄らないように誘導して逃げる」がセオリーだったらしい。若い騎士は鋼羆の討伐方法として広めなくてはと言った。王国軍には〈一撃必中〉持ちがいるらしいから、きっと可能だろう。

　野営で夕食をとっているときに、遺体と一緒で怖くないかと三人に聞いたが「こわくない」と一様に言った。スカーレットは魔力枯渇でぐったりとしていたが、ひと眠りしたら回復したのか、翌朝また負傷者に治癒魔法をかけているのを小窓越しに見た。

　森を抜けるとさっと視界が開け、王城が目に飛び込んできた。遠目からでも白亜の塔のそびえる様は壮観だ。

　王都はぐるりと壁に囲まれていて、門の大きさ、建築の技巧、常駐者の数が町とは段違いだった。町も壁に囲まれていたが、それはあくまで石の壁であり、門の横に門兵が駐在する小屋があるだけだった。ここのように門や壁自体に建物としての厚みがあり、中に兵がいたり屋上にも大砲が設置されていたりはしない。ちなみにポルカ村は獣除けの木の柵が途切れたところを門と呼んでいる。門兵などもちろんいない。

　王都門に着くともうおじさん騎士の連絡がいっていたらしく、馬車は敬礼で迎えられた。もちろんルカたちにではなく、殉職した仲間に対してだ。入門するなり負傷者と遺体は騎士団専用の馬車で運ばれていく。ルカたちも馬車を降りて自分たちの荷物を持った。若い騎士は心身ともに疲れ果てているだろうに、荷下ろしを手伝ってくれた。

「奨学生ってことは、すぐ入寮だな」

「はい、弟がですけど」

「もしかしたら騎士団から聞き取りがあるかもしれん。まあ俺たちからの報告だけで事足りると思うが」

「わかりました」

　若い騎士は念のため、とルカたちの名前だけ控えて去っていった。

　本来各学校の前まで馬車で送ってもらえるはずだったので、ちょっと歩くことになってしまった。場所は門兵が教えてくれたので問題ない。

　リヒトとアレクが再会を約束しながら話している後ろで、ルカとスカーレットは特に会話もしないで黙々と歩いていたのだが、やがてスカーレットのほうから沈黙を破った。

「ねえ」

「ん？」

「あなた、弓使うのよね」

「そうだよ」

「あなたなのよね？」

「なにが？」

「なんでそこですっとぼけるのかわからないんだけど、どう考えたってあなたしかいないでしょ？　弓」

「なにが言いたいのかわからないのだが、弓を持っている者など掃いて捨てるほどいる。狩人もたくさんいるし」

「でもあの時あの場で射った可能性があるのはあなただけだわ」

「そうかな」

「そうよ」

「通りすがりの狩人かもしれないよ」

「その言い訳がわたし以外にも通用するといいわね」

「出会ったときから思っていたのだが、十歳の割に切り返しが良いな」

「わたしは優秀なの。なんてったってクィントローネ商会で将来を嘱望されていた跡継ぎ令嬢なんだからね！」

「跡継ぎ、だったのか」

「もう違うけどね」

「誰が継ぐんだ？」

「お母さまに次の子ができなかったら、従兄を養子縁組するって」

「そうか」

「がんばってきたのはわたしなのに」

うむ、まあ十歳なりにがんばってきたのだろうと思う。がんばっていなければここまでの受け答えはできない。リヒトほどではないけれど。

「進路変更されるのが早めでよかったと思うしかないんじゃないかな」

「されたくなんてなかったのに」

「でも君の治癒魔法は誰からも感謝される」

「……」

スカーレットはめずらしく返答に窮した。

「どうした？」

「わたしこわいのよね。自分の魔法で、人の生死にかかわる場面にいつも立ち会うことになる。いままでそんなこと考えたこともなかったのに」

「でも君、迷わなかったじゃないか」

「迷ったら間に合わなくなるかもしれないからね」

「そうだな」

（狩りと似てるな。こっちは命を刈り取るほうだけど――その一瞬を逃したら、終わりだ）

「で、なんで隠してるの？」

「え？」

「弓」

「隠してないよ」

「え？」

「隠してない」

「ああ、弓は、ね」

スカーレットはルカが隠している部分を正しく理解した。

馬車はあの現場から一レグレーム手前にあると騎士に言った。ルカがスカーレットを抱き上げてから現場に到着するまでにかかった時間と、一レグレームを走るのに普通かかるはずの時間。そこの差に触れられてしまうと、ルカはどうしようもないのだ。

「……ほんとうに君、十歳？」

「とりあえずもし騎士が聞き取りに来たら、わたしは『ショックで細かいことは覚えてないからルカさまに聞いて』って言うわね」

「……助かるよ」

◇◇◇

王都は村から出てきたルカにとって比べ物にならないくらい発展した都市だった。聖石の検査を受けたリンドール町も十分田舎だったのだと思い知らされる。

まず町全体が綺麗だ。道路が石畳で舗装されているため土埃《つちぼこり》が立たない。王都より南の街道から入ってきてからずっと商業地区のようだが、ルカたちにも気安い市場から、大きな道を渡ると商店のランクが変わったのがわかる。建物の高さも違い、リンドール町の鐘塔くらいの高さの建物が、大通り沿いにずらりと軒を連ねている。階級によって出入りする区画がある程度分けられているのが窺われた。

あと、特筆すべきは空を移動する絨毯である。超高級魔術具である〈空飛ぶ絨毯〉は、村や町ではお目にかかれるものではない。王都でもやたら飛んでいるというわけでもないが、王城のある中央区画には色とりどりの絨毯が何枚も空を舞っていた。

「あそこは貴族が出入りするから、空飛ぶ絨毯くらい買えるでしょうね」

スカーレットが王都中心でさらに壁に取り囲まれた中央区画を遠く見て言う。

「王都で空飛ぶのって速度制限と高さ制限がすごく厳しいんだって」

リヒトが本で仕入れたであろう知識を披露した。

「でもあんなふうに空を飛べたら楽しいだろうなぁ」

「わかるわ」

「そうだね」

アレクの無垢《むく》な感想には、二人とも同意せざるを得なかった。


軍学校に行くアレクとは途中で別れた。軍学校は王都中央の王城の近くにあり、王都の東側にある魔術学校とは結構離れている。でも同じ王都にいるのだから、きっとまた会えるだろう。途中でいったん昼食をとり、さらに歩いてようやく目的の場所に辿り着いた。建物の特徴は門兵から聞いていた通りだが、どこにもその名前を示す門札などがない。

「王都って……広いのね……」

スカーレットが息切れしながら言った。ルカもそう思った。王都に着いたのが朝のうちだったので甘く見ていた。

「まあまだ手続きは大丈夫だろ」

そう言うリヒトも若干息が上がっている。ルカは二人の息が整うのを待つあいだ、建物全体をよく見ることにした。

この通りは商業区画ではなく、公園や音楽堂などがある文化区画と呼ばれる区画らしい。

さっき道を聞いたときに教えてもらった。道を歩いている人が極端に少なく、用事がある人しか通らないのだろう。

魔術学校は背の高い鉄柵に囲まれていて、緑のあいだから漆喰《しっくい》とレンガを組み合わせた瀟洒《しょうしゃ》な建物が覗いている。正面の門もやはり重厚な鉄の門扉で閉じられているが、表面に真鍮《しんちゅう》で唐草や葡萄《ぶどう》の装飾が施されていて、普通なら把手《とって》があるような場所には、一抱えもある大きさのトカゲが、四角く鍔《つば》のある帽子を被って居座っていた。もちろん真鍮製だ。

ルカが見たことのない種類のトカゲだと思い、顔を近づけると、真鍮細工のトカゲが急に動き出した。動いたと同時に真鍮色がひゅるりと黄緑色に変わる。帽子まで黒く艶やかになっている。門扉の上の唐草を伝い、左半身だけのトカゲはちろりと長い舌を出した。ルカはびっくりして後ずさった。さっきまで、お前、飾りだったはずだろう……。

「ようこそ、奨学生のみなさま。と、お兄さん」

黄緑色のトカゲはその金属製の口をぱくぱく動かしながら声を発した。リヒトが難しい顔でルカの隣に立った。

「わたくしは門のカメレオン、ジュールラックと申します。以後、お見知りおきを」

カメレオンというのをルカは知らないが、文脈からして役職名か、あるいはトカゲの種類のことだろう。お兄さん……ということは、ルカのことを把握しているらしい。

「その指輪をここにかざしてくださいな。それで認証されますから」

カメレオンのジュールラックは己の眼前にあるたわわな葡萄の一粒を指さした。リヒトが通行証として渡された自分の指輪を近づける。すると、指輪の石から柔らかい黄色の光線が生まれ、葡萄の粒に当たった。葡萄と指輪が光線でつながり、その粒が赤紫に光る。強い光ではなく、内部で発光しているのを曇りガラスが透かしているような柔らかさだ。まもなく葡萄の光が収まり、指輪の光線も消えた。

「はい、ポルカ村のリヒト殿、認証完了です」

ジュールラックは口角を上げて言った。トカゲやカエルは角度によって笑っているようにも見えるが、ジュールラックほど表情豊かなトカゲは初めてだ。

「いま認証を済ませたリヒト殿だけ門を通れますが、みなさままとめてできますから、ご一緒されては？」

そう言われて、スカーレットとルカも続けて認証を行《おこな》った。この手続きは門を通るときに必ずしなくてはならないそうだ。しなければ門は通れないらしい。

三人とも認証が終わり、重厚な音を立てて鉄の門扉が奥へと開いていく。さあ入ろう、というときに——

「みなさまのお役に立ったわたくしに、肉を下げ渡してくだすってもいいんですよ？」

とジュールラックから声がかかった。どうやら袖の下をお望みのようだ。

「門番の仕事だろ」リヒトが冷たく言い放った。

「肉なんか持ってないわ」スカーレットも畳みかける。

二人は結構息が合うのかもしれない。

「けっ、なんだよ。教えてやって損したぜ」

二人の返答を聞いたジュールラックがにこやかな表情から一変、ぶすくれた顔をした。

ルカは携帯食として少し余った干し肉の欠片《かけら》を腰の革袋から出し、ジュールラックに近づけた。

「これはどうだろうか」

「お兄さま！　さすがは年長者！　このような卑しい身分のそれがしにこのようなお恵みを！　ありがとうございます！　ありがとうございます！」

ジュールラックは手のひらを返し、いや、手のひらはしっかりと干し肉を掴み、へこへことルカに媚《こ》び始めた。

「うるせぇ……」

リヒトがリヒトらしからぬ言葉遣いをしている。さぞ疲労が溜まっているのだろう。かわいいリヒトをこんなにしてしまうなんて、過労とはなんと恐ろしいものであることか。

「あげなくてよかったんじゃないの？」

スカーレットはいつも通りの辛辣さだ。元気なようでなによりだ。

「まあまあ、ではさっそく行こう」

二人をなだめ、門扉から身を乗り出して（？）手を振るジュールラックに手を振り返し、ルカは魔術学校の敷地に足を踏み入れた。

ぐにゃり

瞬間、少し気持ち悪い感じがした。めまい……なんていままで感じたことはなかったが、これが世に言うそれなのかもしれない。

「門自体が巨大な魔術具になってるみたいだね」

そう言うリヒトの声がして顔を上げる。ルカは我が目を疑った。

そこにはさっきまで門の中にあったはずの漆喰とレンガの建物とは全然違うものが見えていた。大きく拓《ひら》けた草地に林立する濃灰色の建造物群。遠く向こうには深い森が広がり、山々が霞《かす》む。

（王都はどこに行ったのだ）

門がゆっくりと閉まる音が背後で聞こえる。三人はしばしその場に立ち尽くすことになった。

振り返ると入ってきたのと同じ鉄の門が立っている。そう、広々とした草地にぽつんと、門だけが自立している。王都で漆喰とレンガの建物を囲っていた鉄柵は影も形もない。装飾はあったが、ジュールラックは動かない。真鍮色のまま、装飾の一部として静止している。いや、正確にはジュールラックの右半身だ。ぐるりと見渡すとどの方角にも遠くに森が見えたので、ここは森の中にすっぽりとできた空地のようだ。四方八方が森なのに、建物群を囲う塀はない。獣が来ないのかと思ったが、ここは魔術学校だ。なにかルカには知り得ない対策が施されているのだろう。

「入寮手続きの方ですかー？　こちらですよー！」

声がかかり振り返ると、一番手前の巨大な館からラベンダー色のローブを着た女性が出てきていた。ルカの母と同じくらいの年齢に見える。

スカーレットはその女性がそのまま入寮手続きをしてくれるということで、女子寮への分岐で別れた。最初館だと思っていた建造物は事務職が常駐している事務棟で、建物の正面はくり抜かれたようにトンネル状の通路にもなっており、そこをくぐると中庭を囲むようにして学習棟、研究棟、学生寮などが立ち並び、各棟へ延びる石畳の道が敷設されていた。すべての建物がここから見えるわけではないが、平民の男子寮は一番奥の西側らしい。

「中庭に入らなくても敷地の外をぐるっと回りこむようにして行けそうだよね」

「慣れてからならよいが、今日は説明された通りに行こう」

リヒトが言うのもわからなくはない。中庭は「ちょっとした庭」というよりは「ちょっとした林」なのだ。拓けてベンチなどが置いてある部分もあったが、鬱蒼《うっそう》と木々が生い茂っている場所もある、広大な庭である。

「王都の四区画分くらいの建物はあるんじゃないの」

「うん、ここまで規模が大きいとは知らなかったな」

中庭だけでなく、それぞれの建物と建物のあいだには池や噴水、花壇や畑などもあって、王都とは一概には比べられない。だが、学内の地理感を身につけるまでにはしばらくかかりそうだと覚悟するくらいには広かった。

男子寮に着くころにはもう空が茜《あかね》色に染まりかけていた。

入口横の扉をノックするとカウンターから生えているような小窓が素早く開いた。大きさはルカの小さな頭が入るか入らないかくらいなので、小窓の向こうの人物は見ることができない。

「ポルカ村のリヒトと、従者のルカです」

ルカがその小窓に向かって声をかけると、にゅっと手が出てきた。「木の手」だ。手首や指の関節に当たる部分に球体に削られた木がついていて、人間の手そっくりの形態をしている。村にも木を削り出した女児用の人形はあったが、こんなに精巧なものは見たことがない。その手はいかにも人間がやるように指だけをさらに突き出して、鍵を二つ、差し出していた。

「ありがとうございます」

その鍵を受け取って廊下を進む。刻まれている数字が同じなので、同室の鍵をルカとリヒトがひとつずつ持てるのだろう。四階の部屋が割り当てられているようだ。

「あれも魔術具なのだろうか」

「うーん、調べる隙がなかったからわからないな。一部しか見えなかったし。この魔術学校のことだから、生きている可能性も捨てきれないと思う」

階段を昇り、目的の部屋番号の扉まで辿り着いた。四階の一番奥だった。

鍵を開けて入室すると、玄関に当たる小さな空間の奥に二間ある。手前が少し狭めのルカの部屋、奥が少し広めのリヒトの部屋だ。リヒトは広いほうをルカが使うように言ったが、これから学業で必要な荷物が増えるかもしれないし、なにより通うのはリヒトだからと説得した。遠くに森を望む草原に面しているので窓からの景色が良い。ルカとリヒトはさっそく窓を開けて風を入れた。

「良い部屋をもらえたな」

「うん」

キューイ

森のほうから耳慣れない鳥の声が聞こえる。あそこにはどんな鳥や獣がいるのだろう。

ルカはオレンジに輝く空と夜に染まりかけた森を見て、深く息を吸い込んだ。

そのあとじっくり室内を調べると、玄関スペースの横には簡素な給湯設備があった。小さめのストーブもあるので簡単な調理くらいならできそうだ。薪《たきぎ》は勝手にどこかで拾ってきていいのだろうか。

「炎を出す魔術具が設置されてる」リヒトが言った。

「ほう。では練習しなければいけないな」

あとは各部屋にベッドが一台と机と椅子がひとつずつ。クローゼットと、リヒトの部屋には空の棚もあった。どれも使い込まれているが、リネンだけは綺麗なものが畳んで積まれていた。

リヒトの部屋の机の上に気になる木箱が置いてある。蓋を開けると、それは学校からの支給品セットだった。

ローブとバッヂ、教科書が四冊、あと紙が一枚ぺらりと入っており、支給品の一覧と説明、学内では必ず身に着ける旨が書いてある。魔術使いは黒いローブ、そして平民を表す銀色のバッヂには、魔術学校のシンボルであるグリフォンの意匠が彫られていた。

説明書きによると、ラベンダー色のローブは魔法使い用だそうだ。

（スカーレットをつれていった女性は魔法使いだったのか）

従者には服装規定はない。各貴族家のお仕着せを着ているのが普通だろうが、ルカにはそんなものもないので通行証代わりの指輪だけ身に着けていればよい。でも生徒と同じように寮の食堂で朝晩の食事も出るし、浴室も自由に使える。

（これがヴォルフの言っていた『とりあえず権利だけ確保しろ』ということか）

王都を歩きながら村とはまったく違う物価を見て、とても暮らしていけないなと感じていた。でも魔術学校では衣食住のうち食と住が無償で与えられている。まったくすごいことだとルカは改めて感心した。

ルカはリヒトにローブを纏ってもらい、一通りちやほやした。リヒトは照れているのを隠そうと無表情を決め込んだが、頬が赤くなっているのでごまかせていない。

そのまま食堂に行くことにした。食堂では恰幅《かっぷく》のいい、笑顔の素敵な女性が育ち盛りの男の子にぴったりな量の食事を出してくれた。今日は肉野菜炒めとトマトと豆のスープだ。夕食にはまだ早い時間だったようで食堂にはルカとリヒトしかいない。食事をとりながら今後の予定を話した。

リヒトの授業開始まであと三カ月近くある。先ほどの説明書きによると入寮手続きが終われば校内施設は好きに使える。

入学前なのになぜそんなに早く王都に来なければならないかというと、国が確実に人材を確保するためだそうだ。これは来るときの馬車のなかでスカーレットが教えてくれた。

以前は我が子を国に取り上げられたくないと無茶をする親が結構いたらしい。里帰りもできるから取り上げられるというわけでもないのだろうが、手塩にかけた跡取りだったりすると給付金と引き換えにできるものでもない。替え玉を送り込む事件もあり、三権（王家、教会、魔術学校）は生活費の負担を増やしてでも奨学生を早めに確保する方針にしたのだそうだ。

だからリヒトは誕生日の関係で三カ月しか待たなくてよいが、秋分に検査を受けて奨学生になった子は、九カ月も待たされることになる。逆に夏至に検査を受けた子は入学手続き後、即座に入学式となり準備期間が一切ない。誰が考えた制度か知らないが困ったものである。

そんなわけで生活が保障されているのに暇、という期間がリヒトにはある。まずはなにをして過ごそうかという話になった。

「そういえばリヒトの従者枠で来ているわけだから、なにか従者の仕事はないのかな」

「勘弁してよ。ほかの平民の子は従者枠なんて利用してないんだよ？　一人でも大丈夫だよ」

「しかし建前上……」

「兄さんはせっかく村から出られたんだ。好きに王都見学したり、狩りに行ったりすればいいじゃないか」

「ふむ……では狩りはするとして、なにか仕事でも探そうかな」

従者としての役割がないのであれば、金を稼いでリヒトの服でも買ってやりたい。成長期なので今後も入り用になることは間違いないのだ。

「リヒトはどうする？」

「僕は……」

「どうした？」

めずらしくリヒトが言葉を濁したので気になって顔を覗き込んだ。

「一緒に狩りにでも行こうか。薬草摘みでもいいし、鉱石拾いでもいいぞ」

ルカが小さい子をあやすような声を出したものだからリヒトは困ったように眉を寄せ、白状した。

「そうしたいけど……ちょっと勉強しようと思ってる」

「勉強？　入学前にか」

「うん、予習。僕、今日見せつけられたこと、わかるようになりたいんだ」

リヒトは目に強い光を灯《とも》して言った。

「見せつけられたこと？」

「うん。あの門のカメレオンも、『木の手』も。なにをしてるのか、どうやって動いてるのか、僕にはわからなかった」

ルカは不思議だな、で済ませていたことである。リヒトはそれを理解したいのだ。リヒトの美点はこの疑問を持つ感性と向上心である。

「それをわかるようになるのが、ここでの勉強なんじゃないのか？」

「それはそうなんだろうけど、見せつけられてるのにわからないなんて許せないんだよ」

「そういうものか」

「うん、わからないまま三カ月を無為に過ごすなんて嫌だ」

リヒトはいままでわからないことをわからないままで流したことなんか一度もないのだ。この意欲を支えてやれずになにが兄か。

「うん、わかった。がんばれ」

「うん」

三カ月の方針を決めた兄弟は決意を目に、にっと笑い合った。

食べ終わって食器を戻していると、食堂の女性が話しかけてきた。バルバラというらしい。三角巾の後ろから麦穂色のカールの細かい髪が束ねられて飛び出している。血色のいい肌にはそばかすが散っていて、躍るような緑の目を持つ、元気を絵にかいたような女性だ。

「ごめんね、話してるのがちょっと聞こえちゃったんだけどさ、あんたたちは狩りをするの？」

「僕はしません。兄が狩人なんです」

ルカはリヒトに手で示されてにこりと微笑んだ。バルバラの目が輝き頬が紅潮する。

「あらあらあら！　そうなの!?　すごいわねぇ！　そんなに華奢《きゃしゃ》に見えるのに！」

　バルバラは声を弾ませた。ルカは元気で感じのいい女性にたじたじになって眦《まなじり》を朱に染めた。

「あたしの旦那がね、王都のハンターズギルドに登録してるのよ。狩り自体は趣味程度なんだけど、ギルドメンバーだと狩猟依頼を受けて小遣い稼ぎができるからね」

「はあ」

　ハンターズギルド。村にはなかった組織だ。

「それは狩った獲物を買い取ってくれる組織ということですか」

「そう、そう！　よかったら今度行ってみたら？」

　ルカはハンターズギルドの場所を聞き、明日にでも行ってみようと思った。

「そういえば、ここは王都のなかにあるんですか？」リヒトが聞いた。

「ああ、ここは……王都ではないね」バルバラは意味ありげに笑って答える。「門のカメレオンには会っただろう？」

「ええ」

「あいつが王都とここをつないでいるのさ。この魔術学校が本当はどこにあるのか、あたしらも知らないんだ」

「え、働いてるのに知らないんですか？」

たしかにそこは驚くところだ。

「だって給料がもらえりゃ文句はないからね」

バルバラは思った以上におおらかな人だった。

食堂を出たあとは浴室で体を清め、ようやく部屋で人心地ついた。リヒトはルカのベッドに寝転がって教科書を流し読みしており、ルカは空いたスペースに腰かけて熱心な弟を見て和んでいた。


翌朝、王都へ出るために門へ行き、ジュールラックの右半身に話しかける。

「おはよう、ジュールラック。王都へ行きたいのだが」

すると真鍮のジュールラックの目がきょろりとこちらを向いた。

「おや、お兄さま！　おはようございます！　本日はどのような干し肉を？」

「いや、すまない。肉は持っていないんだ」

「なんだよ。じゃあ用はねぇよ」

肉でこんなに態度が変わるのはいっそすがすがしい。でもなんと言われようと王都につなげてもらわなくてはならない。

「これを見ろ」ルカは背負った矢筒と弓を見せた。

「んん？」ジュールラックは小さな目をさらに細めた。

「私は狩人だ。王都のハンターズギルドに登録に行くんだ。もし狩りがうまくいけば、ジュールラックへの土産もできるだろうなぁ」

「さすがはお兄さま！　なんとお志の高い！　ハンターズギルドですか、いいですねぇ！」

ジュールラックが器用に揉み手をしてピンク色に変わる。もしかしなくても、今後も肉をたかられそうだ。ルカは苦笑しながら開いた門を通った。

出たところは昨日入ってきた場所と違った。

（え……？　どこだ、ここ）

ルカは戸惑って通りを見渡した。

「お兄さま、ハンターズギルドと仰っていたので、このジュールラックめが、その近くに出しましたよ」

褒めろと言わんばかりの声が背後でした。見ると真鍮色のジュールラックが笑っている。ジュールラックのいる門のなかには昨日とは違う建物があった。

「一本向こうの通りの、入口に巨木を構えた建物がそうです。屋根を覆うくらいのオークの木ですから、すぐにわかりますよ。昨日の場所から歩くと大変ですからね」

「……わかった。ありがとう」

「お役に立ったわたくしに、どうか肉のお恵みを」

「わかった、わかったよ」

ルカは肉の念を押されて歩き出した。

（その近くに出しました、と言ったな）

先ほどの口調からして、目的地があればある程度近くに出せるのではないだろうか。

ジュールラックがいる建物は昨日のところと今のところ、二カ所以外にもありそうだ。

（ただでは教えてくれないだろうな）


ジュールラックの言葉通り、通りを移動するとすぐ巨大なオークに寄り添うようにして立つ建物が見えた。三階建てだが屋根は完全に肉厚の葉を茂らせた太枝に覆われている。

建物に入るとそこはよく採光のできた空間で、全体的に木目の美しい内装で統一されている。いかにも狩人然とした風体の男たちが左手奥の壁の前に集まっている。なにやら紙が何枚も貼り出されているようだ。手前にはかぎ型にカウンターが配置されており、横並びに座っている職員の前にひとつずつ椅子が置かれている。

正面の席に座っている女性職員と目が合うと、「こちらへどうぞ」と呼びかけられ彼女の前の椅子に座った。

「ようこそ、ハンターズギルドへ。登録ですか？　ご依頼ですか？」

「登録をお願いします」

金髪を短く切り揃え、銀縁の眼鏡の奥に水色の目が涼やかだ。愛想笑いがまったくないのもいい。

ルカは必要な書類を書いてハンターズギルドの説明を受けた。

・ハンターズギルドは狩人のための団体である。
・狩人がハンティングした獲物の買い取りと、ハンティング依頼を受けギルドメンバーに斡旋するのが二大業務である。
・それに付随して買い取った獲物を解体して希望する商会などに卸すこともしている。
・依頼は左奥の掲示板に貼り出してあるので、受けるならカウンターで申請すること。
・依頼していない獲物は必ず買い取れるとは約束できない。

「とはいえ食肉になる獲物でしたらまず大丈夫です。魔獣をハンティングする際は臨時でもパーティーを組むことをお勧めします。魔獣は魔法を使うので、事前に情報を調べる必要があります。公開されている情報でしたらこちらのカウンターでもお教えできます」

「わかりました」

「ルカさんは一時登録ですね」

先ほど書いた書類を見ながら女性職員が確認した。

「はい」

「一時登録者は国への受注義務がない代わりに買い取り金額が正式登録者より下がります。正確に言うと査定金額を出し、まず三割をギルドが得ます。正式登録者は残りの七割が取り分になります。ギルドの得た三割から国に税金を納めていますが、一時登録者の場合はさらに一割税金がかかります。つまりルカさんの取り分は査定額の六割になります。それ以外の不都合はありません。正式登録にはいつでも変更できます」

「わかりました」

すごい早口だ。国への義務が面倒だったルカは迷わず一時登録にした。そのあと実績によってランクが上がるとかの説明を受けたがもうほとんど聞いていなかった。

「ではこちらが登録証です。（仮）《かっこかり》となっているのは一時登録だからです」

ルカは差し出された金属のプレートを見た。

「何年経っても一時登録のままでも大丈夫ですか」

「問題ありません。ほかに質問は？」

「ありません」

「では登録はこれで終了です。今日は依頼を受けられますか？」

「いえ、とりあえず森に行ってみて狩れそうなものがいれば狩ってきます」

「わかりました。獲物が獲れたら右奥の買い取り台に持ち込んでいただければ、査定と換金ができます」

ルカは礼を言って席を立った。すごい早口で説明してくれたおかげでまだ三の鐘の前だ。さっさと行こう。ルカは一番近い南の門に駆けていき、さらに森まで突っ走った。


ルカは毎日狩りに行った。バルバラの言った通り良い稼ぎ口となったのだ。リヒトの学生生活充実のためにできるだけお金は稼ぎたい。

そして毎日傷の少ない良質な獲物をいくつも狩ってくる白髪白皙の狩人は、本人のあずかり知らぬところですっかり有名になっていた。

依頼掲示板も半分くらいは食肉用の野鳥や獣の依頼だったので、ルカも最近はそちらを先に確認するようにしている。依頼の仕方は結構ゆるい。

〈枝耳兎（成体）の素材納品。量：十羽。部位：肉。期限：五日。報酬：銅貨五枚〉

これはある食堂の店主が依頼者なのであるが、同じ依頼が五枚も重ねて貼ってある。注釈で「十羽に達しなくても買い取ります」とも書いてある。ゆるい。しかもこの場合求められているのは肉だけなので、解体後肉は依頼者に渡してもらって、毛皮は査定してギルドに買い取ってもらうこともできる。「美味しい」依頼だ。

「よう、ルカ」

ルカが依頼票に手を伸ばしかけていると後ろから声がかかった。二等級ハンターのクロムウッドだ。以前ルカが兎十羽と仔鹿一頭をがんばって運んでいたら手伝ってくれ、それがきっかけで話すようになった。グレーの髪を短く刈った、青い双眸《そうぼう》のかっこいいおじさんだ。ルカは駆け出しの五等級なので大先輩なのだが、同じくらいの息子がいるらしくなにかと気にかけてくれる。ちなみに一等級は伝説レベルで欠番のため、このギルドの実質的なトップハンターの一人だ。

「今日も兎乱獲すんのか」

人聞きが悪い。

「兎くらいならいいけど、森の奥ぅ～のほうまで入んなよ？」

クロムウッドが肩に腕を回してくる。重い。

「なんでですか」

ルカはもう成人しているし、心配されるほどのことでもないと思う。

「おじさん嫌ぁ～な話聞いちゃったのよ、最近」

クロムウッドに引き摺《ず》られ、掲示板から離れて壁際に寄った。

「お前最近さぁ、森に突然変異レベルのめっちゃ強い魔獣が出てるの知ってる？」

「はい。王都へ来るときに鋼羆《スチールコートグリズリー》が出ましたね」

「げっ！　マジ⁉　あれお前いたの⁉」

「正確には騎士が倒したあとの現場を見ました。私の乗っていた馬車の御者が援護して負傷したので、王都まで騎士と負傷者を乗せて来たんです」

「うへぇ〜……よかったねぇ、倒し終わったあとで」

クロムウッドはげんなりした顔でルカに同情した。二等級ハンターは受付係曰く「えぐいくらい強い」らしいので、そのクロムウッドにこんな顔をさせるほどに鋼羆は規格外だったのだ。

「でね、いま王都の周りの森にさ、そういう強〜い魔獣がぽこぽこ出現してるんだよね」

ルカは耳打牛のことを思い出した。あれも突然変異レベルの巨大個体だったはずだ。

「これさぁ、第一王子のやらかしらしいんだよね」

「え……？」

クロムウッドが教えてくれたことはこうだ。

王都の北西には魔の森と呼ばれる、魔獣が多く出る森林地帯がある。第一王子は第二王子と王位継承争いをしており、自分の実績を高めるために騎士団を連れて魔の森へ魔獣討伐に出かけた。本来そこそこの魔獣を討ち取れば良いはずだったし、騎士団が獲物を追いつめてとどめを刺すだけにしておく。つまり騎士団でお膳立てをして第一王子に花を持たせるという筋書きだったそうだ。だが想定外の魔獣が現れた。その名はヨルムンガンド。空を泳ぐ毒蛇だ。

「ヨルムンガンドっていうのは普段は空と同化してる。ほら、葉っぱとか木の幹とかに同化して、すっげぇ溶け込んでる虫とかいるだろ？　あんな感じだが、もっとすげぇ。完全に空の一部になってて、普通の人間の目じゃまず判別できねぇ。俺も見たわけじゃねぇよ。一回だけ見たって人の話を聞けただけ」

「……そんなに発見しづらいなら、なぜ出たとわかったんです？」

「それだよ。ヨルムンガンドは魔獣で、魔法をつかって姿を空に同化させてる。それで第一王子はさ、その魔力か魔法が見えたんじゃないかって話だ」

「あいまいですね」

「王家の人間の〈恩恵〉は秘匿事項だからな。でもそれ以外で気づける理由がわからないんだ」

「そういう魔術具があるのでは？」

「魔力探知の魔術具は存在する。でもそれは探知しようと思ってるときしか使わないもんだ。まさかそこに魔獣がいるなんて思ってない上空に向かって使うなんて、おかしいだろ」

「なるほど」

たしかにクロムウッドの言う通りだ。魔力探知の魔術具を使ったのでない以上、王子自身になにかしら同じような能力があると見るのが自然だ。

「そういう場合どういう〈恩恵〉が考えられるんでしょうね」

「魔力や魔法が見える〈恩恵〉なら、〈魔術使い〉か鑑定魔法の一種だろうな」

「そうなんですか」

「まあ五つも持ってるのがそもそも反則だしな」

「五つ……？」

「あれ？　知らない？　王様は〈恩恵〉五つ持ってるだろ？」

「え、ええ。王様のは聞いたことあります」

「歴代の王はみんな〈恩恵〉五つだぜ。だから王家に生まれてれば五つ持ってるはずだ」

　それはたしかに反則だ。

「第二王子は三つだけとか、そんなことはないんですか？」

「だったらそもそも王位継承争いしてねぇだろ。五つ持ってるのが王の証明みたいなとこあるしな」

　それもそうか。

「話が逸《そ》れたな。んで、超レア魔獣のヨルムンガンドを見つけちゃった第一王子はテンション上がっちゃってさぁ、絶対それを仕留めるぞーってやる気になって、攻撃しちゃったんだよね」

「……仕留めたんですよね」

「それがさぁ」

（……まさか手負いのまま逃《の》がしたのか？　だとしたら最悪だ）

案の定、第一王子はヨルムンガンドに傷をつけて逃がしていた。では手負いで気が立っており、しかも人間を恨んでいる毒蛇が姿を消して空を泳いでいる状態なのだろうか。

「それなんだけど、ヨルムンガンドって人を襲わないんだよね」

「そうなんですか」

「なに食ってんのかはわかんないけど、人を食ったっていう話は有史以来聞かない。いまも空中から謎の存在に襲われた！　なんて報告は聞こえてこない。おそらくヨルムンガンドは人を襲ってない」

「じゃあ」ルカはほっとして息を吐いた。

「ヨルムンガンドは毒蛇だって言っただろ」

「あ……」

そうだ。毒蛇というなら、なぜ毒を持つことがわかっているのか？

「ヨルムンガンド自体は人を攻撃しない。でもヨルムンガンドの血を舐めた魔獣はさ、とんでもなく巨大化して、凶暴になるんだよ」

そういうことか。

第一王子に傷つけられたヨルムンガンドは、痛みにのたうち回りながら、その血を空から森じゅうに振りまいた。魔獣を巨大化させ、凶暴性を高める毒の血を。

　降ってきた血を舐めた魔獣は突然変異体となって信じられないパワーを発揮していた。それが町を襲った耳打牛《ソニックウェイブバイソン》だったり、王都への道程で出くわした鋼羆《スチールコートグリズリー》だったりしたわけだ。

「ヨルムンガンドは結局どこまで逃げたのかわからん。見えないからな。ルカが鋼羆に出くわしたのが南の街道だろ？　さらに南で酷い魔獣襲撃があった話は聞かない。南東で二件、血の影響を受けたと思われる魔獣が発見されている。東の街道上ではまだ報告がない」

「すると、ヨルムンガンドは北西の森からやってきて、南を回り、南東のどこかにいると……」

「さすがにもう血は止まってると思うし、止まっててくれないと困るんだけど」クロムウッドは溜息をついた。

「なぜ王都の真上は通らなかったんでしょうか。通ったのかな？　魔獣がいないからなにも変化が起きなかったってだけで」

「王都はさぁ、防衛の魔術具っていうすっげぇ魔術具がいつも作動してて、魔獣を寄せつけないようにしてんだよね」

　これにはルカも心がざわつくのを覚えた。

街道上や王都を囲む森から反対側の町や村を魔獣が襲うのは、王都のほうへ行けないからだ。つまり王都が除けたぶん、周囲の町村が脅威に晒《さら》される。それは今回のヨルムンガンドの血の件がなくてもそうなのだ。

「それで第一王子はどうしたんですか」

「んー……わかりやすく言うと、逃げたんだよね。攻撃したわけじゃなく、事故だったって言って。血の性質も知らなかったみたいでさぁ」

　それで騎士団が尻ぬぐいしているわけだ。

「よくそんな話が洩《も》れましたね」

「騎士団のなかにも義憤を持ってる奴がいるってことよ」

　クロムウッドは一層声を潜めた。

「私の村近くの町に――春分の日です――不自然に王都からの兵士が多かったことがあるんですが、あれはヨルムンガンドの血で突然変異体が出ていないか警戒していたんでしょうか」

「たぶんな。あとは特殊な調合薬で血を無効化できるみたいだから、それを散布しながら来たのかもな」

　でも耳打牛が襲来したのだから、その薬に効き目があったか怪しいものである。

「……さっきクロムウッドが言った通りもう血は止まっているだろうし、大丈夫では？」

「うーん。その血はさぁ……あ、体外に出た血は俺らにも普通に見えるらしいんだけど、魔獣にとってめちゃくちゃ美味《うま》そうに見えるらしいのよ。いい匂いでもするのかな。とにかく葉っぱの上にでも降りかかってたら、乾いてても油断できないわけ」

「じゃあこれからもそれを舐めとったりした魔獣が出てくるかもしれないと」

「雨で流れ落ちてくれてるといいんだけどねぇ」

狩人たちはいままでそれを知らされず、王都付近の森へ狩りに出かけている。ルカは腹に沸々と熱がこみ上げてくるのを感じた。

「しかもいままで報告されてるのも全部討伐できてるわけじゃないんだ。とにかく命からがら逃げてきたってのが半分以上かな。北西の森はちょっと手がつけられないみたいだな」

　王都からは八方へ街道が延びているが、ヨルムンガンド襲撃の場となった西と北西の街道に挟まれた森に多量の血がばらまかれたため、規格外の魔獣の生息地になってしまっているらしい。騎士団が極秘で対処に当たっていたが、とうとうハンターズギルドにまで救援要請が来たのだ。

「それが、あれ。あの赤い紙」

　クロムウッドが指さす先には、掲示板に貼られた赤い依頼票がある。命の危険がある魔獣討伐。ルカが最初から見もしなかったやつだ。

「いまは掲示板に貼ってあるけどさぁ、近いうちに指名依頼になってくと思うんだよね」

「クロムウッド……正式登録してますよね」

「うん、国からの受注義務が発生しちゃうねぇ」

「……」

「そんな顔すんなよぉ。今回の件は事が事だからな。ギルドからも抗議してて、あくまで王国軍が前線に出ろって戦ってるところだから。それになぁ、街道沿いの村とかもう結構被害受けてるみたいだから、出張《でば》らなきゃしょうがないでしょぉ」

「……はい」

「だからルカは絶対あの赤い依頼受けんなよ」

クロムウッドはルカから離れるとまた若い狩人に話しかけに行った。第一王子のやらかしは公には説明できない。だから経験の浅い若者が高額報酬に釣られて赤い依頼票を取らないように「こっそり全員に」声をかけているのだった。

もやもやしたものを抱えてハンターズギルドをあとにした。とりあえず今日も狩りに行くが、自分が王都周辺の森で比較的安全に狩りをできるのは王都に設置された防衛の魔術具がほかの地へ魔獣を追い払っているからだと聞いて、すがすがしい気持ちにはなれるものではない。しかも元凶の第一王子はその守られた王都の中心である王城でぬくぬくとしているのだ。

（腹立たしいな……）

「あれ、お兄さん？」

聞き覚えのある声に顔を上げると、目の前にアレクが立っていた。連れらしき男の子たちに「先行ってて」と手を振って笑顔を向けてくる。

「やあ、アレク。ひと月ぶりかな？」

「ちょうどそれくらいですね。お元気でしたか？」

相変わらず優しそうな顔を前面に出した少年である。

（この子も軍学校を出たら王国軍に行くのだったな。君の上司は大変な人物みたいだぞ。がんばれ）

ルカは心の中でいつも死んだ獣にする簡易の祈りを捧げた。

「リヒトは一緒じゃないんですか？」

「ああ、リヒトは入学前に予習がしたいって、毎日部屋に籠って勉強しているんだ」

「ええ!?　……さすがリヒト」

「アレクは結構町なかに出るのかい？」

「はい。僕らは……同じ入学前の奴同士で仲良くなったんですけど、指示されてる訓練メニューをしたあとはたいてい外に出ています。使えるお金があるわけじゃないけど、歩いているだけでも楽しくて」

なるほど、同級生か。リヒトは自室か校内の図書館にしか行っていないようだが、大丈夫だろうか。そもそも寮のほかの部屋の住人といるところを見たことがないのだが。心配になってきた。

（リヒトに友達できるかな……）

予習するリヒトは誰がなんと言おうと偉いが、友達をつくって王都に遊びに来るくらいしてもいいのではないだろうか。そういえば最近少し元気がない気がする。新しい環境だからと様子を見ていたが、アレクがこんなにも楽しそうなのに、リヒトだけ元気がないのはなにか原因があるのではないだろうか。

「でもさすがリヒトですね。僕も言われたことだけじゃなくて、なにかやろうかなぁ」

「い、いや……うん……でもまた、リヒトとも遊んでやってくれ」

「もちろんです」

アレク少年は良い笑顔で別れを告げると、少し離れたところで待っていた同級生たちのところへ戻っていった。

（そうか、同級生か）

なるほどな。

「なあなあ、あれって話題の白い狩人だろ」

「アレク知り合いだったの!?」

「かっけー！　あの手袋して弓引くの？」

少年たちのさわさわとした囁き声は、リヒトのお友達づくりに思いを馳《は》せていたルカに届くことはなかった。

◇◇◇

寮の部屋に戻ると、リヒトは出たときと変わらず机に向かっていた。

「リヒト」

「あ、おかえり」

どうやらルカの帰りに気づかないくらい集中していたようだ。

「リヒト、最近はどうだ？」

「え……うん、べつに、普通だよ」

「同じ寮の子に会ったりしたかい？」

「え？　ああ、そうだね。でもだいたいみんな二階か三階だから、滅多に会わないね」

「え？　みんな二階か三階？」

「うん、みんな二人一部屋なんだけど、僕らだけ二部屋ある特別な間取りだからね。ほら、従者枠申請したから」

「えっ？」

そんな、自分の存在でリヒトに友達ができないでいたなんて。

「私はそのへんの納屋でいいから、いまからリヒトが誰かと同室になれるよう言ってくる！」

ルカはすっくと立ちあがった。

「え？　なんで!?　いいよそんなの！　せっかく兄さんと二人きりなのになに言ってるの！」リヒトが慌てて立ち上がりルカの腕を摑んで止める。

「だってお前、私がいるせいで友達ができないんじゃ……！」

「ええー……」

「最近元気なかったし」

「それは……まあ元気はなかったかもしれないけど……友達がどうとかじゃないから……」

リヒトは椅子に力なく腰掛けがっくりと肩を落とした。机の上には図書館の蔵書である標《しるし》がついた『はじめての魔術具づくり』という本が載っている。ノートにもびっしりと文字が書いてあり、がんばっていることは傍目《はため》にも明らかだ。でも山小屋にいたときのように勉強が楽しくてやっているという顔をしていない。いったいなにをそんなに思い詰めているというのか。

「なにか悩みがあるなら話してほしい」

「…………魔術具って動いてるときに見ると仕組みがわかるんだ」

「……？」

リヒトはずいぶんと間を置いてから、きまり悪そうに話しだした。

「馬車のなかで少し話したけど、感覚で魔法を使えちゃう天才が魔法使いだって言ったよね」

「ああ」

「魔術使いはその天才がやってることを見て、ほかの人でもそれをできるようにするんだって」

「ああ、覚えているよ。料理に喩《たと》えたんだったな」

「うん。でも魔法をほかの人でも使えるようにするっていうのはね、具体的に言うと、魔法を再現する魔術具を作るってことなんだよ」

「僕の〈恩恵〉の〈魔術使い〉っていうのは、魔力を使った操作や解析ができる力を総称してそう呼んでるんだけど、それを活かして魔術具を作るのが魔術師の最大の存在意義なんだよ」

「へえ」

　となると、ものづくりか。それは手先が器用な父さんの息子らしいな、と急に納得がいった。

「個人によってできることとできないことに差はあるよ。魔法を解析するのが得意な人もいれば、まったくできない人もいる。そんな人が、誰かが解析した情報を使って実際に魔術具を作るのが得意ってこともある。魔術学校では自分が何ができて何ができないのかを把握しながら、できることをさらに伸ばすっていう方針なんだよ」

　まだ正式に入学もしていないのに、教育方針を知っているなんて、我が弟はなんて優秀なのだろう。

「できないことができるようになるという方針ではないわけだな」

「それは不可能なんだ。兄さんだって、片腕の無い人に弓を引けなんて言わないでしょ？」

「なるほど。持って生まれたものは変えられないということか」

「そう」

「リヒトは、なにができるんだ？」

「まあ、大抵のことはできたよ……いままではね」

　ん？　できる・できそう、じゃなくて、できたのか？　確認済みなのだろうか？

　最初の授業もまだなのに、我が弟はちょっと優秀すぎるのではないだろうか……。

「でもここに来てからできないこと……わからないことができた」

「そうか」

「門のカメレオンがなにをしているかわからなかった。『木の手』がどうやって動いているかもわからない。図書館でもいくつか魔術具を見たけど、やっぱりわからなかった」

リヒトはまるで罪の告白でもしているかのような顔をする。そんな必要はまったくないというのに。

「んー……リヒトは、魔術具が動いていると、仕組みがわかる。でも魔術学校の魔術具はわからなかった。そうだな？」

「うん……」

「とりあえず門のカメレオンについては、お前一回しか見ていないだろう」

「だってあれから何回話しかけてもあいつ動かないんだ！」

「『木の手』は？　何回見た？」

「それも一回。ちゃんとした用事がないってわかってるのか、出てきてもくれない……」

「つまりお前が悩んでいる二つとも、一回しか見ていないんだろう？」

「だっていままでは一回見るだけでぜんぶわかったんだよ！」

なんということだろう。リヒトは優秀すぎるがあまり、自分自身にとんでもなく高い要求を突きつけていたのだ。どこかの第一王子に爪の垢でも煎じて飲ませてやりたい。リヒトの薄桃色の爪に垢がないのが残念だ。

「それは素晴らしいことだが、一回見ただけでは普通はわからないよ。初めて見て、驚いているうちに大切なところは見逃してしまっているものだ。私がアカミミオオカミの狩りに何度失敗したと思っている」

「……」

「だいたいジュールラックが動いているところが見たいなら私についてくればいいじゃないか」

「だって通るだけならジュールラック動かないじゃん」

「ん？　……お前はなにを言ってるんだ？」

「兄さんが狩りに行ってるあいだ門には何度も行ったよ。ほかの人が通るときも見てた。けど、あいつまったく動かないよ？　指輪の認証するのにあいつが動く必要ないみたいだし。最初だけだ。この魔術学校に入ってきたときだけ！　だから入るときだけなのかなって思って一回門を出てすぐ入ってもみたけど、そのときも動かなかった！」

リヒトはちょっと涙目だ。それにしても、おかしいな。

「私のときはあいつ毎回よくしゃべるが……」

「え……？」

ルカはジュールラックとなかなか良い関係を築いている。毎回肉をやっているので王都へ出る場所もいまでは四カ所に増えた。

「まあいい。ジュールラックは肉でも与えればすぐに動く。明日にでも見に行こう」

「そんな……」

『木の手』はいますぐにはわからないが、私も毎日話しかけるようにしよう。続けていればそのうち変化がくるかもしれないし」

「うん……」

「あとは？　困っていないのか？」

「んっと……この本がちょっとイメージ摑みにくいのが」

ルカはリヒトが目で示した『はじめての魔術具づくり』を手に取る。ぱらぱらめくるが、当然なにもわからない。

「わからないな」

「うん……」

「でもこれ実験の本だよな？」

「え？　うん」

「じゃあ実験しながらじゃないと普通わからないんじゃないのか？」

「えっと、それはそうだけど。実験道具なんかないし」

「借りればいいだろう」

「え？」

「ここは魔術学校でリヒトはそこの奨学生になるんだよな？」

「うん」

「入学前に予習したいだなんて意欲のある生徒に道具も貸さない学校なのか？」

「うんんん……？　どうだろ。入学前だと一応生徒じゃないし」

「でも拘束してるじゃないか。奨学生として。不要なくらい早くに王都に招いておいて」

「ああ、うん。たしかに」

「じゃああとで『木の手』にそれを聞いてみよう。無理なら王都でそういったものを揃えられる道具屋がないかジュールラックに聞いてやる。お前は欲しい実験道具と材料を一覧にしてまとめておきなさい」

「わ、わかった……！」

　もしかしたらけっこう図々しい申し出なのかもしれない。でもルカは自分の獲物の交渉は自分でしなければならないともう知っている。言うだけ言ってみて、駄目なら次の手を考えればいい、助けてくれる人を探せばいい。そう思えるようになったのは、確かな成長だった。

　それからの行動は早かった。リヒトはルカに言われた一覧をすぐにつくった。ルカはリヒトを連れて「木の手」の小窓に近づき高速でノックをする。

　ココココココ……！

「ちょっと聞きたいことがあるのですが。出てきてくれませんか」

「木の手」が慌てたように小窓の扉をがらりと開けて出てきた。今日はペンと紙を一緒に出してきている。

　――なんですか？

「木の手」が紙に書きつけた。会話する気があるらしい。ペンを動かす滑らかな動きに感心する。

「私の弟が入学前に予習をしていて。実験道具が必要なので学校の備品を借りたいのですが、どうすればいいでしょうか？」

　――でしたら事務棟の受付に聞いてみてください。

「わかりました。ありがとうございます。リヒト、わかったか？」

「うん、あ、はい。ありがとうございました」

　せっかくの「木の手」をしっかり観察していたリヒトが慌てて答えた。

　二人は早足で事務棟まで来て、出てきた真面目そうな男性に「木の手」にしたのと同じ話をする。一覧を見せると男性は
「ああ、じゃあシルジュブレッタ先生からならお借りできるかもしれません。ちょっと

待ってください」

　男性は自分の机のそばに二人を招くと、白い紙を一枚取り出して用を書きつけた。リヒトから受け取った一覧表を上に重ね、レターヘッドに描かれている不可思議な文様に指を当てる。するとその紙は四方が巻き上がるようにして変形したかと思うと、一羽の白い鳥になった。本物の鳥ではなく、精巧な紙細工の様相だ。

「伝書鳥《メールバード》という魔術具ですよ。一年生で習いますから、すでに配付されている教科書にも作り方が載っています」

　男性がそう言うあいだにも伝書鳥は窓の隙間から外へ飛び立ってしまった。これはリヒトならぜったいすぐに取り掛かるだろうなとルカは思った。男性は黒いローブを着ているから、リヒトの先輩のはずだ。

　驚くほどすぐに返信の伝書鳥が飛んできた。伝書鳥は机に留まった途端、一枚の紙に戻る。

「ああ、大丈夫だそうです。シルジュブレッタ先生の研究室の場所をお教えしますから、取りに行ってください」

「ありがとうございます」

　ルカとリヒトは揃って礼を言った。

研究棟は初日に通った林のような中庭に面していた。一際《ひときわ》鬱蒼と木々が茂る奥にあり、日当たりが心配な建物だ。

「ここの六階と言っていたな」

「うん」

外とは違って薄暗くひんやりとした屋内に入ると、石の階段が中央にありそれを昇っていく。魔術師しか出入りしない場所のようで、たまにすれ違う人は全員黒いローブだ。六階の廊下を進み、「シルジュブレッタ」と書かれた表札の嵌《は》まったドアを見つけた。

「リヒト、先生には自分で言いなさい」

「うん」

リヒトがノックをすると、中から少し高めの男性の声がした。

「入りなさい」

「失礼します」

中に入るとそこは、棚が乱立する空間だった。

普通こう、棚というのは壁につけたり、せめて壁と平行に置いたりするものだと思う。でもここは違う。いや、もちろん壁にはついている。壁は棚で埋め尽くされている。でもそれ以外の空間にあるものは各々好きな方向を向いている。それが背の低い棚ならまだいい。天井近くまである棚があらゆる方向を向いているのだ。横板と支柱だけのものなので、部屋の奥が隙間から見え、「行けるのでは？」と思わせてしまうところが質《たち》が悪い。

（どう進めばいいんだ……）

各棚には、使い方のわからない道具、中身のわからない色のついた大小の瓶、ルカもリヒトも見たことのない多肉植物――なんだこれ歯が生えているぞ。ガチガチと鋭い歯を嚙み鳴らしているが鉢にしっかり根づいているのでいまは無視することにした。そして横積みにされた本、本、本……。どれも触ってはいけないだろうことはわかるが、ご丁寧にたいていのものが棚から重心を失わないぎりぎりのバランスを保って飛び出している。入り込んだら絶対に雪崩を起こすし、再びこの場に戻ることもままならないだろうことは容易に想像できた。

「どうした？　奨学生のリヒトくんとお兄さんのルカさんだろう？」

部屋の奥から声がする。入りたいのはやまやまなのだが入れない。

「ふう、最近の子どもはシャイで困る。研究室までは意気込んで来たものの、いざ顔を合わせるとなると恥ずかしくなってしまったということか」

見当違いな解釈を垂れながら声が近づいてきた。いや、下がってきた？　ルカが声のほうに目を遣ると、そこに人間の姿をした、手のひらサイズのなにかがいた。棚の下のほう、道具の隙間を縫うようにして、そのなにかは這い出してきていた。……おっと、嚙みついてくる多肉植物の攻撃をうまく避《よ》けたようだ。

「やあ、初めまして。私はクルアド・ファン・シルジュブレッタ。魔術の金属内複合処理を専門に研究している。一年生の授業は受け持っていないが、三年生以上になれば私の講義が取れるだろう」

その小さい人は、体に合った黒いローブを着て、まるで崖を下りるかのように本の壁を下りながら話し始めた。そしてルカとリヒトがハラハラ見守るなか、無事に床に着地する。

「は、初めまして。ポルカ村のリヒトです。こちらは……兄のルカです」

「初めまして」

リヒトが一瞬言葉に詰まったのは、そのときにシルジュブレッタが急に大きくなって普通の人間サイズになったからだった。急に距離感が近くなり、無意識に仰《の》け反ってしまう。大きくなってくれたおかげでようやく顔だちもわかった。年は初老の頃合いだろう。白くなった髪を品良く切り揃え、三日月形の目には深い笑い皺が刻まれている。

「ふむ、学問に熱心なのは非常によろしい。しかし学問を追究する姿勢は常に謙虚であり、また一心不乱でなくてはならない。ほかの研究者と対峙《たいじ》するのを恥ずかしがっているようでは……」

「先生、入学前の子はまだ体を小さくできません」

いきなり若い女性の声が聞こえた。見るとまた下からにょきにょきと生えるかのように女性が大きくなった。入口付近のスペースに、人間四人が追いつめられるようにして立っている。

「あ、そうだった。では入れないね」

シルジュブレッタはどうやら本気で気がついていなかったようだ。

「もうここは、普通に出《で》入《はい》りすることを諦めていますからね」

濃い茶色の髪の、少し蛙《かえる》を思わせる女性は控えめに笑った。黒いローブに、不必要なくらい大きな鍔《つば》の三角の帽子を被っている。ルカはまだ知らないが、この帽子は学位持ちを表し、学位を得て初めて魔術使いは魔術師と呼ばれる。そのためシルジュブレッタも持っているはずだが、研究室のどこかに埋もれて行方不明だ。

「私は研究員のマロルネ。リヒトくん、君のリクエストの道具は揃えておいたわ。あと、必要になるだろうっていうものも追加で入れておいた」女性は手に抱えていた木箱をリヒトに渡した。

「あ、ありがとうございます。すみません」

「いいのよ。それよりごめんね、部屋に入ってお茶でも入れてあげたいんだけど、それをするにはこの惨状を片付けないといけなくて」

「あ、いいです。大丈夫です」

「返すのはいつでもいいよ」シルジュブレッタが言う。

マロルネはルカに向き直って手を出した。

「そちらはルカさんね、初めまして。握手してくださらないかしら。王都の白い狩人といったらいまや有名人ですもの」

欲しいものを手に入れ、二人に丁寧に礼を言って、ルカとリヒトは研究室をあとにした。

「兄さん、有名人なんだ」

「いや、知らないな」ルカは本当に知らなかった。自分が知らないところで有名になっているなんて、なんとも居心地が悪い。

「危ないな……」リヒトはぼそっと呟《つぶや》いた。

「そういえば、これからジュールラックのところへ行くか？」

「あ、待って。ちょっと今日はいま見たことも含めて頭ぱんぱんだから、今度にしてもらえないかな？　ほんとは王都の森に材料を取りに行けたらって思ってたんだけど、マロルネさんが入れてくれた箱の中に材料も入ってたんだ。道具だけかと思ってたのに」

「いい人たちだったな」

「うん。兄さんも、ありがとう」

◇　◇　◇

あれからまたひと月。リヒトはシルジュブレッタの研究室を訪ねて以来、水を得た魚のようにさまざまな魔術具をつくっていた。すでに本に載っていないものも自分の発想で作っている。日が落ちたら自動的に明るくなるランタン、部屋の汚れを感知して適切な道具を選び掃除する小さなマリオネット、魔力に反応して立ち上がる羽根など、数え上げればきりがない。伝書鳥《メールバード》ももちろんすぐにつくっていたが、王都に一緒に出かけたとき大量に飛ばしていたのはわけがわからなかった。

シルジュブレッタの研究室にも何度か顔を出しているらしく、「木の手」の再現にも目途がついたらしい。

また、ジュールラックのこともちゃんと見られたようだ。肉を渡して色を変えているところを興味深げに観察していた。ジュールラックはつなげる場所を変えるときに色を変えているらしい。だから前と同じつなぎ先なら真鍮色のままでいいそうだ。ただし初めて奨学生が来たときはサービスで見せている、と枝耳兎の肉を咀嚼《そしゃく》しながら教えてくれた。

リヒトはルカが王都で行きたいところの近くに出してもらえていることを知り、「たぶん兄さんはジュールラックを一番使いこなしてるよ」と肩を落としていた。

今日はリヒトに頼まれて王都の東側の山中を流れる川に来ている。狩猟の合間に川で拾える石を持ち帰ってほしいというのだ。ここがマロルネに聞いた穴場らしい。ルカにはよくわからないが、魔術を組み込むのに透明度の高い鉱石は相性がいいらしい。つまりはリヒトの魔術具づくりの材料集めである。

リヒトは「狩りのついで」で、「もしあったら」と強調していたが、リヒトに頼まれた時点でルカにはそれが最優先となる。

人気《ひとけ》がなくなったのを確認して渓谷の奥に〈移動〉する。川を見ると、季節がいいのでよく太った黒鮎がたくさんいた。

〈移動〉の本領を明かしていれば、リヒトも連れてきてやれたのに
リヒトも山歩きには慣れているが、毎日睡眠時間を惜しんで勉強しているなかで、ここまで来るのはつらいだろう。それに普通に歩けば時間もかかり、泊まりがけにせざるを得ないかもしれない。だからルカはリヒトを連れていくときは森の浅いところまでしか行けていなかった。

川原で焼いたら格別の旨《うま》さだろう。帰りに何匹か獲って寮で焼いてやろう。〈移動〉で帰れば味もそうは落ちまい。

ルカはリヒトに頼まれた石――黒曜石を見つけては拾い、ヤマウズラがいたので素早く矢をつがえ仕留める。鳥は目が小さいので普通に首や胴体を狙う。数羽いたのに二羽しか仕留められなかった。狩った獲物に近づいたときに突然あることを思いつき、脳天に落雷を受けたかのごとく静止した。

獲物の「目だけ」と「自分の矢」を〈相互移動〉できるのでは――。

そうすれば視界に獲物を入れるだけで、次の瞬間、目から頭に矢が突き刺さった獲物が得られる。

これはとんでもないことだ。ルカは好奇心を抑えきれず、しばらくしてまたヤマウズラを見つけたときにやってみた。

結論から言うと、できなかった。

「目だけ」にマーカーをつけることができなかったのだ。何度やってもヤマウズラ全体にマーキングされてしまう。

（世の中そううまくはいかないか……）

ルカはちょっとがっかりしながらも、弓の腕前がまったく関係なくなってしまっては楽しくないとすぐ思い直した……が、

（部分的にマーキングするのは本当に無理なのかな）

〈恩恵〉の謎として気にならなかったかと言えば、それはまた別の話である。

ハンターズギルドにヤマウズラを売り、さっさと魔術学校の寮に戻った。ジュールラックにねだられて鮎を分ける。焼いてから持ってきてやろうかと言ったのだが、このカメレオンは川魚を生で食べてもまったく気にしないらしい。

部屋ではリヒトが相も変わらずなにやら勉強していたので、拾った石を渡し、ストーブで鮎を焼いて、ルカの部屋で二人で食べた。火を熾《お》こす魔術具も、けっこう使い慣れたものだ。

「ずいぶんいい鮎がいたね」

塩焼きを食べながらリヒトが言った。遅めの朝食のあとに寮を出て四の鐘に帰ってくるにしては、良すぎる獲物だ。頼まれた石も十分に拾い、さらに（これはリヒトに言っていないが）ヤマウズラも四羽仕留めている。「普通に歩けば泊まりがけになってもおかしくない場所」に行ったのに、だ。聡明なリヒトが疑問に思わないはずもないのだが、ルカは気にしなかった。帰路で〈移動〉について詳しく明かす決意をすでに固めていたのである。

獲物の目だけにマーキングできない件を相談したいのが理由のひとつだ。リヒトのことだ。自分にはない発想をしてくれるかもしれない。

それに〈移動〉の本領を明かせば、時間を節約してリヒトといろいろな場所に出かけられると考えたからだ。好待遇とはいえお上に縛られることになる人生だ。自分がそばにいられるうちに、もっと自然を楽しませてあげたかった。こちらのほうが動機としては大きい。

だから鮎を食べ終わって一息ついたのを見計らって、切り出した。

「ちょっと私の〈恩恵〉について相談に乗ってもらいたいのだが」

そう言うと、リヒトは目を見開いてしばし静止したあと、急に居住まいを正した。

「どうした？」

「……兄さんの〈恩恵〉について、教えてくれるんでしょ？」

「ああ。できれば他言無用にしてほしい」

「もちろんだよ！」

椅子から身を乗り出して食い気味に答えるリヒト。なんだか目が血走って、息が荒くなっている。

「どうしたんだ？　大丈夫か」

「大丈夫！　大丈夫だからはいどうぞ！」

「いや、顔が赤いし、手も震えてるじゃないか。体調が悪いのか？　もしかして鮎に当たったのでは……」

「元気だよ！　鮎はおいしかったよ！　ごちそうさまでした!!」

鬼気迫るとはこのことである。いつも冷静沈着なリヒトがいったいどうしてしまったというのだろう。

「でも……」

「僕が興奮してるのはしかたがないの！　だって、いまから兄さんの秘密を聞けるんだよ？　かしこまるに決まってるじゃん!!」

たしかに秘密ではあるが、そんなに興奮するものでもないと思う。

「いやそんな大げさな。ちょっと人には言わないでほしいというだけで……」

「大げさなんかじゃない！」

どうしたんだ、弟よ。

「う、うん、まあいいだろう。では私の〈恩恵〉についてなのだが……」

ルカは戸惑いを残しつつも、〈移動〉の詳細を語りだした。

初めて発現したイノシシ事件から、ルカの検査の日に行《おこな》った地平線上までの〈移動〉実験、〈相互移動〉だと判明したこと、その後わかった様々なことのすべてを。

リヒトはルカが話し終わるまで一言も発することなく聞いていた。口を真一文字に結び、ルカの目をまっすぐに見つめて、ルカが秘匿してきた情報をひとつ残らず聞き漏らすまいと集中していた。

「これがいまわかっている私の〈移動〉のすべてだ」

話し終わり、リヒトがなにか言うかと待っていたが、リヒトは一向に微動だにせずルカを見つめていた。ちょっと気まずいし、なにか反応してくれないと次の相談に移りづらい。

「……リヒト？」

呼びかけると、リヒトの肩がふるりと揺れた。

「……え？　じゃあ、動く獲物の目をピンポイントで射抜くのって……え？　実力だったの？」

やっと反応したリヒトの第一声は、ルカの予想の斜め下だった。傷つくのだが。

◇◇◇

リヒトはルカの〈恩恵〉を〈一撃必中〉かそれに準ずるなにかだと思っていたので、本当に家族に報告した通り〈移動〉だったと知って驚愕していた。

〈一撃必中〉は射手として軍学校に採られる、有名な〈恩恵〉のひとつだ。矢や投石を狙ったところに確実に当てることができる。ルカはなんらかの理由で聖石の検査ではじかれ、本来の資質を見出だされないままに村に戻されたのだとリヒトは考えていた。そしてそれは狩人として山で生きたいと望むルカにとても都合が良いのだと。


兄は白い人として生まれた。くだらない御伽噺のせいで、村の無知蒙昧《もうまい》な大人どもの悪意に晒された兄。兄はリヒトが物心つくまえにヴォルフに引き取られてしまったが、山に住むあの人が自分の兄だとは、信じられないくらい綺麗ないきものだった。

いまでこそ村の差別主義者たちを軽蔑しているリヒトであるが、幼い自分は実はその愚かな豚どもの一員だった。

村の中心である屈強な男衆がルカは劣っている、ルカは災厄を呼ぶ、ルカは差別されるべきだ、そう当然のように言い放ち、周りの大人たちも積極的な否定をしない。それが日常の会話の中で常識かのように語られていれば、幼子の視界が曇るのは不可抗力であった。リヒトはルカをいつしか馬鹿にするようになっていた。家族の前では態度に出さない。両親はなんだかんだと離れて暮らすルカを心配していたからだ。ただ心の中で、無根拠にルカは劣っていると信じ込んでいた。

そして幼くして自分は〈魔術使い〉だとわかってしまってから、その妄想は酷くなった。リヒトが自分には魔術の〈恩恵〉があると知ったのは、八歳のとき。測定の魔術具を見たのが最初だった。正方形の敷布であり、ものを載せるとその体積や重量、長径、高さなどが表示される。庶民の生活に溶け込んだ、ありふれた魔術具だ。

村の雑貨店に置いてあったそれを店のおばさんが使うのを、魔術具とも知らず見た。するとその瞬間、その布に編み込まれた魔術の内容が頭に流れ込んできた。

載せられた物質を、布面から上へ向かって細かく輪切りにするように測り、空中でなにも切らなくなったら測定を終え、登録済みの計測項目に数字や単位を表示していく。その流れと仕組みのすべてがわかった。

近くにいた店のおばさんも、母親も、リヒトに起きたことにまったく気づいていない様子だった。

自分は特別な存在なのではないか。

その甘美な驕《おご》りは瞬く間にリヒトの頭を支配した。

自分はこの村で終わる存在ではない。そう確信したら次の行動は早かった。ヴォルフに勉強を教えてもらうことにしたのだ。ヴォルフのおかげでルカは読み書きもできるし計算もできると以前母親が父親に喜んで話していたのを聞いていた。リヒトも家族も簡単な計算はできるが、読み書きはほとんどできなかった。十二で学校に行くなら四年しかない。文字も書けずに同い年に馬鹿にされるわけにはいかなかった。

押しかけてみるとヴォルフは極めて読書家で、ルカが意識せずその恩恵を享受しているのが腹立たしかった。リヒトは差を埋めようと必死に勉強した。ルカの読めない本も読めるようになったし、文字だけ読めても理解が難しいとされる数術の本も問題なかった。

ヴォルフはリヒトが魔術関連の本を欲しがったのを見て思案気な顔をしていたので、〈魔術使い〉であることには早くに気づいていたと思う。追及してこなかったので、とくにリヒトから言うことはなかった。

そうやって肥大したリヒトの慢心は、山では命取りだった。

前年、ルカはアカミミオオカミを単独で狩っていた。ルカを無根拠に下に見ていたリヒトは、それがたいしたことではないと思い込んでいた。ルカが狩人として優秀であり、一定の技術を習得したからこそ成し得たことなのだと理解していなかった。

リヒトはある日、実験に使う薬草を採るためヴォルフにもルカにも言わないで山に入った。そして帰り道がわからなくなり、どんどん迷い込むことになった。

寒い季節はまだ先だったが、日が傾くと焦りは加速度的に酷くなっていった。太陽の沈む方角がわかっても、進もうとする方向へ自由に進めないのが山道だ。急斜面や崖が突然現れたり、茨や草に手を切られたり、縦横無尽に這いまわる木の根に足を取られたり。いったいヴォルフやルカは、こんな道もない山をどう歩いているというのか。

そんな過酷な状況で、八歳の体力はまともに持たなかった。水筒はとうに空になった。川の位置もわからない。腹は減ったし、足はもう傷だらけで靴も片方壊れている。あたりはすっかり暗くなった。

涙が滲《にじ》んで、もう泣く、といったときに、荒い息遣いが聞こえた。獣だ。茂みを無遠慮に踏み倒し、出る音を気にもしない。強い肉食獣であることは容易に想像がついた。リヒトは音のするほうを確かめるため茂みの向こうを覗き込んだ。黒い野犬だった。いまは一匹しか見えないが、群れが近くにいるのだろうか。

リヒトは息を潜めて遠ざかろうとしたが、木の根に足を取られて後方へ尻餅をついた。気づいた野犬が茂みの向こうから顔を出す。獰猛な小さい瞳の下で真っ赤な口が裂ける。足が震えて後ろへ下がることすらできない。長い舌をだらりと垂らし、野犬は唸《うな》りもしない。その価値すらないのだ。自分はなんの脅威でもない。この一瞬あと、飛びかかってきた野犬に、喉笛を食いちぎられるだけだ。

野犬が一足駆けた。リヒトは目をかたく閉じた。そのとき。

ギャウッ！

短く鈍い声がはじけた。覚悟していた衝撃が来なかったため、リヒトは恐る恐る目を開ける。野犬は頭から血を流し、リヒトの目の前で倒れていた。近くに血のべったりとついた拳大の石が転がっている。視界の端から白い妖精がふわりと舞い出て、弓を構えた。近距離からまだ息のあった野犬に二本、三本と矢を放つ。野犬は息絶えた。

「探したよ、リヒト」

弓を下ろした妖精は、満月の光を背に白銀の髪を垂らし、紫水晶《アメシスト》の瞳を細めてリヒトに微笑んだ。

（特別なのは僕じゃない）

気絶する直前そう思ったのを覚えている。

リヒトは緊張の糸が切れて気を失ったあと、何日か熱を出した。反省していたのと怖い目に遭ったことでたいして怒られなかったが、熱が去るのと一緒に視界の曇りは透明に晴れてしまった。

以降リヒトはルカに素直に教えを請い、ある程度山を歩けるようになった。ヴォルフやルカには到底敵わないが、自然の事物を観察するのに役立つ技術を身につけ、正しい自信につなげることができた。

自分は特別ではない。一つ一つ力を積み上げて、そして今度は兄さんを守れる人間になるのだ。

◇◇◇

衝撃から覚めたリヒトはルカの相談を改めて聞いた。

「獲物の、目だけかぁ。組織がつながっている生物の一部だけにはマーキングできないってことかなぁ」

とりあえずリヒトに〈相互移動〉を見せながら、二人で実験してみることになった。

「最初は無生物で見せてね。いまここには兄さん以外の生物は僕しかいないから」

リヒトの目だけにマーカーをつけるとか、できたとしてもしたくない。ルカは想像だけで青ざめてしまい、何度も頷いた。

リヒトは自分の部屋から魔術具の素材が入っている箱を持ってきてルカの机の横に置いた。中をごそごそと漁っている。

「さっき拾ってきてくれた黒曜石と……木の欠片でいっか。これを〈相互移動〉してみて」

ルカはまだ磨かれていない鈍い黒曜石と、リヒトがつくったマリオネットの魔術具の残りと思われる木片にそれぞれマーカーをつける。そして〈相互移動〉した。

「わ……！　……すごい」

リヒトはびくりと背筋を伸ばし、目の前で起きた現象を驚愕の眼差しで受け止めた。話していたときの感じから、ルカの話をまったく疑っていなかったのはわかるが、やはり目の前で直《じか》に見るのは驚いたのだろう。

「いまって、マーカーつけたの？」

リヒトはふたつの物体を指さしながらルカに尋ねた。

「ああ」

人前でやったのは初めてなので今まで気がつかなかったが、マーカーはルカにしか見えないようだ。どういう仕組みなんだろう。

「僕には兄さんのマーカーが見えないから、つけたら教えてね」

「わかった」

リヒトは革袋に黒曜石をいくつか入れた。革袋の外に木片が置いてある。

「この革袋にマーキングできる？」

「できる。いまつけた」

「うん。じゃあ、木片にもつけてみて」

「つけた」

「じゃあ〈相互移動〉して」

「……」

「うん……やっぱりすごいな」

〈相互移動〉されたあとの革袋をリヒトは調べている。

「袋に入れた黒曜石も一緒に〈相互移動〉されてるね。外を包んでいるものに中のものは同じ扱いを受けるんだね」

「そうだな」

「じゃあつぎは、革袋のなかを覗き込んで、どれかひとつだけ黒曜石にマーキングして」

「した」

「そしたら革袋の口を閉じて、木片のマーカーは……ついたまま？」

「ああ」

「じゃあ二つを〈相互移動〉して」

「……」

二つが入れ替わったのを見てリヒトが革袋を開ける。果たして黒曜石しか入っていなかったはずの革袋のなかにはひとつだけ木片が入っており、テーブルの上には黒曜石がひとつ載っている。

「これが〝視界から外れてもマーカーさえつけておけば〈移動〉できる〟ってやつか」

「そうだ」

「これを応用すると、手元の小石にマーカーをつけてから屋根の上に放り投げて、兄さん自身と〈相互移動〉することで簡単に屋根の上に上がれるってことだね」

　リヒトはルカが説明したことを丁寧に検証していった。

　そのあとは立ち上がって部屋に少しスペースを空け、椅子とルカの〈相互移動〉も見せた。

「兄さんが〈移動〉するとき、服もちゃんと一緒に〈移動〉してるよね」

　怖いことを言わないでほしい。〈移動〉後全裸になった自分を想像してしまった。

「ということは、たとえば獲物を手に持って〈移動〉しても大丈夫なわけだね」

　ルカは頷く。それはいままで何度もやってきていた。

「僕を一緒に〈移動〉させてくれない？」

　ルカはリヒトと手をつなぎ、先ほどと同じように椅子とルカたちを〈相互移動〉させた。

　リヒトは〈移動〉した自分の立ち位置を見回すようにして、うんうんとなにやら納得している。

「つまり、兄さんの意識の問題なわけだ」

「……？」

「兄さんが無意識レベルで『これとこれはセット』って思ったら、一緒に〈移動〉できるってことだよ。服は着てて当たり前。手に持ってる獲物を置いてくるなんてありえない。手をつないでいる僕を……セットって思ってくれたのは嬉しいけど」

「私がお前と自分を別個と思うわけないだろう」

　リヒトは顔を赤らめ小さく「うん……」と頷く。

「それでね、獲物の眼球を指定してマーキングできない理由もそこにあると思うんだよ」

「うん？」

「つまり獲物とその眼球は当然セットだって兄さんが思っているからマーキングできないんだ」

「ふむ……たしかに、そもそもその生き物の体の一部なわけだからな。独立して考えるほうがおかしいというものだ」

「うん。でも逆に言うと、別のものと考えることができればマーキングできるかもしれない」

「〈恩恵〉の能力は、そんなに主観に左右されるものなのか？」

　そう言うと、リヒトはにやりと口の端を上げた。

「神がなにを与えようが、それを扱う人間が無知無能であればそのようにしか扱えないからね」

リヒトは少し意地悪そうな顔をして続けた。

「聖石もそうだよ。あれは他人《ひと》の〈恩恵〉がわかるっていう、一種の鑑定魔法の術式を組み込んだ魔術具なんだ。あれが発明されるまでは、その特殊な鑑定魔法の使い手が一人一人確認しないと、人の〈恩恵〉はわからなかった」

ルカは驚いた。礼拝所に設置しているものだからなにか神聖なものかと思っていたが、魔術具だったのか。

「だから聖石は、当時あれを開発するために解析の対象になった鑑定魔法の使い手が知っている〈恩恵〉しか表示できない」

「参考にされた魔法使いの知識にないものは判定のしようがないわけか」

「そう。それでもわからないものを〈不明〉と正直に表示するだけの公正さが、当時の開発者にはなかったんだね。よくわからないものでも、近似する〈恩恵〉の名前を推測して表示するようになってるんだ。無駄に高性能とも言えるけど」

ルカはふと疑問に思った。

「リヒトはなんでそんなこと知ってるんだ？」

「検査のときに解析したから」

「検査のときって……手をかざすだけだろう？」

リヒトはにこりと微笑んだ。そうだ。リヒトは言っていた。魔術具は動いているときに見ると仕組みがわかると。そして魔術学校に来てからわからないことができたと。言い換えればそれまでは仕組みのわからない魔術具などなかったということだ。当然聖石も。あのときはリヒトが思い悩んでいるほうが心配で、流してしまっていた。

リヒトは、検査で調べる前から自分が〈魔術使い〉だと知っており、魔法を解析する技術を検査の日までに身につけていた、ということだ。

（天才なのかな）

ルカは息を呑んだ。これは本当に、将来国の重鎮になってしまうかもしれない。

「あのガラクタを作った人には感謝してるよ。まさか兄さんの特殊能力を、〈移動〉なんて単純な言葉に置き換えてくれたんだから。しかも量産に際し製作者の技量によってその性能はピンキリときてる。最高だよ。それがなかったら兄さんとの二年九カ月はなかったし、いまこうして一緒に過ごす機会もなかった。先人が無能で感謝したのは初めてだ」

リヒトはなかば恍惚《こうこつ》とした表情すら浮かべて言った。先達を腐しながら感謝するという器用なことをして、本当に楽しそうだ。ルカはリヒトが楽しければ先達がどうなろうと気にならないのである。

もうひとつ、すぐにできそうな実験をすることにした。そして

・液体へのマーキング可否は状態による

ということが判明した。

カップに入っている水には、水だけにマーキングできた。

それを机の上に置いた小石と〈相互移動〉すると、カップの中に入った小石のマーカーは外れていなかったが、机の上に広がった水からは自動的に外れてしまった。

「形を保てないものにはマーカーがつかないってことかな」机を拭きながらリヒトは逡《しゅん》巡《じゅん》している。

　さらに小鍋に水を入れてマーキングしてから沸かしてみたら、湯気のほうにはマーカーは移らず、鍋の中でどんどん体積が減っていっている水につき続け、やがてあと一息で鍋が空になる、というところでマーカーが外れた。

「いまマーカーが外れた」とリヒトに伝えると、リヒトはすぐに鍋を火から下ろして中の水を確認した。

「もう蒸発寸前の水の玉だな。重さで言うと一クロル[*4]くらいかな。こうして見てるあいだにもどんどん小さくなってる。あ、消えた。……体積や重さの限界値は、測定の魔術具を手に入れてから詳細に検証することにしよう」

　熱されて空焚き状態になった小鍋にじゅわっと水をかけながらリヒトが意気込む。

　ルカとしてはそこまで詳細に詰めなくてもよいのだが、リヒトの目がキラキラと輝いているのでまあいいかと受け入れた。リヒトは昔から山で採れた草木《そうもく》や鉱物の重さを量った

*4 一クロル
一グラム

り粉末にしたり、水や油に溶かした液体の性質を調べたりということが大好きだったのだ。入学前の気の張る時期に、新しい気晴らしが手に入ったなら良いことだと思った。

それに、やはりリヒトに相談したのは正解だ。ルカ一人では液体にマーキングするなどという発想は出てこなかっただろう。


最後に、リヒトにねだられてルカは〈相互移動〉をフル活用して部屋の模様替えをした。正確には、リヒトの使っている広めの部屋にルカとリヒトのベッドを並べ、ルカの使っている小さめの部屋にはルカとリヒトの机を並べた。リヒトはずっとこうしたかったらしいのだが、大幅な模様替えは下の階に響く。だがルカの〈相互移動〉を使えばリヒトの机とルカのベッドを簡単に入れ替えられるのだ。使わない手はなかった。

かくして兄弟はお互いのベッドに寝転がりながら秘密の会話を楽しむ環境を手に入れたのだった。

◇◇◇

とうとう入学式の日がやってきた。

リヒトたち新入生は大講堂に集まることになっている。リヒトは新しい服に身を包み、

ルカに買ってもらったブーツに履き替えた。黒いローブを羽織り、銀のバッヂをつける。そしてルカにくるくると回されて「似合っている」だの「賢そう」だのさんざんもてはやされた。本当にやめてほしいとリヒトは顔を真っ赤にし、もう十分とばかり逃げ出した。

さて、ルカは従者なので入学式には出られない。と思っていたのだが、散歩するつもりで寮の下まで来るとマロルネが立っていた。

「おはようございます、ルカさん。リヒトくんのご入学おめでとうございます」

「ありがとうございます」

今日も黒い三角帽とローブを身に着けて、感じのいい笑顔を向けてくれる。

「マロルネさんは入学式には？」

「私は教員ではないので出ませんの。シルジュブレッタ先生はお出になっているはずです」

「そうなんですね」

「ルカさんも出られては？」

「リヒトの晴れ姿は見たいのですが、従者は出られないと聞いたので」

「あら、べつに大丈夫ですわ。行きましょう」

そう言うとマロルネは大講堂のほうへ向かって歩き出した。大丈夫なのかわからないが、ルカもとりあえずあとについていった。

マロルネに誘導されて大講堂の入口付近の壁沿いに立った。後ろには結構スペースが余っているので、邪魔にならなければいてもよさそうだ。マロルネもそのままルカの横に立っていた。

生徒たちはすでに整列して座っている。礼拝堂の造りに似ていて、真ん中の通路を挟むように横に長い机が並んでいる。生徒だけで百五十人程度だろうか。ルカから見て右半分が黒いローブの魔術使いたち、左半分がラベンダー色のローブの魔法使いたちだ。後ろから三列目に燃えるような赤毛が見える。スカーレットだ。リヒトは結構なかほどにいるのか見つけられない。

「前列中央から順に位の高い貴族が並んでいます。後ろ三分の二ほどは平民ですね。シルジュブレッタ先生がお持ちだった席次によると、リヒトくんは前よりのなかほどにいるはずです」

マロルネが小さな声で説明してくれる。なるほど、それでは見つけづらいのも頷ける。こんなことならリヒトにマーカーをつけておけばよかった。ルカは教えてもらった場所にあたりをつけて黒い頭を一人一人確認し、ようやくリヒトを見つけることができた。

奥が一段高くなっており、正面の壁にはグリフォンの意匠の旗が飾られている。中央に演台が設置され、両脇には華美な装飾の机と椅子が生徒側に向かうように並んでいた。大きな窓はステンドグラスで埋め尽くされており、それは古代の文字や守りの魔法陣でもあった。

　いつの間にか段の脇にマロルネと同じ格好をした人が立っている。

「みなさま、静粛に」

　よく通る女性の声だ。「これよりグラハデン魔術学校の入学式を始めます」

　顔がよく見えないと思っていたが、どうやら彼女は仮面《マスク》をしている。黒い鳥の嘴《くちばし》のようなものが、大きく顔からせり出して、目は分厚いレンズで見えない。

　彼女が式次第を読み上げ、校長と呼ばれた男性が段の中央の演台まで出てきた。校長は普通のおじいちゃんだ。白い髭を生活に邪魔なくらい長く蓄えているが、それ以外は普通だ。黒いローブに金の刺繍。ステンドグラスの模様に似ている。そんなに高さが必要かと問いたくなるような黒い帽子。こちらは鍔のないものだ。

　ジョルジオ・エーデルリンクと名乗った校長は、入学の祝辞を述べて、学業への激励をした。

　続いて段の上の華美な席に座っていた白い装束のふくよかな老人が演台に向かう。年に一度、この入学式の日だけ魔術学校の領地に来るらしい。白い帽子から年齢の割に艶やかな金髪を覗かせ、自分の体がいかに重いかを訴えるかのように歩いている。彼は教会から来た教皇で、三年後自分のところへやってくるラベンダー色のローブの魔法使いにしか用はないが、一応全員に祝辞を述べた。

それから例の仮面の先生がクラス分けと各クラスの担任を紹介し、入学式は滞りなく終わった。

魔術使いのクラスは三つあり、ひとつは貴族、もうふたつが平民のクラスだ。平民の人数は多いので二つに分けられている。

貴族クラスは月桂樹をシンボルマークにした「ロウラス」、リヒトのクラスは糸杉を掲げた「クプレッスス」、もうひとつの平民クラスは棗《なつめ》椰《や》子《し》の「パルム」という。クラスの名前は上級生も同じように分けられており、同じクラスの他学年生とは授業での交流も多いらしい。リヒトとすでに入っている寮がクプレッスス寮というので、このクラス分けは最初からされていたようだ。

マロルネがひそひそと注釈をくれるので、入学式のあいだルカは退屈しなかった。


授業が始まってしばらく経つ。まだまだ暑いが、虫の声の変化で夏が終わりかけているのがわかる。リヒトはとくに困ったこともなさそうだ。というより授業が簡単すぎてつまらないらしい。試験に通れば出席日数は問わないとわかるや、シルジュブレッタにつきまとって研究室に入り浸りになった。ちなみにリヒトはもう小さくなれる。正確には「体を小さくする魔術具製作に成功した」。ルカはそれを見せてもらったのだが、よく磨かれた黒曜石の小石にしか見えなかった。光に透かして見ると石の中になにか文様のようなものが見える。リヒトはそれを指先でつまんだだけで、その魔術具ごと縮んでしまったのだ。危ないのでシルジュブレッタの研究室以外では使わないように約束させた。誤ってリヒトを踏んづけてしまっては、悔やんでも悔やみきれない。

ルカのほうはいままでどおり森で狩りをしている。

例のヨルムンガンドの血の件は、相変わらずハンターズギルドを騒がせていた。クロムウッドら二等級ハンターに指名依頼が来て、王国軍の補佐として討伐に行っている。「おじさんへとへとだよぉ～」と絡んでくる程度には元気なようで、ルカは胸を撫でおろしていた。

そして今年の冬は森の安全性が確認できないため、王都以外から来ている生徒は帰れないことが魔術学校から通達された。

「三権の長で話し合った結果、そうなったんだってさ」

リヒトがクラスで聞いてきたことを教えてくれる。

街道の往来が完全に途絶されるわけではないが、奨学生は将来国に報いる義務があるため、護衛を雇える者でないと通行許可が下りない。平民には当然そんな金を持っている者はほとんどいないのだ。

「貴族は王都に屋敷のある人も多いし、領地から来てても護衛を雇うのも余裕だしね」

「そうか。しかしヨルムンガンドの血で突然変異体になっている魔獣だ。護衛を雇っても危ないかもしれないな」

第一王子のやらかしは公にされていないので、この通行規制もあくまで「原因不明だが突発的に強い魔獣が出没している」で押し通している。そのため市民の多くはヨルムンガンドのことを知らないが、ルカはリヒトに話していた。ルカが単純に忘れているという場合を除いて、リヒトに秘密などないのである。

「まあ、王都の高級宿で冬を越してもいいわけだし、なんとでもなるよ。問題は僕らだよ。冬のあいだの食料や薪は最低限学校が用意するって言ってたけど、最低限がどのラインなのかいまいちわかんないんだよね。魔術学校は冬は結構雪も降るらしいし」

たしかにそれは困る。ポルカ村はまだ雪が少ないが、魔術学校の気候が違うなら心構えが必要だ。王都で過ごすことは当然できない。冬休みはふた月もある。そのあいだ王都で過ごせるだけの金はない。ルカは狩りで結構稼いできていたが、それでもあの物価高の王都で冬ごもりできるとは到底思えなかった。


ある日狩りから戻り、門の近くでスカーレットに会った。

「ルカさまじゃないの!」

ラベンダー色のローブをはためかせて駆け寄ってくる。彼女の赤い髪と同系色でまとまっていて、とても似合っている。リヒトと同じ銀色のバッヂをつけているが、意匠は角の生えた馬だった。ユニコーンという伝説的な魔獣で、教会のシンボルになっているらしい。

「そうだルカさま、リヒトに返信機能つき伝書鳥《メールバード》、二十枚追加って伝えてちょうだい。はいこれ、銅貨一枚」

ルカは銅貨を押しつけられて意味がわからず戸惑った。

「ああ、いいが、返信機能つき伝書鳥ってなんだ？」

「ルカさま、伝書鳥って知ってる？」

「ああ、鳥に変身する手紙だろう？」

「そう。あれって魔力を一定量与えないと使えないんだけど、白紙の便箋をもう一枚つけて、送る側があらかじめ魔力を封入しておくことで、誰でも返信ができるようにリヒトが改良したの」

「へえ、すごいな」

「リヒトはそれを生徒に売って商売してるのよ」

「えっ」

リヒトは学内で商売を始めていたらしい。知らなかった。頭がいいだけではなくたくましいのだ。これはお小遣いを上げてあげてもいいかもしれない。

「あれのおかげで魔力がうまく扱えないお母さまとも手紙のやりとりができてるの」

「そうか。そんなに遠くまで行けるのか。じゃあこの冬に帰れないことを手紙に書けるな」

「あ、そうよね！　わたしはもう何度かやりとりしてるんだけど、冬には帰れると思ってたからショックだったわ。わたしは親から冬の防寒具や毛布を送ってもらうことになったの。学校ではそこまでは面倒みられないらしいわ。ルカさま、どうする？」

「そうなのか？」

　スカーレットによると、魔術学校の冬は想像よりかなり厳しそうだった。お金のある子は入学後も実家から結構荷物が送られてきている。イレギュラーのことで、冬に実家に帰ることを推奨しないと通達が出てからは、冬になる前にと、分厚い布団やもこもこの毛布なども送られてきているそうだ。

「街道の輸送費も上がってるしね。まだ秋にも入ってないけど、みんな不安で早めにやってるの」

　ヨルムンガンドの血の件は収まりつつあるはずなので、今後状況が酷くなるとは思えない。しかし冬に帰らないことが決まっている以上、防寒具などを買う伝手はないと困る。

「スカーレットの親御さんはどこで買うんだい？」

「うちは商会だもの。その伝手があるわ」

「頼めば私たちの注文も受けてもらえる？」

「いいわよ。ただ値引きは頼んであげるけど、どうしてもタダというわけにはいかないわ」

「もちろんだ」

「じゃあ、遅くても収穫祭のころまでに私に注文を頂戴ね。毛布と防寒具二人分、ぎりぎりまで取り置きしておくから」

これは金策に走らねば。収穫祭まで狩りをがんばれば、なんとかなるだろう。


夕方の風が涼しくなり、秋の気配が感じられるようになった。

リヒトは最近部屋に籠ってなにかやっていた。入学前のときとは異なり、悩んでいる感じではなかったので、おおかた新しい魔術具の開発にでも没頭しているのだろう。

リヒトといえば、スカーレットから預かった伝書鳥の料金を渡すと嫌そうな顔をしていた。どうやらルカに小遣い稼ぎをしているのを知られたくなかったようだ。才能を実利に活かせるなんて素晴らしいことなのだが、「もっとかっこいいことで稼げるようになってから言うつもりだったのに」と拗《す》ねていた。返信機能つき伝書鳥なんて十分かっこいいと思うのに、なにが不満なのかルカにはわからなかった。

その後、親とヴォルフに帰れない旨の伝書鳥を出した。数日経って来たヴォルフ代筆の返信には、親は（主に母が）残念がっていたが、父からは「そんなもんだろうと思っていた」と書いてあり、ヴォルフに至っては「わかった」と一言だけだった。男は総じてそんなものなのかもしれない。

ある夜、リヒトが話があると言ってきた。ルカがベッドに座ると、リヒトはわざわざ廊下に誰もいないことを確認してきてから自分のベッドに座った。どうやら秘密の話のようだ。

リヒトは一粒の石を出した。以前二人で拾った蛍石《フローライト》だ。拾ってきたときと違い綺麗に磨かれてビーズにしてある。ルカは〈移動〉をリヒトに明かしてから、ちょくちょく二人で遊びに出かけていた。人の入らない山奥に行き、狩りや薬草採取、そして鉱物拾いを楽しんだ。この蛍石もそうやって手に入れたひとつだ。ルカは手のなかの涼し気な緑色をした蛍石を見た。拾いものにしては透明度が高く、向こうが透けて見える。

「魔術具に加工したのか？」

「うん」

リヒトは心なしかそわそわとしている。「それに魔力を入れてみて」

「……？　私に魔力はないだろう？」

魔術具には使う者がいちいち魔力を込めなくても使えるものもあるが、伝書鳥のように都度魔力が必要なものはルカは使ったことがない。家族やヴォルフへの手紙もリヒトが送ってくれていた。

「え？　兄さんは魔力あるよ？　というか、魔力はみんなあるよ。多いとか少ないとかの差はあるけど」

「え、そうなのか？」

「うん、〈恩恵〉がそもそも魔力の発露の仕方だからね」

　全然知らなかった。結構ショックである。

「そっか。僕は普通に本で知ってたんだけど、ヴォルフとの生活や村だと意識しないもんね」

　リヒトはルカを慰めるようにフォローする。「魔力を好きに使えるかってとこが魔法使いになったり魔術使いになったりのポイントなんだけど、魔力自体はみんな持ってるんだよ。それで、兄さんは〈相互移動〉の内容からしても、自分の思う通りに魔力が込められるはずだよ。伝書鳥、兄さんに送ってもらえばよかったね。そしたらそのときに説明してたのに」

「いや、リヒトに任せてしまっていたから……でも、そうなのか。私は魔力を込められるのか？」

「うん、兄さんが〈相互移動〉でつけてるマーカー、あれ、魔力だよ」

知らなかった。

「お前が見えなかったのに？」

「うん。たぶんあれを肉眼で見られる魔術使いはいないと思うね。見たわけじゃないから理論上だけど、それだけ微弱なんだ」

「そうなのか」

「イメージで言うと、水槽の中にガラスの小片を入れてる感じかな。確かにあるのにわからないって言うか。いま兄さんのマーカーを僕でも見られる方法を必死で探してるから、ちょっと待っててね」

そんなに見たいのか。自分の許可で見せられるものならいくらでも見せてあげるのに。ルカはふふ、と笑ってしまった。

「で、その石に魔力を込めてみてほしいんだ」

じっと蛍石の玉を見つめるが、できない。

「んー、じゃあ、マーカーをつけてみて」

言われてルカはマーカーを出す。ルカのマーカーは当たり障りのない物体に自動でつくので、瞬時にぴたりと吸いついた。するとどうだろう。いままであまり意識したことはなかったが、体からほんのわずかに、なにかが流れ出る感覚があった。

「成功だね」

「……いまのは？　なにか流れ出るような感覚があったんだが」

「うん、魔力を少しでも感知したら作動に必要な量を吸い取るように設計したから、いつもマーカーに使ってるよりもっと引き出されたんだと思う。でも微々たるものだよ。体調、おかしくないでしょ？」

「ああ」

「本当はマーカーをわざわざつけなくても魔力だけ流せるように、練習してもらいたいけど……圧力をかければ勝手に吸い取るようにこっちで設計すればいいか」

リヒトがさっそく改良点を挙げている。

「これはなにをするための魔術具なんだ？」

「……」

リヒトは用意していた手鏡をルカに見せた。そこには髪と目が茶色で、肌の色がリヒトと同じくらいになったルカがいた。

「〈変装石《へんそうせき》〉って名前をつけたんだ」

ルカは鏡に映る自分の姿が信じられず、ぺたぺたと顔を触る。髪をつまんだり、下瞼《したまぶた》を下げたりして自分の顔であることを確認している。言葉が出てこない。

「……余計……だったかな」

リヒトはルカの沈黙を、善かれと思ってやったことがルカを傷つけたのではないかと誤解した。

「え……いや、違う。すごいと思って」リヒトの声が沈んだのに気がつき、ルカは慌てて言った。

「え？」

「これがあれば目立ちたくないところに行くときに目立たないで済む！　リヒト、これ、もっといろんなパターン作れるか？」

「……！　うん！」

白髪白皙の特徴は、人の記憶に残りすぎる。白い狩人は知らないうちに王都の有名人だ。

（私の足跡は、この髪と肌がある限り誰にでも容易に調べ上げることができる）

そんなものは足枷《あしかせ》でしかない。

「兄さんと言えば白って意識があるから、色を変えたらまずわかんないよ！」

そうだろう、弟よ。お前はなんて優秀なんだ。魔術の天才だ。

〈変装石〉の連続発動時間は一日程度で、途中で解きたいときはもう一度魔力を流せば元に戻る。また魔力を込め直せば繰り返し使える。髪と目と肌の色を変える魔術を石に刻んであるのだ。この「色だけ変える」という魔術は、そういう〈恩恵〉持ちの魔法使いができることではあっても、まだ魔術具化が成功していなかった魔法である。

「じゃあそういう魔法使いに会ったのか？」

「兄さんももう会ってるよ」

「え……？」

「ジュールラックさ！」リヒトはいたずらが成功したように笑った。

「あいつか！」

リヒトによると、ジュールラックが色を変えるのを見て以来、ずっと考えていたそうだ。足繁く門に通い、最近ようやく解析に成功したらしい。「僕のためじゃない。兄のためだ」と言うと、ジュールラックは解析を了承したそうだ。肉の打算が働いたに違いない。明日は多めに持っていってやろうとルカは決めた。

それにしても、未発表の魔術具だなんて。

伝書鳥の改良もすごいが、まだ魔術具化されていなかったものを作るなんて、とんでもないことではないだろうか。

「新しい魔術具を発明したとなると、シルジュブレッタ先生に発表の仕方を聞いたほうがいいんじゃないか？」

「え？　僕はこれを発表する気はないよ」

「なぜだ？　リヒトが正当に評価されなければ……」

「そういう魔術具が存在するってことが公になれば、兄さんが変装してるのがバレる可能性が高まるからだよ」

ルカは言葉を失った。リヒトは自分のために、せっかくの発明を黙っていると言うのだ。だからさっき、廊下に人がいないことを確認するほど用心したのだ。ルカのために。

「リヒト……」

「兄さんはこれから好きに町に溶け込める。まあ顔だちが綺麗すぎるから、完全に目立たないってことはないかもしれないけど」

「ありがとう」

リヒトはおどけて言ったが、ルカは冗談にすることはとてもできなかった。

後日、リヒトはルカのために〈変装石〉を追加で作った。指でつまんで圧力をかければ自動で必要な量の魔力を吸い取るように改良も済んでいる。

蛍石だけでなく、黒曜石、天藍石《ラズライト》、紫水晶《アメシスト》を連ねてネックレスに加工した。石ごとに色の組み合わせを変えてある。

蛍石と黒曜石以外は王都の鉱物店で買った。透明度の高い石は値段も高いのだが、幸い大きい粒が必要なわけではないのでなんとかなった。伝書鳥の改良部分の権利を魔術学校に売ったのだ。ルカに知られると冬支度の毛布を買えばよかったと言われるのでこれは内緒である。なにしろリヒトにとってルカを守ることはなにより優先される事柄なのだ。白い狩人だなんて冗談ではない。ただでさえ狩人として優秀なのに、あんなに綺麗な顔をして、おかしな奴に目をつけられるのは時間の問題なんじゃないだろうか。すでに魔術学校の女子生徒にはファンがいる。スカーレットの「ルカさま」呼びも気にくわない。それで注目されるうちに、もし誰かに〈相互移動〉を見られたら――。リヒトは頭を抱えた。

（国に奪《と》られたらどうにもならない……）

リヒトは少しでもルカの身を守る術《すべ》を増やしたいのだった。

完成したネックレスを渡し、ひとまずは満足する。

「蛍石は茶髪に茶色の目、黒曜石は僕と同じ黒髪黒目、天藍石はアレクを参考にして金髪碧眼だよ」

「わかった」

ルカは胸元にかかったネックレスを嬉しそうに指でなぞる。

「あれ？　紫水晶は？」

「ああ、それはちょっと特別製でね……」

リヒトはルカに耳打ちした。誰も聞いていないのだから、それは芝居がかった動作だった。

「……それはいいな」

これからはいろんな色のルカを見放題だ。きっといまより自由になれる。そして色がどうなろうと、リヒトに微笑みかける優しい顔は変わりようがないのだった。

◇ ◇ ◇

狩猟にいい季節、ということで、リヒトたち一年生は野外学習として森に出かけることになった。いつもルカが行く王都付近の森ではなく、学校を取り囲む森である。目的は実習で使う薬草採取と小型の魔獣を狩ることだ。生徒同士の親睦を深めるという狙いもある。

森全体はつながっているが、今回はリヒトたちの寮の部屋から見える側——エルダーの森と呼ばれている側が使われる。より深く、古く、魔力に満ちた森であるとのことだ。

ルカはそんな予定をリヒトから聞いてはいたが、自分も行くことになるとは思っていなかった。王都から戻ってきたときに、男性職員に声をかけられたのだ。リヒトが入学する前にシルジュブレッタを紹介してくれた職員だったため、話を聞かないわけにはいかなかった。

ルカが頼まれたのは要するに護衛だった。魔術学校の生徒たちはべつに狩人になるわけではない。自分たちが素材にする植物はどのような場所に生えているのか、魔獣はどんな生態なのかを実地で学ぶのが目的だ。なんなら「ちょっと見るだけ」でよいのだ。だから危険な目に遭わないように、当日の護衛をしてほしいとのことだった。

もちろん引き受けた。断れるとも思っていないし、なによりリヒトの安全のための仕事だ。受けないわけがない。

野外学習は二日に分けて行われ、初日は貴族クラスの魔術使い・魔法使いの混合グループが九班に分かれて森に入った。ルカが護衛をするのは二日目の平民混合クラスだけだ。平民は人数が多く十八班に分かれるので、魔術学校の職員だけでは護衛が足りないのだと、その男性職員は言った。

「下見も事前にしたほうがいいんじゃないでしょうか」

「ああ、それは大丈夫です」

聞けば魔術学校には森番がいるらしい。彼が普段からよく見回って安全を確認済みの、全然浅いところしか行かないという。

「だからまあ、ルカさんには教師と一緒に、生徒たちが危ないことをしないかだけ見ていてほしいのです。生徒が出くわす可能性があるのは小型魔獣ですが、もし手こずったら手を貸してあげてください」

「なるほど」

そのほか簡単な説明を受け、特に事前準備は必要ないとのことだったので、ルカは矢の補充だけ確認してその日を迎えた。

当日は魔術学校の裏手の草地に集合だった。ルカたちの寮がある側だ。ルカは護衛のため、リヒトより早めに来て後ろで待っていた。

　クラスごとにシンボルの旗があり、徐々に生徒たちがやってきて、その旗の前に整列していく。平民の魔術使いクラスはクプレッススとパルム、魔法使いは人数が少ないので貴族平民ともに一クラスずつしかなく、平民クラスはアクアといって水流をイメージしたような抽象的なシンボルが旗に刷られていた。

　生徒が来るたびに教師が紙切れを渡している。あれはなんだろう。一番後ろの生徒が見ているのを遠目に覗くと、なにかの絵とその周りに文章が書いてあった。

　ルカと同じくマロルネも護衛として参加している。めずらしくローブを着ておらず、女性用の幅広のズボンを穿いている。聞くと、森歩きにいつものローブでは動きづらいのでこういった野外授業のときは着用を免除されるらしい。それは生徒も同じだった。後ろからでは魔法使いと魔術使いの区別がつかないが、ブローチはつけているので、グリフォンかユニコーンか見ればわかるようにはなっている。ルカは護衛だと生徒たちにわかるように、妙にぴかぴか光る銀色の腕章をつけさせられていた。不服そうに左腕を見ていると、お揃いのマロルネがくすくすと笑った。

　集合時間になって入学式のときに見た仮面の女性教師が前に出てきた。彼女は黒いローブのままだ。

「全員揃ったようなので、始めます」

彼女は仮面の向こうからよく通る声を出した。

「資料をもらっていない生徒はいますか？　……大丈夫ですね？　今日の目標は、そこに書いてある薬草を採取すること、そしてその過程で魔獣に出くわしたら、それを排除することです」

なんとなく予想はついていたが、先ほどの絵は目当ての薬草のものだったようだ。

「説明の前に本日の班分けをします。全員、杖《つえ》は持ってきましたね？」

生徒たちはナイフほどの長さの杖を各々取り出した。

「その杖に魔力を流しながら、天を指すように頭上に掲げてください」

ぴしっとした動きで全員が空に杖の先を向ける。どうやらこの先生はけっこう厳しいようだ。誰も無駄口を叩かないし、彼女が出てきた時点で緊張が走ったのが明らかだったから。むしろ入学式のときのほうが空気が弛緩していた。授業が始まって、怒らせてはいけない人物だとわかったのだろう。

ルカが大勢の人間の動きが揃うのをものめずらしく見ていると、仮面の教師は小さな蓋つきの小瓶を取り出した。蓋を開けしばらくすると、小瓶が光を発していく。やがてその光は小粒となって小瓶の口から蛍のように舞い出てきた。朝の明るい時間帯でもわかる強めの光だ。

（それにしてもたくさん出るな。いったいなにをするつもりだろう）

大量の光の粒が仮面の教師の周りを浮遊し、小瓶から新たに出てくるものがなくなるやいなや、その光の粒は先ほどまでの緩慢な動きから一転、すばやく生徒たちの杖の先に降り注いだ。

(……生徒の人数分の粒を出したのか)

光の粒は生徒一人につき一粒ずつ、その杖の先に飛び込んだかと思うと、生徒は杖を基点に吊られたように地面から少しだけ浮き、びゅん！　と様々な方向へ引っ張られた。

「わあ！」

「たすけて！」

「おかあさん！」

阿鼻叫喚である。しかし移動の勢いの割に、誰も互いに接触していないようだ。あんなに振り回されているのに杖から手を離す者は一人もいない。離せないようになっているのかな。杖たちはやがて数本ごとに集まるようにして動きを止めた。生徒たちの足が地につく。いつのまにか、五人程度のかたまりに分けられていた。

「いま一緒にいる人たちが、今日活動を共にする班のメンバーです」

生徒たちはみな一様に言葉を失っている様子だった。有無を言わせない、時間もかけない、強い意志を行動で示す。なるほど、この先生に楯《たて》突くには相当な実力が伴わなければ難しいだろう。新入生にとってはまず至難の業であるはずだ。

（さて、リヒトは…………いた）

　今日はリヒトのとある持ち物にマーカーをつけていたためすぐに見つかる。リヒトもほかの子と同様、朝から若干疲れた佇《たたず》まいをしていた。でもあの魔術具の仕組みを今日の夜再現しようと決意していることは後ろからでもわかった。ざわつく生徒たちのなかでただ一人、ひたと動きを止めて真っ直ぐ仮面の教師を見つめているようだったから。

　ほかの班は五、六人いるのにリヒトの班だけ四人しかいない。一人だけ女の子がいるようだ。リヒトと同じ黒髪を耳の少し下くらいで切り揃え、クリーム色のブラウスにすみれ色のズボンを穿いている。ほかの男子二人はリヒトを見て仲良さそうに肩を当てに行ったので、どうやら同じ魔術使いクラスのようだ。ルカはリヒトに学友ができている様子を目の当たりにして、朝から良い気分になった。

「では説明を始めます」

　仮面教師の声で、雑然としていた空気がまた一気に張りつめた。粗相はぜったいに許されなそうだ。

「みなさんはまだ魔術具を自分でつくれませんから、今日つかう魔術具は学校から貸し出します。説明を先にしますから、あとで班の代表が取りに来るように」

（ん……？　自分でつくれないとはどういうことだろう。リヒトはつくりたおしているけれど……）

入学してしばらく経つのにとルカが不審に思っていたのが伝わったのか、マロルネが近づいてきて教えてくれる。

「ルカさん、リヒトくんは特別ですよ」

「はあ」

……それもそうなのかな。なんといっても我が弟はすでに天才魔術師だからな。ルカは変装石をはじめとする様々な魔術具を自慢したくなったが、マロルネであってもそれは言えないのでもどかしく感じ、思わず拳を握った。

「貴族クラスは最近、初歩の実習である〈魔力を吸って出すだけの魔術具〉づくりを始めたところです。平民クラスはというと、貴族がすでに家庭教師から教わっている魔術基礎理論から始めなくてはなりません。何人か既製の魔術具の術式が読めるようになってきた子もいますが、読み書き計算の補講を受けている子もいるのです」

「なるほど。……もしかして貴族とカリキュラムが完全に分かれているのはそのせいですか？」

「まあ……建前上はそうですね。でも本音を言えば、魔術学校内に王国の身分差は適用されないはずなのですが、それが必ずしも守られるとは限りませんので」

「たしかにそうですね」

魔術学校内もなかなか大変そうである。

「まずはこの〈雷撃石《サンダーストーン》〉。威力は最小限になるようにリミッターをつけてあります。魔獣が出たらこれで痺《しび》れさせてください。とどめは教師か護衛の方々を呼んでからです。各自ナイフを持っていますね？　殺傷能力のある魔術具の行使は成人までは禁止ですから、大人が立ち会っているときにナイフで、が原則です。次に……」

　仮面教師は次々と魔術具を手に取って説明していった。

〈水石《ウォーターストーン》〉はその名の通り水を出す石。飲み水と、獲物が得られた場合に獲物の体を冷やすのに使う。

〈杖〉は魔力をコントロールするために使うもので、魔術具で発動した魔術を杖の先から出力し、好きな方向へ飛ばせるらしい。これだけはすでにみなが支給されていて、魔力の出力だけ練習させられているそうだ。

〈縋《すが》りつく骨の手〉という魔術具は檻《おり》。手のひらに収まるサイズの毬《まり》のように見えるが、発動すると広がって強固な檻になる。万が一急に魔獣が襲ってきたときに捕らえるためだ。こちらは強い魔獣は森番が追い払っているはずなので、お守りのようなものだという。

「最後に〈色音石《シグナルストーン》〉。これは魔力に色をつけて可視化するものです。どのように使うかというと……」

　仮面教師は自分の杖を右手に持ち、左手に色音石を握りこんだ。杖を先ほどの生徒たちのように天に突き出す。すると、青い色の光が杖の先から飛び出し、上空に上がって爆発音を出して弾《はじ》けた。

「……このように、ほかの石系魔術具と使い方は同じですが、必ず空に向けて打つように。当たっても痛くはありませんが、うるさいので」

「エイプリル先生」

生徒の一団から手が挙がる。

「はい、スケルツォくん。なんでしょう」

「色音石はなににつかうものなんですか？」

「狼煙《のろし》です」

「のろし？」

「ええ、近くにいない人にメッセージを伝える信号です。今日は赤色と青色の二色を用意しています。いま打ち上げた青の色音石は『先生か護衛の方、来てください』という意味にします。質問があるときや緊急事態ではないけれど手助けがほしいときに使ってください。もうひとつの、赤の色音石は『緊急事態。救援求む』です」

つまり教師や護衛が近くにいなくてもなにが起きたかわかり、駆けつけられるのだ。

「どちらも大人……つまり私たち教師や護衛の方々に向けたメッセージです。色音石が使われたのを見ても、近づかないように。青ならまだいいですが、赤を見たらほかの班はとにかく避難を最優先にしてください」

そのあと班長を決めたり魔術具の受け渡しがあったりし、ようやく事前説明が終わった。

「さて、それではエルダーの森へ入ります」

先ほどエイプリルと呼ばれていた仮面教師はそう言うと先に見える森を指さした。入ります、と言っているが、けっこう遠い。まずはぞろぞろと歩くことになるだろう。そう思っていると、男性教師たちがなにやら学校から運んできた。

「絨毯だ！」

（丸太？　いや……あれは……）

その正体に気づいた生徒のなかの一人が声を上げる。それを皮切りに、生徒たちはまるで一斉に飛び立つ鴉《からす》の群れのように騒ぎ出した。

「空飛ぶ絨毯だ！」

「すごい！　乗れるの？」

「いつも見上げてたんだ！　いつか乗れたらいいなって！」

みなエイプリルの存在が一瞬で頭から消えたらしい。飛び上がるようにして喜んでいる。

「おほん！」

……こういうのをなんと言えばよいのだろうか。それまでのあらゆる音が急に無になる瞬間を。もしルカが王都の喧騒のど真ん中から人のいない森に〈移動〉したらこんな感じだろうか。静寂というものはこんなに耳に痛いものだっけ。ルカは生徒たちが古い荷車の車輪のようにぎくしゃくと動きながら整列していく様を眺め、いつだったかヴォルフの秘蔵の酒瓶を割ってしまったときのような心持ちになった。

「まあ、毎年こうなるのでね。わかってはいましたよ。しかし、わかっているからといって、容認できるかは別です」

エイプリルが溜息をつきつつ、きっぱりと言う。「森に入る前に浮かれて、しなくてもいい怪我をした先輩はたくさんいます。気を緩めないように」

(ふむ……)

エイプリルという人は口調こそ厳しいが、ルカには好ましく思えた。

「先に護衛の方々を森の入口まで送ってきますので、みなさんはしばらくここで待機してください」

なんと。役割上、ルカは一番乗りで空飛ぶ絨毯に乗れるらしい。ちょっと、いや、かなり気持ちが弾んだ。〈瞬間移動〉はできても、空を飛べたことはないのだ。リヒトのおまけでここまで来なければ、一生体験できなかっただろう。

教師たちは三枚の絨毯を並べていく。かなり大判のもので、ひしめきあうようにすれば三十人くらい座れそうだ。

(いやでも、それだと端っこの人が怖いだろうな)

ルカは促されて一番右の絨毯に乗った。この時点では絨毯は浮いていないので普通の絨毯に乗ったときとなにも変わらない。教師とは別に護衛が六人乗り、マロルネも一緒だった。

「では少し浮かせますよ」

先頭に座った男性教師がなにをするでもなく、絨毯を地面から腕一本分だけ浮かせた。途端、ベッドに座り込んだような沈み込みを感じた。とはいえルカはそんなに上等なマットレスを使ったことなどないので、多少のことではあるが。

「もう沈み込みはありません。これから途中に生えている木が邪魔にならない程度の高さまで上がります。安全装置がついていますから、落ちることはありませんよ」

男性教師は振り返って話した。ルカは彼が自分向けに話してくれているのだとわかり、目を伏せて礼をした。男性教師の予告通り、絨毯はふわりと木を越える高さまであがると、ゆるやかに進みだした。

「ルカさん、ぜったいに落ちませんから身を乗り出して下を見ても大丈夫ですよ」

マロルネが笑って言う。ルカは恐る恐る絨毯の縁《ふち》に顔を出し、真下から後ろに流れていく景色を見た。

（あ！　いま木のてっぺんを通り過ぎた！）

ルカは一人ではぜったいに見られない景色にいつのまにか夢中になっていた。絨毯のスピードがどんどん速くなっていることもまったく気にならなかった。鳥とはいつもこんな景色を見ていたのだろうか。時間を忘れて光景に見入っていると、やがて減速し、気づけば森の入口に到着していた。

御者となった男性教師に礼を言い、森の端に立つ。残り二枚の絨毯はかなり離れたところにそれぞれ向かったらしい。班に分けたあとさらに大きなグループに分けて、並行して森歩きを進めるようだ。ルカはリヒトはここに来るだろうかと不安になったが、次の絨毯で問題なくやってきた。

念のためリヒトには朝、部屋を出るときにマーカーをつけた紐を手首に結ばせている。なにかあったらその紐をほどいて何度か小刻みに振ってから地面にでも放ってくれれば、すぐに紐と〈相互移動〉して助けに行けるからだ。小刻みに振るのは、最近マーカーの感知精度が気のせいとは言えないくらいに上がっており、マーカーが不自然な動きをすればすぐにわかるようになったからだ。リヒトによると〈恩恵〉は使い慣れることでその感覚が鋭くなるのだそうだ。リヒトも魔術具をどんどん作ることで魔術解析の能力は日を追うごとに上がっているらしかった。

ここのルートには四～六人の班が六班、合計三十三人の生徒がやってきた。一年生担任の教師の一人と、もう一人教師がいる。護衛はルカを入れて六人なので、一人当たり一つの班を見ることになる。教師二人は全体を見る役割だ。

班は一定時間を置いて順番に森に入り、入ったあとは目標の薬草を探すため自由に行動してよい。

ルカは男性教師から担当する班を教えられ、リヒトの班ではなかったのでしょんぼりした。

「四人ってことは、私たちが一番優秀ってことよね！」

急に甲高い声が聞こえてきてルカはそちらに目を遣った。先ほど見た、リヒトと同じ班の女の子だ。同じ班の男の子二人は気まずそうな顔をしており、リヒトは……みんなが降りたあとの絨毯を観察するのに忙しそうにしている。

「リヒトくんはこないだの定期試験で魔術使いクラスの首席、フッタールくんとジェットくんも平民では二位と三位でしょう？　一緒の班になれて光栄だわ」

彼女はリヒトの優秀さを正しく理解しているようだが、なんだか話し方に違和感を覚える。ほかの班員三人に話しかけているようでいて、その声を別の誰かに聞かせようとしているようなのだ。彼女の眇めた目の先には、今日は綺麗に長い髪を三つ編みにしたスカーレットが立っていた。

「私なんて治癒魔法みたいな才に恵まれているわけじゃないから、自信なかったの！　でも三人と一緒の班に選ばれるなんて、思ってもみなかった！　今日はよろしくね！」

なんだろう。魔術使いクラスの男子三人が、非常に面倒くさそうな顔をしている。今日はよろしくね、なんて雰囲気が微塵も漂っていないが大丈夫だろうか。彼女はユニコーンの銀バッヂだから、スカーレットと同じ平民の魔法使い――つまりクラスメイトのはずだ。

「まあよくあることですよ」

ルカの視線の先に気がついたのか、マロルネが話しかけてきた。「治癒魔法の使い手って、どうしても妬まれちゃうんです」

「そうなんですね」

「ええ。ただでさえ稀少な魔法使いのなかでもさらに稀少だし、人々から感謝されますしね。将来も安泰だし。教会でも群を抜いて優遇されるんですよ」

「なるほど」

「今日の班分けは、人数調整でひとつだけ四人の班ができてしまいました。それで少数でも対応できるように優秀な子を割り当てたのは事実ですが……正直、浅はかさを成績に加味できるのでしたら彼女はあの班にはいなかったでしょう」

マロルネは黒髪の彼女に冷めた目を向けたままそう言った。

スカーレットが鼻にかけないのでルカはそこまで意識したことがなかったが、たしかに存在するだけで頼もしく、はっきりと有益な存在だ。大切にされるのもわかるし、妬む者も出るだろう。

　スカーレットがぐっとこらえているような顔をしていたのでルカは少し気になったが、スカーレットの班の担当ではないので見ていてあげることはできない。しかし意地悪な彼女もまた、スカーレットの班ではない。一時的なものならば、とりあえず今日は別行動になるはずなので大丈夫だろう。


　スカーレットの班、そしてリヒトたちの班を先に見送って、ルカの班もエルダーの森に入った。この班はみんな和やかに協力して進んでいる。良い子たちだと思う。

　気になっていたエルダーの森は、オークやマツ、ツバキにナンテンなど、細かい種類はいろいろあるのかもしれないが、ルカが見慣れた木々も多くあった。あれの仲間だろうと判別しづらい種類はざっと見たところ三割ほどあり、植物相はポルカ村や王都の森とは少し違うと言える。リヒトにもたいへん刺激になっているはずだ。また、森の端だからだろう。比較的若い木が多い。樹齢は数十年といったところか。

「ここは浅いところだから、もっと奥に行くと木の高さも幹回りもぜんぜん違ってきますよ。太い根が波打って歩けないくらい」

　マロルネが隣に来て言う。担当の班はいいのだろうか。聞くと護衛は安全を図るためなら多少離れてもよい。担当班の位置は把握している、とのことだった。ルカもマロルネと話しながら自分の担当班と少し距離が離れたが、あんなに騒がしく歩いていては見失うほうが難しいというものだ。

ルカはところどころ黄色や赤に色づいた葉の陰に、時折秋の実りを見た。

「私の故郷ではこういうどんぐりなんかを食べているうちに、普段は麓まで来ない種類の鹿が下りてきたものです。それは冬の前に山が与えてくれる恵みのひとつでした」

「豊かな山だったんですね」

「ええ」

マロルネは歩きながら、野草を摘んでは採集用の鞄に入れていく。

「せっかくですから自分の分も採らないと」

いたずらっぽい目をしてルカに微笑みかける。手にしている野草はルカの知らない種類だった。

「それはなんというものですか？」

「オコラセソウ」

そう言ってマロルネはアザミに似た、怒髪天を衝《つ》くような赤い花をルカの目の前に出した。なんというか、少し身を引きたくなるような感覚を抱《いだ》いた。

「魔獣が魔法を使うように、植物にも魔法を使うものがあるんです。動物と違って積極的に使うわけじゃないから、作用とか性質とか言ったほうがいいのかもしれないけど。このオコラセソウは、燃えるような真紅の花びらに他者を威圧する魔法が含まれていて、これをオイルで抽出すれば人や獣を威圧する薬になります」

なるほど。先ほど後ずさりしたくなったのは、その威圧の魔法があったからだろう。

「大量に採取して染料に加工すると、すっごく怖い女の人のドレスも作れるんです」

そんなに怖い女性のドレスをいったいなんの目的で使うのだろうか。マロルネは目を輝かせているが、ルカにはそのドレスを着る場面がまったく想像できなかった。

「マロルネさんはドレスを作りたいのですか？」

「いやだ、私は違いますよ！」

ばんっ！　っと肩を平手で叩かれる。痛い。

「私のお目当ては威圧の薬です。マンドラゴラを引き抜くときにその周囲に撒《ま》いておくと、マンドラゴラが震え慄《おのの》いて鳴かなくなるんです。あ、マンドラゴラって知ってます？」

「いや……」

「マンドラゴラっていうのは……」

その後しばらくマロルネの植物講義は続いたが、ルカにわかったのはマンドラゴラ氏が威圧の薬によって泣きたくても否応なく黙らされたあと、水分を断たれ切り刻まれすり潰されるという悲惨な末路を辿ることだけだった。

「そういえば今日の目標の薬草はどのあたりに生えているんでしょう」

　半日の野外学習で歩ける範囲などたかが知れている。今日手に入れられる可能性がある薬草であれば、すでにその辺に生えていてもおかしくない。

「すぐに目当ての薬草が見つかったらどうするんです？　すぐに帰ることになるんでしょうか」

「見つかりませんわ」

「え？」

　マロルネは近くに生徒たちがいないことを確認すると、朝一番に生徒たちに配られていた紙をルカに差し出した。ルカが後ろのほうの生徒のを覗き見したのとなんら変わりない薬草の資料だ。

「ルカさん、この薬草、見たことありますか？」

「いや……ありませんね」

　ルカは記された特徴を目で追いながら記憶と照らし合わせたが、こんな植物はポルカ村の山でも、王都の森でも見たことがない。

「これはエルダーの森の固有種なんです。ほかの地域では発見されていません」

「はあ」

　それならばルカが知らないのは当たり前だ。おそらく一年生のほとんども知らないのではないだろうか。

「この薬草は時告草《ときつげそう》といって、太陽が一定高度まで下がらないと、この絵の通りにならないんです。いまの季節で言うと、二の鐘のしばらく前と、四の鐘をしばらく過ぎたあたりで見た目が変化します[*5]」

「え？」

ルカはマロルネの言葉を聞いて、改めて資料を見た。高さはルカの膝くらいで、てっぺんに小さな胡椒の粒のようなものが寄せ集まっている。茎は深い緑だが、葉は紫色で半月型をしている。これを探そうというのなら、まずこの紫の葉を目印にするのではないだろうか。

「これが太陽高度が低いときの姿。でもいまくらいに太陽が高くなると、この上の黒い球状の部分は割り開かれてクリーム色のふわふわの花が咲きます。さらにこの葉もじつは折りたたまれている状態で、陽の光を浴びるとそれを求めるように開きます。その開かれた面は鮮やかな緑色。この紫は葉の裏面の色なのです」

そんなに姿が変わってしまうのなら、知らなければ見つけるのは困難だ。

「では子どもたちは、四の鐘が鳴るまでは見つけられないということですか？」

「まず無理でしょうね」

マロルネは淡々としているが、ルカは納得できなかった。

*5 時告草の変化時刻
変化するときの太陽高度は約三十度。
このシーンでは九月半ばを想定しているため、朝の八時と十五時過ぎが該当。

「なぜそんなことをするんです」

「ある程度は森歩きをさせたいんです。ここエルダーの森は、森番がしっかり見回りをしているから、浅い部分なら安全と言えます。そこで慣れさせたいんです。いま王都の森、ひどいんでしょう？　白い狩人さん」

「……知っているんですか」

「魔術学校にも魔術学校の情報網がある。ヨルムンガンドの血のことは把握していますわ」

「じゃあ、生徒たちが王都の森を通っても対応できるように？」

「さすがにそこまでは」マロルネは肩をすくめた。「ただ、森を警戒して歩けるように。……心構えを養いたいんです。誰もがルカさんみたいなお兄さんがいて、幼少のころから山歩きを教えてもらっているわけじゃないので」

　ルカは最近ではリヒトにわからないことなどないような気すらしていたが、そういえば山の歩き方はヴォルフとルカで手を取り足を取って教えたものだ。一度リヒトが野犬に襲われかけてからは、ルカはそれこそリヒト自身になったつもりで場所を問わず跪いて目線の高さを合わせ、リヒトがどこを見ればいいのか、どう足場を取ればいいのか、リヒトの意見や判断も丁寧に拾ってどうしてそう思ったのかと会話しながら、知識と技術を手渡ししていったのだ。目に入れても痛くない掌中の珠であると同時に、一人でも生き残れるよう育ててきた、唯一にして最高の弟子がリヒトなのだ。ほかの子に同じレベルを求めるのは無体というものだ。

「わかりました。でも目当ての薬草を目の前にしながら通り過ぎるなんて意地悪をするよりも、はなから『これだけの時間森を散策しろ』と言ってやればよいのではないでしょうか」

「それも授業のうちなんですよ」

ルカがいまいち胡乱《うろん》な顔をすると、マロルネは続けた。

「エイプリル先生は今日の目的がこの薬草だと言ったあと、すぐにあの恐怖の班分けをしたでしょう？　そしてそのあとに始めた説明は魔術具のことばかり……」

「つまり、意識を逸らしたと？」

「そう。でも気づくヒントはあったんです。この絵と説明、よく見てごらんなさい」

「……？」

ルカは再度紙を覗き込んだ。薬草の特徴や生えている可能性の高い場所など、普通のことが書かれているように思う。

「わかりませんか？　時告草の名前がないでしょう？」

「あ」

「そう、生徒たちに一人でも、名前を気にする余裕があったなら、その質問をしたはずです。エイプリル先生は質問には必ず答えてくれます。嘘はつきません」

　この植物は名前にその最大の特徴がはっきりと示されている。時を告げる。つまり時間帯によってなんらかの変化がある可能性が想像できるはずだ。そこから「音が出るのでは？」「見た目が変わるのでは？」と推測し、資料に書かれた以外に判断する術《すべ》がないか、探そうとするはずだ。他者から与えられた情報だけでなく、自分で集めようとするはずだ。実際生える場所は変わらないわけだし、葉も閉じているときと開いているときでは半分は同じ形だ。正解に辿り着く目が完全に潰されているわけではないのだ。

　でも資料を渡されてすぐは恐怖の班分け、魔術具の説明が終わったあとは憧れの空飛ぶ絨毯と、気を散らされるには事欠かなかった。しかも彼らは十二歳の子どもである。エイプリルの揺さぶりは存分に効いたことだろう。

「実際私たち研究員やほかの先生方も、生徒たちからの質問には随時正確に答えるよう指示されています。図書館に行って調べる時間はなくても、別の方向から情報を得ようとすればできるのです」

　マロルネの説明に、ルカはようやく納得した。

「リヒトも気がつかなかったのか……」

「あ、リヒトくんだけは別ですよ。彼は気づいちゃうし、なんならこの太陽高度が足りないときの絵だけで時告草ってわかっちゃいましたしね」

ルカが独り言ちたのを聞き逃さなかったマロルネが、素早く言い添える。

「でもそれだと実習になりません。リヒトくんの優秀さに引っ張られるだけじゃ、ほかの子の教育にならないんです。だからエイプリル先生は事前にリヒトくんを抱き込んだんです」

「え？」

「今回の目的のひとつに同学年同士で親睦を深めるっていうのがあるので、リヒトくんの班の担当護衛をルカさんにしてあげることまではできません。リヒトくんがルカさんとばかり話してしまう恐れがあるからです。でも、同じルートにしてあげるところまでは融通したんです。その代わり、この仕掛けをみんなに言いふらさないようにって」

先生とそんな取引をしていたのか。なんてかわいいんだろう。いますぐあの柔らかい黒髪を搔き混ぜたい。

「リヒトくんを抱き込もうって提案したのはシルジュブレッタ先生です。それでエイプリル先生がリヒトくんにだけ事前にこの資料を見せたんです。そしたらそのとき、一目で『ああ時告草ですね』って言ったんですって。入学前にエルダーの森の動植物で記録のあるものは調べ尽くしていたみたい。シルジュブレッタ先生がいなかったら、この野外学習は台無しでしたよ」

マロルネが中空を見て溜息をつく。リヒトは無駄足を踏まされているわけではなく、先生側に協力しているだけと知り、ルカはさすがリヒトだと誇らしい気持ちになった。

「では私たちのすることは……当初の予定と変わらず、生徒たちを見守り安全を確保することだけですか」

「そういうことですね」

マロルネは形の良い薄い唇でにっと笑みをつくると、自分の担当班のほうへ進んでいった。


ルカの担当班は男女バランスの取れた六人の班だ。時告草《ときつげそう》には辿り着けていないが、それ以外の有用な薬草や木の実は順調に採取している。

「あ！　枝耳兎！」

魔術使いの女の子が小さな声でルカも見慣れた小動物を指さした。すでに騒ぎすぎて臆病な小型魔獣を何度も取り逃がしてきたので、さすがに学習したらしい。枝耳兎は魔獣ではないが、このままでは狩りを体験する前に時告草が資料通りになってしまいそうなので、ルカはあれを狩ろうと提案した。

「えっと、まず雷撃石《サンダーストーン》を持って……」

「魔力を流す前に杖で方向性を決めるのよ」

「わかってるよ」

班長の男の子が代表して攻撃することになった。周りの子は興味深そうにその子を取り囲んでいる。自分もやってみたくてうずうずしているのがわかって微笑ましい。男の子は左手に雷撃石を握りこみ、右手に杖を持って茂みの陰から枝耳兎に狙いを定めた。

「行くぞ……」

ビシッ

小さな雷が枝分かれしつつもターゲットに撃ち込まれた。枝耳兎は一瞬で倒れこんだ。

「やった！」

「やったね！」

みんな飛び跳ねて喜んでいるが、あれはそばに立っていたら枝分かれした雷が流れてきて結構危ないのではないだろうか。

（リミッターがついていてよかった……）

今日帰ったらリヒトにはぜったい使わないよう言い聞かせなければならない。狙いが適当な武器など言語道断である。

「あのー……ルカさん？」

生徒の一人に話しかけられ、ルカは我に返る。

「ああ、そうか。とどめか」

「お願いします」

とどめは大人が立ち会っているときと説明はあったが、生徒がとどめを刺してはいけないということではなかった。

「じゃあ、誰か代表でとどめを刺して捌こうか」

「えっ」

自分たちがとどめを刺すとは思わなかったのだろう。生徒らは一様に顔を青くした。しかしせっかくの狩猟体験なのだ。獲物を苦しみから手早く解き放ち、その肉や皮を最良の状態で手に入れるところまでやるべきだ。ルカは涙目の子どもたちに一から丁寧に手順を教え、枝耳兎は綺麗に肉と皮に分かれた。

「では食べようか」

「え」

また驚いている。なにかおかしなことを言っただろうか。

「ここで食べるんですか」

「……？　そうだ」

ルカは乾いた折れ枝を拾ってきて、先ほど撃った子以外の子たちに雷を何度か撃たせることで火を熾こした。私物として火打石は持っていたが、生徒たちのありもので済ませるべきであろう。ナイフで手早く串をつくり、肉を刺していく。

「塩も持っているんですね……」

野営用に最低限、塩の入った小瓶を持ち歩いている。リヒトも持っているはずだ。塩味がないと物足りないのでこれだけはサービスしてやることにする。この子たちは山や森で一人で生きていくのは無理だな、とルカは思った。

「美味しい！」

焼けた肉を頬張って歓声が上がった。ただの塩味の焼肉なのだが、狩ったばかりの新鮮な肉だ。なにより自分たちで獲ったという達成感もあるのだろう。ルカも勧められてご相伴にあずかる。小さな兎なので七人ですぐに食べきってしまったが、みな一様に満たされた顔をしていた。

「皮は切り分けてお揃いのキーホルダーをつくろうと思います」

班長の男の子の言葉にほかのメンバーも頷きあっている。なかなか良い体験学習になったのではないだろうか。

とここで、ちょうど四の鐘が遠くで鳴るのが聴こえてきた。良いタイミングだ。

「ではそろそろ本腰を入れて目標の薬草を探そうか」

そう言ってみんなの重い腰を上げさせたときだった。

どーん！

赤い狼煙が上がった。

「色音石《シグナルストーン》！」

子どもたちに動揺が走る。

「あれは……私たちより早くに入った班の位置だな」

ルカは言いながらマーカーの位置を感じ取り、リヒトのいる場所ではないと確信する。

しかし……

（リヒトにつけたマーカーが……狼煙の上がった位置に近づいている）

「どうしましょう、ルカさん」

不安げな声を聞き、ルカは子どもたちの顔を見た。

「君たちがすべきことは緊急避難だ。とにかく脅威から離れなければならない」

「はい」

「私は赤い狼煙が上がったら援護に行かなければならないが、君たちの安全が優先だ。森を出る道はわかるか？」

「はい」

念のため班ごとに違う色の紐を枝に括《くく》りつけながら歩いてきた。特にこれまで難所もなかったので、落ち着いてさえいれば彼らだけでも問題ないはずだ。

「紐を回収しながら戻るんだ。なにかあったら迷わず君たちも色音石を使うように。私が必ず駆けつける」

「はい！」

万が一のことを考えて、班長の男の子が腰に結わえた枝耳兎の皮にマーカーをつけた。

マーカーは二つまでしかつけられない。リヒトの手首に結んだ紐とこれで、打ち止めだ。

ルカは子どもたちを励まして送り出すと、狼煙の上がったほうへと全速力で駆けていった。

(リヒトのマーカーは、まだ小刻みに振られていない)

それはリヒトがまだ危機に瀕《ひん》していないという望みをつなぐ理由だ。しかし紐を外して振る余裕すらないということもあり得る。なぜわざわざ脅威が起きているところへ近づいているのか。ルカはいますぐリヒトの紐と〈相互移動〉したい衝動を抑え、狼煙の場所へ向かって茂みを掻き分けた。

現場に近づくにつれ、風がどんどん強くなっていくのがわかる。いったいなにが起きているんだろう。夏の大嵐でも、ここまでの風はなかなかない。

そうして駆けていると、紐が小刻みに振られた感覚があった。

ルカは心臓が止まりそうな思いで、リヒトの紐と自身を〈相互移動〉した。

次の瞬間、目の前にはリヒトがいた。

「兄さん!」

「リヒト! 無事か!?」

目を開けているのもやっとという凄《すさ》まじい強風のなかで、ルカはリヒトを引き寄せて無事かどうか確認した。とくに怪我はしていないようだった。リヒトは雷撃石と杖を持っていた。

「お前に怖い思いをさせた者はどこだ」

ルカはリヒトがいままで見たこともないくらい厳しい目をしていた。

「兄さん、とりあえず僕は大丈夫。それより先生たちとスカーレットが大変なんだ」

リヒトの指さした方向では、三日月型の光の刃や雷、炎のつぶてが飛び交っていた。攻撃の光が靄《もや》のようになっていて視界が悪い。教師とほかの護衛たちが次々と魔術を放っている後ろ姿があった。誰もがこちらを気にする余裕を失っているようだ。

風はルカたちにとって追い風となっている。煙や土埃の立ち昇る隙間から、なにかがその灰白色の長い首をもたげたのが見えた。

風が一段と強く、ごうと吹き、刹那、その全容が露わになる。

ルカが目にしたのは、一つの屋敷ほどもある、見上げるほど大きな生き物だった。

御多分に洩《も》れず、ルカは魔獣の名前を知らない。しかしトカゲのようにびっしりと鱗《うろこ》に覆われた四本足の青白い巨軀から、ひとつひとつが丸太のように太く長い首が何本も生えたその姿は、この国の子どもたちが寝物語に聴くような古代神話や御伽噺で度々描写されてきたものだ。

——ヒュドラ。

創世の記より語られる、鏖殺《おうさつ》の神がそこにいる。

ルカは目の前の光景を信じがたい思いで見つめながら、状況を把握しようとした。

ヒュドラは明らかに教師たちに敵意を持っており、先ほどから耳をつんざくような咆哮《ほうこう》を上げながら紫に濁るなにかを口元から噴霧している。それは風に巻き上げられてこちらへは届かず、ヒュドラが近づこうとするのを教師たちが魔術攻撃で阻んでいた。

（逃げられないのか？）

見たところ、ルカを除くとこのルートの付き添いの教師と護衛が二人ずつしかいない。

護衛は二人とも、炎のつぶてを飛ばす魔術具を持っているようだが、教師たちほど熟練されているわけでもなく、安全だと言われていた森での自衛用の装備でヒュドラに対抗できるはずがない。

（なぜ退却しないのだ……あれ？）

ルカは先ほどリヒトが言ったことにやっと思い至った。

「リヒト、さっきスカーレットがどうのと言ったか」

「うん、あれ」

リヒトの指さす先をよく見ると、ヒュドラと教師たちとの間、ヒュドラがなぎ倒しただろう幹から折られた大木のそばに、スカーレットが倒れていた。巨大な手の骨を模したよ

うな檻が横倒しになっており、そのなかで、俯せになって気を失っているようだ。スカーレットの下にはもう一人誰かいる。

「いったいどうなっているんだ」

「僕もさっき着いたばかりだからわからないんだけど、あのスカーレットの下で呑気に寝てる女、あいつが僕の班の奴なんだ」

寝てるというより失神のような気もするが、言われてみれば、スカーレットの下で倒れているのはあの黒髪の女の子だった。

「だからわざわざ赤い狼煙の場所に近づいたのか」

「うん、本当なら放っておくんだけど、あの女、僕らの班からわざとはぐれたんだ。用を足すふりをして。それで向かった方向で色音石《シグナルストーン》が上がったから……」

「なるほどな」

なにが起きたのかはわからないが、いまは追及している場合でもなさそうだ。

「来てみたらヒュドラがいてスカーレットたちはあの通りだし、先生たちは戦っててさ。さっき先生たちの攻撃の隙間から水石《ウォーターストーン》を使ってあのヒュドラに水をかけて、雷撃石《サンダーストーン》のリミッターを外して撃ち込んで全身を感電させたんだ。でも、あの鱗、予想以上に頑丈みたいでさ、ほとんどダメージが入らないんだ。……最悪、兄さんの〈相互移動〉でスカーレットにマーカーをつけて、安全なところに避難させられないかと思って」

リヒトはルカが使わないように約束させるつもりだった雷撃石をさらに凶悪な武器へとアレンジして使いこなしていた。説教をかましたい気持ちをぐっとこらえ、リヒトの提案に乗る。

「そんなことならばすぐにやろう」

「でも、先生たちに兄さんの〈相互移動〉がバレちゃうよ」

「生徒の命がかかっているんだ。口を噤《つぐ》んでくれるよう頼めば、無下《むげ》にはしないだろう」

リヒトは小さく頷いて引き下がった。リヒトとて、スカーレットを早く救出してやりたいことに違いないのだ。そうでなければここにルカを呼ぶはずがない。

ルカは先ほどまでリヒトの手首に巻いてあった紐につけっぱなしだったマーカーを外し、艦全体にマーカーをつけようとした。

（ん……？）

スカーレットたちは少し遠目だがちゃんと見えている。マーカーを……

（あれ？）

「……つかない」

ルカは何度かやってみたが、なぜだかどうしてもマーカーがつかなかった。

「あ！」リヒトは顔色を変えた。

「兄さん……マーカー……」

「うん、何度やってもつかないんだ。最初は檻全体につけようとして駄目だったから、スカーレット単体にしてみたんだが、やっぱりつかない」

ルカは試しに足元の小石にマーカーをつけてみる。問題なくつく。どういうことだろう。

「しまった……あの檻……」リヒトは片手で目を覆うようにして力なく呟いた。

「ん？」

「魔獣を閉じ込める用の檻だった……見落としてた。魔力が通らないようになってるんだ」

「ああ、なるほど」

魔獣は魔法を使うから、魔力を通さないようにしておけば安全に檻に閉じ込めておけるわけだ。

リヒトは以前ルカのマーカーは魔力だと言っていた。つまりあの中にいるスカーレットたちには、マーカーをつけることができない。

「檻自体にもつけられないのか」

「中の魔獣に魔法を使わせないだけじゃなくて、貴重な魔獣を他人に奪われないようにする保護もかかってるんだと思う」

それではしかたがない。いままさに、他人《ルカ》が魔力を使って檻のなかのものを奪おうとしている状況と言えるからだ。檻の仕様通りだったというわけだ。

「あの檻はどのくらい強いんだ」

「強度実験はしてないからわかんないな。本来は檻のてっぺんに刻まれてる文様に魔力を流し込んで解除するんだ。魔術使いが手順通りにやらないとそもそも魔力入らないけどね。かなりいい製品だから解除されない限り空気以外は雨も雷撃も通さないんだけど、ヒュドラの物理攻撃を食らったら時間の問題だと思う」

「そうか……」

「兄さん。ヒュドラにマーカーをつけてどっかに放ることはできない？」

リヒトの提案を聞き、ルカは頷きながらすぐに試した。

「……無理だ。おそらくマーカーがつく体積か体重の限界値を超えている。大岩にマーカーがつかなかったのと同じだ」

ルカが首を振ると、リヒトは唇をきゅっと嚙んだ。

「そっか……そうすると……」

「先生たちがヒュドラを押しやれるか、だな」

「うん……」

スカーレットたちのところに辿り着けていない段階で、遠隔で檻を壊すというのは選択肢にない。ルカたちはそもそもその手段を持たないし、気を失っている以上、自衛の手段を持たない彼女らが魔術攻撃の飛び交うなかに晒されるのは危険すぎる。彼女たちのいる檻はヒュドラの首の射程内にあるのだ。ヒュドラが檻を壊した一瞬を狙ってルカがどちらかにマーカーを打っても、残りの一人は間に合わない。教師たちも檻の頑丈さがあるから強い魔術を打っていけるので、破壊は考えていないはずだ。だからまず教師たちが近づいて彼女らを確保しなければ、状況は進展しない。

しかし教師たちは明らかに押されていた。ヒュドラは紫の蒸気を吐きながら、長い鎌首をもたげては直線的な動きで一気にスピードを上げ、檻に噛みつこうとする。檻の中のスカーレットたちに、異常に執着しているように見える。そしてそれを邪魔する彼らに敵意を抱いているのだ。鋭い牙が檻の骨を捉えにかかり、彼らも必死にシールドを展開し、攻撃をする。だが複数の首がタイミングを変え、角度を変え狙ってくるのだ。いままで対応できているほうが不思議なくらいだ。ヒュドラを少しでも後退させ、スカーレットたちを確保して退却――というのは現実的には難しそうに見えた。

「ほかに生徒は？」

「いない。さっきまで護衛の人は三人いたんだけど、一人はほかの生徒の誘導を任されて離脱したんだ。僕はそのあいだ隠れて雷撃石《サンダーストーン》のリミッター外してたからここにいるんだけど、先生たちはさっき逃げろって怒鳴ってからはなにも言ってこない。スカーレットたちさえ確保したら、すぐに退却したいんだろうけど……」

「あれでは戦力が足りないだろう」

ルカはヒュドラを改めて見る。頭がたくさんあるな。一、二、三、……九つもある。目をひとつ射貫くだけではたいしたダメージにならなそうだ。残り八つの頭を逆上させるだけのような気もする。

「リヒト、ヒュドラはどういう魔獣かわかるか？」

ルカはリヒトが入学前にエルダーの森の動植物を調べ尽くしていたというマロルネの言葉を思い出し、ヒュドラの特徴も知っているのではないかと聞いてみた。

「……まずヒュドラは毒の息を吐く」リヒトは苦々しく言った。

「なに？」

ルカは嫌な予感がした。ヨルムンガンドといい、魔獣が持っている毒などどうせろくなものではない。

「あの口から吐いてる紫の蒸気みたいなのが見えるでしょ？　あれはヒュドラが口内の毒腺から噴霧している劇毒なんだ。吸い込むのはもちろん、触れるだけでもそこから体が腐りはじめる」

リヒトの言う通り、ヒュドラは時折毒を撒き散らしてはいるが、それは風に煽《あお》られて周囲の木々や茂みをどす黒い紫に染めていた。

「いま先生の一人が風の魔術具を絶え間なく発動させてヒュドラを風下に置いてるんだけ

ど、あれがなかったら僕らは毒の息ですぐに死んでしまう。風の魔術は大気を動かすから、すごく魔力量を使うんだ」

「では魔力切れは時間の問題か」

「うん」

「……あの檻は空気は通してしまう。空気に毒を混ぜてくるヒュドラは、檻じゃ守れないんだよ」

つまり風がなくなれば、スカーレットたちはほぼ即死だ。

リヒトの声もさすがに緊迫感が増している。風の魔術を使っている教師はそれに集中しなければならないため、攻撃の戦力になれない。またシールドを張る余裕もないため、もう一人の教師がスカーレットたちのいる檻を守るシールドをすべて担っている。その合間にヒュドラを攻撃しているのだ。

全滅――その言葉が脳裡《のうり》をよぎった。そのとき。

男性教師が攻撃の隙を見つけて光の刃を放つ。それはヒュドラの首のひとつに命中し、血飛沫《しぶき》とともに後方へと刎《は》ね飛ばした。

「やった！」ルカは教師の会心の一撃に声を上げた。

「いや」リヒトは渋い顔のまま言った。「あれがヒュドラの一番やっかいなところなんだ」

そう言われヒュドラを見ていると、切られたはずの首は根元から肉が盛り上がり、みるみる伸び上がって元通りの首になってしまった。

「なんだあれは……」

「再生能力。あれがヒュドラが鏖殺《おうさつ》の神と呼ばれる所以《ゆえん》だよ。誰も殺せない。直接戦えば、必ず相手が体力や魔力を削り落とされて、最後には殺されるんだ」

「……」

ルカは手立てのないままに矢筒から矢を一本抜いた。勝てる見込みはなくても、隙くらいはつくれないだろうか。スカーレットの命がここで絶たれるのを甘んじて見ていたくはない。

「リヒト、私がすでに避難させた班の持ち物にマーカーをつけている。リヒトをそれと〈相互移動〉……」

「いやだ!!」

リヒトは悲鳴のような声を上げた。「こんな場所に兄さんを置いて自分だけおめおめと安全圏に行くなんてぜったいに嫌だ!」

リヒトは勝手に〈相互移動〉させられまいとして、ルカの服を掴んだ。黒い大きな目が、必死に一緒にいたいと訴えてくる。ルカは困ってしまった。リヒトに危険が迫れば、どれだけ恨まれても強制的に避難させるつもりだが、やはり納得はしてほしいものだ。

教師がシールドを張り損ねた。すかさずヒュドラの首が伸びてくる。

（一……）

ヒュドラの目に、ルカの一撃が刺さる。ヒュドラは濁った叫び声を上げて檻に噛みつきかけていた首を引っ込めた。

「なに⁉」

「矢⁉」

教師たちはこちらを振り返る余裕もない。

態勢を立て直した攻撃を担っている教師が、炎弾の魔術具を持つ護衛たちに向かって叫ぶ。

「今度はタイミングを合わせていくぞ！」

「はい！」

教師が再び光の刃を繰り出す。ヒュドラの首のひとつが飛ぶ。するとそれを待っていたかのように炎弾が飛び、ヒュドラの首の断面を焼いた。

ガアアァアアアア……!!

絶叫とともに、肉の焼ける嫌な音がする。ヒュドラの首は……生えてこない。

「やった！」

「いけるぞ！」

確かな手応えを感じ、歓声が上がる。これにはルカとリヒトも身を乗り出した。傷を焼きつけて再生を防いだ。この調子で首の本数を減らせば、ヒュドラの攻撃の手数を減らせる。一筋の光明を見出だした教師たちは、戦いのなかで取れるようになってきた連携を活かし、次々にヒュドラの首を刎ね、焼きとめていった。

ヒュドラは首を四本にまで減らしていた。このままいけば——そう思った。

残り八つの目がチラチラと光る。先ほどまで激昂《げっこう》していたヒュドラはいまも飛んでくる光の刃を躱《かわ》しながら、静かに首をうねらせていた。

（なにか考えている……）

知性があるのだ。ルカはそう思った。

ヒュドラはひたと動きを止めた。そして前足を器用に持ち上げたかと思うと、焼きつけられた首の切断面に鋭い爪を突き刺し、鮮血を噴き出させながら深く傷つけた。そして、新たな傷となったそこからは、新たな首が誕生した。

最前線で戦っていた教師たちはもちろん、ルカたちも愕然とした。ヒュドラの首は次々と再生していく。いままでの攻撃はすべて無駄だった。感情があるとはとても思えない九つの顔は、それでいてこちらを嘲笑《あざわら》っているようにも見える。

ヒュドラの攻撃に、教師のシールドがはじかれた。スカーレットたちの横たわる檻が激しい音を鳴らして転がった。ヒュドラの牙が間近に迫る。

（七……、八……）

ルカが援護してなんとか首を引っ込めさせた。

教師の後ろ姿に力強さがなくなっていた。疲労以上に、絶望が彼の集中力を途切れさせていた。勝てない。誰の目にもその思いが浮かぶ。ルカは自分を落ち着かせるように背負った矢の矢羽根に触れた。初めての森だからと、多めに二十五本を入れてきた。半日の散策で小型魔獣相手には多すぎたかと思っていたくらいだ。いまは心許ない。活路がないのだ。一撃ずつは攻撃を躱せても、このまま一本一本矢を減らしていき、ついには武器を失うことになる。

また光の刃が飛ぶ。先ほどまでより動きに精彩を欠いたそれは狙いが甘く、胴をなぶるように掠《かす》ったあと、後方へ飛んで行ってしまう。みな肩で息をしていた。限界は、もうすぐそこまで近づいてきていた。

「逃げろ！」

ずっと風の魔術を使っていた男性教師が悲痛に叫んだ。

「私が毒だけは食い止めるから、もう逃げろ！」

その言葉には、檻についての言及はなかった。スカーレットたちを見捨てて逃げろ。そう言っているのだ。

彼を責めることなど誰にできようか。彼は自身の魔力の限界を悟ったのだ。そして魔力を使い果たすまでここでヒュドラを食い止めた彼の結末は、死だ。彼は自分の命を犠牲にしても、助かる可能性のある者を逃がしたいのだ。
ルカは唇を噛んだ。風の魔術がなくなってしまうなら、もう一刻の猶予もない。リヒトと、ほかの逃げられる者たちで手をつながせて〈相互移動〉するのが最適だ。最適だとわかってはいるが――

（スカーレット……）

人の命を諦める。その選択をするのは生まれて初めてのことになる。
ルカはあまり人間が好きではない。他人《ひと》に言えば自分も人間なのにと言われることだろう。己の見た目とか、村の仕打ちとか、そんなことはどうでもいいのだ。ただルカはどこか自分を冷たい人間だと思っていた。

人が獣に襲われていたとして、なんとしてでも助けなければとは思わない。いままで誰かを援護した折は、魔獣を排除することがルカとリヒトの利になると考え、結果襲われている者も助けることになっていた。しかし本来であれば襲われている者が勝てれば生き残れるし、負ければ死ぬというだけで、こちらが助ける義理はない。負けるのが悪いというのではない。ただ弱い者は強い者の糧になるのが普通というだけだ。

獣が人を襲い食うのなら、それは自然の摂理の一部であり、生命のサイクルだ。襲われている者を助けるということは、獣の糧を奪うということになる。その獣だって肉を食わねば力が出ないし、巣穴で待つ仔に乳をやれないかもしれない。人も獣も同じだ。同じ自然のなかで必死に生きているだけだ。ルカもいつか獣に負けるとき――もちろん自身が負けるのは嫌だし必死に抗《あらが》うが、それでも負けたとき、彼らに食《は》まれ土に還りたいと思う。

◇◇◇

いつも、自分が暗闇のなかで宙に浮いているような気がしていた。

星も月もない、真っ暗な空間に、自分一人がふわりふわりと胎児の姿勢で浮いている。

ふと見ると、遠くでみなが楽しそうに寄り集まっていて、そこが地面なのだとわかる。人が本来いるべき場所を、不思議な気持ちで見つめている。

みなが地面に足をつけているのに、自分だけ中空に浮いている。彼らと同じ高さのものを見ることができず、彼らがこちらを見ることもないと知っている。

そういう暗闇のなかを、ずっと漂っていた。

そんな自分を、いつからか、くん、と引く者がいる。

見ると、黒いつぶらな双眸《そうぼう》が、不安げに自分を見つめ服を引いているのだ。

――いかないでよ、兄ちゃん

◇　◇　◇

ルカが自然の摂理に逆らって、命に代えても守りたい者はリヒトだけだ。それはいまも昔も変わらない。ほかの家族やヴォルフも大切だが、この者のためなら死んでもいいと思えるのはリヒトだけだ。

だからリヒトをほかの者と一緒にさっさと逃がすべきだ。彼らを逃がさなかったからといってスカーレットが助かるわけではない。スカーレットの生きる目はもうないはずだ。だから合理的に考えて、さっさと次の行動に移るべきなのだ。でも攻撃を担っている彼らを逃がしたら、本当にスカーレットは死を待つだけになってしまう。ルカは動揺した。そして動揺した自分に驚いた。どうしようもない状況で死にかかっている、リヒト以外の者を惜しんでいる。なにかないか、なにかないかと、タイムリミットを引き延ばして一握りの希望を探している。

「……苦しんでる」

リヒトが横でなにか呟いた。

「なんだって？」ルカはよく聞き取れなくて聞き返した。

「さっきからなにかに苦しんでる」

リヒトがヒュドラを凝視しながらもう一度言った。見ると、ヒュドラは怒りをあらわにして首をうねらせている。前足を上げてはドスンと踏み鳴らし、獰猛さをさらに顕著にしていた。

「……先ほど光の刃でなぶられた傷が塞がっていないな」

ルカも気がついた。男性教師の刃が掠って浅い傷をつくったところが塞がっていない。刎ねられた首すら再生するくせに。よく見るとあの足の踏み鳴らしも、痛がっているように見える。いや、痛がっているのだ。明らかに。

護衛たちが最後の抵抗のように炎弾を繰り出すなか、兄弟はヒュドラをさらに観察した。

「リヒト、ヒュドラの体に紫色の液体が伝っているようだが」

ヒュドラの体表に粘度の高い液体が伝った跡があった。よく見ると周囲の木々や岩々にも同じような粘液が大量に付着している。

「ああ、あれは吐いた毒が液体に戻って……そうか」

「どうした？」

「あの紫の液体は、ヒュドラの毒だよ。ヒュドラが噴霧した毒が風で追いやられて体にぶつかって、伝い落ちるときに先生の光の刃が当たったんだ」

「なるほど」

「そしてそこの傷は再生してない」

「ふむ……」ルカにもリヒトが言いたいことがわかった。

「あの毒は、自分自身にも効くんだ」

リヒトとの簡潔な確認で、あの鱗は自身の毒から体の外身《そとみ》を強固に守っているが、鱗を傷つけたところから染みた毒は確実に肉を蝕《むしば》みつつあると推測した。しかも体表を伝わる程度の量でもかなりの効果がある。それは傷回りの、本来灰白色の鱗がじわじわと黒ずみはじめていることから確信に変わった。

「時間がないな」

風はもうかなり弱まっていた。リヒトの導き出した答えを聞いて、ルカは矢筒に残る矢を撫でた。

「兄さん」

ルカは矢を一本取り出すと、じっと見つめた。

「大丈夫だ。リヒトのおかげで希望が持てたよ」

「ほんと!?」

「ここで見ていなさい。スカーレットは私が助ける」

「……うん」

ルカはいまや遠く離れた枝耳兎の皮についているマーカーを外した。これでもう、リヒトを一瞬で安全圏に逃がしてやることはできない。でもそれでいい。自分はヒュドラに勝つ。リヒトが見出だした活路を、無駄にするわけにはいかない。

（十……）

ルカは教師が最後の力を振り絞って行使している風の魔術の隙間を縫って一撃、ヒュドラの胸に撃ち込んだ。

（〈相互移動〉――）

――つまり、兄さんの意識の問題なわけだ

――逆に言うと、別のものと考えることができればマーキングできるかもしれない

ルカはリヒトに〈相互移動〉を打ち明けたときの言葉を思い出していた。

矢というのはいくつかの部品から成り立っている。矢柄《やがら》と呼ばれる棒の部分に矢尻と矢羽根を糸や樹脂で固定する。完成品を買うこともあるが、ルカはヴォルフに仕込まれ、自分で拵《こしら》える技術を身につけていた。つまりルカは経験として矢を矢柄、矢尻、矢羽根と、別の部分として認識できるのである。

ルカは放った矢の矢尻部分にマーカーをつけていた。意識せず矢全体につけようとする

と矢柄の中央部分につくのだが、矢尻を意識することで部分にマーキングできることを先ほど確認した。そして、矢がヒュドラの胸に突き立ったのを見ると、もうひとつ、目をつけていた部分にマーカーをつける。ヒュドラの近くの岩肌に付着した毒液だ。くぼみによく溜まっている。矢尻と毒溜まり――その二つを〈相互移動〉すれば、体に刺さった矢尻は瞬時に毒の塊となり、体内に打ち込まれることになる。

形を保った液体にはマーキングできる。

これもリヒトとの実験で得た知見だ。

ルカが〈相互移動〉するや、ヒュドラはいままでとは段違いに苦しみ始めた。ルカは毒の息を吸い込まないよう風の向きに注意して〈実質瞬間移動〉をしつつ、目ぼしい毒溜まりを探す。

「追撃だ」

ルカは次々と矢を放ち、その先端を毒と〈相互移動〉していった。いまだ生徒と同僚を見捨てきれなかった教師たちは、攻撃を続けつつも視界のすみで白い妖精のような幻影が現れては消え、そのたびに矢が様々な角度からヒュドラに突き刺さるのを見た。

ヒュドラはのたうち回り、周囲の木々をなぎ倒し、鋭い爪で岩さえも切り裂いて暴れまわった。矢が撃ち込まれたところから、みるみる腐食が拡がっていく。鱗は内側から真っ黒に爛《ただ》れ、強靱《きょうじん》な守りはもはや見る影もなく変色した肉を露わにしていた。教師たちは形勢の逆転を悟った。ヒュドラの巨体に突き刺さった矢は折れ、砕け散り、毒の代わりに様々な場所に載っていた矢尻とともに辺りに散らばる。

矢が二十四本目を数え終えた。ルカは横倒しになった木のうろに大量の毒を見つけた。そして――空と大地を一度に引き裂くような断末魔の叫びを上げ、ヒュドラは絶命した。

風が止《や》んだ。腐臭があたりに立ちこめた。ある者は仰向けに倒れこみ、ある者はうずくまって顔を地面につけていた。全員が全員、肩で息をして、うまく話せないようだった。

「ぎりぎりだったか」

ルカはリヒトの元に戻り、残り一本となった矢のことを思いながらその場に座り込んだ。必ず勝つと自分に言い聞かせてはいたが、ここまで追いつめられるとはさすがに焦った。

「兄さん、矢だけど、回収しないでね。さっきも言ったけどヒュドラの毒は、手にちょっとつくだけでも危ないから」

「わかった」

いましがたヒュドラの巨体が急速に腐敗する様を見せられたのだ。矢尻が惜しくても、諦めるしかないだろう。

リヒトはルカの返事を聞くと、スカーレットたちのいるほうへ近づいていった。檻を解除して顔に耳を近づけている。

「大丈夫！　二人とも息があるよ！」

リヒトはルカに向かって朗らかにそう叫んだ。

「おーい！　大丈夫か！」

頭上で声がしたので見上げると、色とりどりの絨毯が、数えきれないくらいたくさん空を飛んでいた。魔術学校からの応援がようやく到着したのだった。


スカーレットと黒髪の女の子は超特急で魔術学校に運ばれていき、ルカとリヒトも駆けつけた応援に一部伏せつつわかる範囲で事情を話したあと、一緒の絨毯で帰った。リヒトはルカにくっついてきていたので、やはり怖かったのだろうと甘やかしてやる。リヒトはというと、往《い》きの絨毯ではルカと一緒に乗りたかったと思っていたので復路をおおいに満喫していた。

二人の乗った絨毯を運転してくれていたのは、事務棟でいつか伝書鳥《メールバード》を見せてくれた男性職員だった。ナッツというらしい。

「ヒュドラが出たと緊急連絡が入りましてね、魔術学校総出で救援に来たんですよ」

人の好さそうなナッツはそう言って振り返った。だからこの数の絨毯なのか。ルカたちを乗せている周りには、物々しい大槍を携えた集団やなにに使うのかわからない巨大な金属の円盤などを積んでいる絨毯がその出番のないまま引き返していた。

「魔術師団ですよね？」

「ええ」

リヒトが聞くと、ナッツはいろいろ教えてくれた。

「あれは魔術操作で遠的できる大槍です。子どもでも岩を貫ける威力が出るんですよ。あれは一定出力の大風を呼ぶ円盤。魔力消費が大きいので、複数人での運用が基本です」

普段はお目にかかれない、大掛かりな魔術具ばかりのようだ。こういうのを見ると、強力な魔術具を開発し使いこなす専門家集団は、王国軍に決して引けを取らないのではないかと思う。リヒトは楽しそうに聞いており、ルカもそんなリヒトを見ながら空の帰路を楽しんだ。

「あ、兄さん、一番星」

「本当だ。もうそんな時間か」

リヒトと一緒に朱の残る空を眺めながら、ようやく大変な一日が終わろうとしているのを感じた。ルカは肩の力を抜いて、ほう、と息をついた。

「今日はリヒトに助けられた」

「え？　兄さんがみんなを助けたんでしょ？」

「そうではないよ」

「……？」

「忘れていたんだ」

「なにを？」

「生きていると大切なものが増えるのだな」

「……」

リヒトはルカの肩に頭を乗せた。ルカは長い時間風に揉まれたリヒトの髪を優しく梳《す》いてやる。ゆっくりと近づいてきたクプレッスス寮が、残照に淡く輝いていた。

◇◇◇

ヒュドラを退治して戻ってきた日は、リヒトはもう疲れたと言い、学校側も休養を優先させたため二人は体を清めてから食堂で晩御飯を食べ、スカーレットが意識を取り戻したとの報を聞いてからゆっくり眠った。

魔術学校では翌日から三日間全面的に休講となることが言い渡され、エルダーの森でなにが起きたのか調べるのにてんやわんやだ。絨毯が日に何度も学校と森とを往復している一方、生徒たちには外出禁止令が出ていた。

外出禁止の二日目の朝、ルカは多くの矢を失ったため王都に調達に行ってよいか「木の手」に聞いてみたが、あえなく却下されてしまった。戻る際の廊下で、食堂で働くバルバラに声をかけられ、「なんかがんばったんだってね！」と油紙の包みを渡された。いい匂いがする。

部屋に戻るとリヒトも戻っていた。リヒトは外出禁止令などどこ吹く風といわんばかりに昨日からちょこちょこ歩き回っていた。今日は朝から隣のパルム寮に出かけていたらしい。

「やはり学校側は大変そうだな」

「まあ、しかたないね」

話しながらリヒトとベッドに腰を落ち着ける。そばには直接日光に当たらないように時告草が干されていた。リヒトはヒュドラに出くわす前に当然のごとく採集し終わっていたのだ。

「僕たちの班は割と早い段階で採集は終わってたね」

「そうなのか」

「うん。全部で十八班あって、四の鐘が鳴る前に採集できたのは二班。採集まではできなかったけど資料に名前がないことに気づいて近くにいた先生や護衛の人に質問したのが六班。ここまでが及第点なんじゃないかな。とはいっても時告草が絵の通りになってから採集するのはみんなできたはずだったし、最後に森の外で集合してネタばらしして、自分で情報を集める大切さを諭すつもりだったんだから、授業としては中途半端になっちゃったよね。さっき一瞬エイプリル先生見たけど、おっかなくって近寄れなかったよ」

それはルカも出くわしたくないところだ。

「そうだリヒト。バルバラさんがこれをくれたから一緒に食べよう」

ルカは先ほどバルバラから受け取った包みを取り出した。油紙を開くと香ばしく、スパイシーな香りが立ちのぼる。甘くないクッキーで、黒胡椒とチーズが練りこんであるものだ。

「兄さん……またファンが……」リヒトが表情を失くして小さくなにか言っている。

「ん？　どうした。バルバラさんががんばったと言っていたぞ」

「いや、それは兄さんにだよ！」

「バルバラさんともあろう人が、リヒトの働きを評価していないわけがないだろう」

たしかに一人では食べきれない量なのでリヒトの分も入っていないわけではないだろう。しかし絶対にルカに対してのはずだ。こういう勘をリヒトは外さない。ルカがにこにことクッキーを差し出しているので、リヒトはしかたなくひとつ手に取って齧《かじ》りついた。そして、その美味しさにすぐに眉間を広げることになった。

二人でしばし和んでいると、リヒトが残り少なくなってきたクッキーを見て言った。

「兄さん、あとでジュールラックに会いに行きたいんだけど、肉がないから、これ少し手土産にしてもいい？」

「もちろんいいが……」

外出禁止令は魔術学校の敷地内から出なければいいはずだ。ジュールラックになんの用だろうか。

リヒトは残りのクッキーを油紙で包みなおし、腰の革袋に収めた。

軽くなにかを叩くような音が鳴り、見ると伝書鳥《メールバード》が窓辺に留まっていた。嘴《くちばし》で木枠をつついたようだ。ルカの手元まで飛んできて手紙に戻ると、それはマロルネからだった。

「マロルネさんが会いたいそうだ」

「へえ」

返信機能つき伝書鳥なのでルカでもすぐに返信できる。男子寮なので部屋に上げるわけにはいかないが、「木の手」のいる部屋の向かいに応接室があるので、そこで待ち合わせることになった。

「ジュールラックはいいのか」

「あとで行くけど、とりあえずマロルネさんに先に探りを入れることにするよ」

「ふむ」

そうかな、とは思っていたが、リヒトはリヒトなりに、なにやら情報収集をしているようだ。歩き回っていたのは、あの場に居合わせた生徒たちに話を聞きに行っていたからに違いない。

マロルネは開口一番、援護に行けなかったことを謝った。あの日赤い狼煙を見て焦った生徒の一人が森を駆けて怪我をし、マロルネはその救護やほかの生徒たちの避難誘導で手一杯になってしまったのだ。ルカは駆けつけようとしていたマロルネの勇敢さに感心するが、あの場に来られていたとしてもヒュドラが相手では焼け石に水だったと思う。むしろほかの生徒たちを全員避難させたのだから彼女は立派だった。

「骨をね、防毒処理が済んだら学校まで運び込むんですよ」

マロルネはルカとリヒトが元気そうだったので安心したのか、話が興味の対象に向かった。

「肉は腐ってしまって、もうどうにもならないんですって。残っていたら公開解剖講義ができたのに、残念。凄いんですね、ヒュドラの毒って」

ルカとリヒトは事件の日の時点で「ヒュドラ自身の毒で倒した」と報告してある。ただし矢尻と〈相互移動〉したとは言わず、毒溜まりに矢尻を浸けて射かけたとしている。ヒュドラの毒の致死量なんか今後も調べようもないはずなので、そこはあまり気にしていない。ただリヒトは致死量を量れなかったことを猛烈に惜しんでおり、一昨日の夜は眠りにつくまで何度か溜息を落としていた。マロルネも似たようなものなのだろう。

教師たちは視界の端で現れては消える白い幻影を見ていたし、ルカも見られている自覚はあったが、いまのところそれについての言及はされていなかった。リヒトとはすでに話し合っており、向こうの出方を見るまで保留でよいだろうと判断している。

　マロルネはどこまで聞いていて、ここにやってきたのだろうか。

　ヒュドラは貴重な骨格標本になるらしい。

「討伐したのはルカさんですから、骨の所有権もルカさんにあります。今度学校側から正式に買い取り要請があると思います」

「ふむ……私ひとりでどうこうできたわけではありません。あの場にいた、みなで倒したのでそこは正当な分配を望みます」

　そう言うとマロルネは「上に伝えておきます」と遠慮がちに笑った。

「あと、スカーレットさんはいま、オクノ先生の医務室にいます」

「オクノ先生の医務室？」

「ええ。温室の隣の建物の一階です。薬草学の研究棟なんですけどね。リヒトくんは知ってるかしら」

「はい。……一昨日《おととい》寝る前に、スカーレットはもう大丈夫だって聞いたんですけど」

　リヒトの声音にはわずかに緊張が含まれていた。

「ああ、大丈夫よ。でも一応ね」

　マロルネによると、スカーレットは事件の夜のうちに王都の教会から派遣されてきた、ほかの治癒魔法の使い手から一通りの手当てを受けており、体は大丈夫だそうだ。ただ、ヒュドラに遭遇するなど前代未聞のことであり、毒の影響が本当にないか、経過観察のため医務室に隔離されていた。

一緒に手当てを受けた黒髪の女の子は、部屋を離したほうがよいだろうという学校側の判断で、寮の自室で同じく経過観察を受けている。

「あとで顔を見に行ってみたらどうかしら。ずいぶん暇そうだったから」

マロルネはすでに見舞ったあとだったようだ。スカーレットと特段面識はないはずなのだが、マロルネも関係者にいろいろ接触しているのかもしれない。


「マロルネさんに確認したいことがあるんですけど」

リヒトが聞く。

「なにかしら？」

「伝書鳥って宛先を自分にすると、いったん飛び立ってから戻ってきますよね」

「ええ」

マロルネは浮かしかけていた腰をまた落ち着けると、リヒトに興味深げな視線を寄越した。

「さらにレターヘッドの術式をいじることで好きな距離を旋回させることができる」

「リヒトくんはそんなのとっくに知ってると思っていたけれど」

「知ってます」

リヒトは挑戦的な口調で答えた。「でもほかの奴がどのくらい把握しているものなのか知りたいんです」

「そうねぇ……たとえばあなたと仲の良い、フッタールくんやジェットくんあたりは知ってそうよね。魔法使いクラスとはいえ、プルメリアさんも優秀だから、知識としては知っていておかしくないかも。でも術式をいじるのは魔術使いじゃないとできないわ」

「そうですね……」

ルカは初めて聞いたが、あの黒髪の女の子はプルメリアというようだ。

「リヒトくん、リヒトくんとルカさんは、今回の顛末がすべてわかったら、報告会に招かれるわ。功労者だもの。私たちが調査したものは正確に伝えられる」

「でも僕は自分で知りたいんで」

「そりゃあ……そうよね。私でもそうする」

マロルネは肩をすくめてそう言った。

マロルネと別れ、スカーレットの顔を見に行くことにした。

薬草畑の横を通り、ドーム状の温室が現れ、その奥に隠れるようにしてそれはあった。

薬草学の研究棟とのことだったが、シルジュブレッタの居るような石造りの荘厳な建物ではなく、三階建てのレンガ造りで、この学校の中ではこぢんまりとしたかわいらしい見た目のものだった。

　リヒトはしっかりと場所を把握しているようで、迷うことなく進んでいった。一階の玄関を入ってすぐのところに赤く塗られたアーチ型の木の扉があり、小さく割った不揃いな鏡がモザイクタイルとして色とりどりのビーズとともに扉の中央を装飾している。

　リヒトが扉を叩くと、中からしわがれた声が「入りな」と招いた。

「オクノ先生だよ」

　リヒトが小声でルカに教え、扉を開けて入っていく。急に濃密な薬草の匂いがルカの鼻をついた。外の薬草畑は季節柄かまばらではありつつも爽やかな様子だったが、ここは加工した後のあらゆる薬草の匂いがごったになって籠っていた。それだけで異空間に迷い込んだような気さえする。

　さらには中の壁は扉同様赤く塗られており、鏡を色紐で装飾した飾りが至る所に吊り下がっていたり、濃い色の柄ものの布で棚やソファが飾られていたりと、ルカがいままでに見たことのない趣向の内装が施されていたのだった。

「リヒトと……兄のルカだね」

　先ほどリヒトとルカを招き入れた声の主が現れた。複雑な文様が刺繍された深い臙脂《えんじ》のケープを身に着けており、フードの下から色褪《あ》せた髪と年を重ねた褐色の肌が覗いている。

「スカーレットは奥にいるよ」

「失礼します」

　オクノは必要以上のことは話さず、体を横にどかしてリヒトとルカを通してくれた。

　衝立の向こうにベッドがふたつ並んでいて、スカーレットがそのうちのひとつに起き上がって座っていた。

「来てくれたのね！」

　スカーレットは声でリヒトとルカだとわかっていたのだろう。顔を輝かせている。血色が良く、悪いところはないように見える。

「治癒魔法が使えるのになんでまだここで寝てるんだ」

　リヒトは憎まれ口を叩きながら空いているベッドに腰かけ、ルカも横に並んだ。

「お義理でも心配したよとか言えないの!?」

　スカーレットが声を張り上げて言い返す。極めて元気だ。良いことだ。

「顔を見たら安心したよ」

「ありがとうルカさま！」

　スカーレットはふんわりした素材の薄紅色のワンピースを着ていた。

ベッド回りもまたすごく、柄ものの布を何種類も組み合わせて作ったクッションや上掛け、カーテンなどに囲まれている。そして鏡の飾りのほかに花籠やドライフラワーと化した薬草がいくつも吊してあった。ただ匂いは濃いものの、決して不快になるようなものではなく、不思議とずっと嗅いでいたくなるような感覚を抱《いだ》いた。

スカーレットとリヒトがやいのやいの言い合っているので、ルカはベッドの足側に無造作に置かれていた本を手に取った。美しい装幀で可憐《かれん》な花の絵が表紙を彩っている。パラパラと頁を繰《く》っていき、栞《しおり》が挟んであるところに行き着いた。

「ふむ……『顔を見せてごらん、アガーテ。君がやったことではないのだろう？　君の心がウンディーネの棲まう湖のように美しいことは、私が一番よくわかっている』」

「ちょ、ちょっ……なに見てるの!?」

真っ赤な顔をしたスカーレットは上掛けを剥ぎ、飛びかかるようにしてルカから本を奪った。

「少女小説か、くだらない」

「友達が暇だろうからって持ってきてくれたの！」

自分のものではないと必死に主張しているが、リヒトの視線から庇《かば》うようにしっかりと抱きしめている。ルカとしては初めて見る種類の物語だ。たいへん興味深い。

「ふん、まあいい。今日はエルダーの森で起きたことを聞こうと思って来たんだ」

「なんでそんなに偉そうなのよ」

　言いながらスカーレットはルカたちと向かい合う形でベッドに腰掛け、さりげなく本を背後に置いた。

「あの馬鹿女、相当厳しく取り調べられてるらしいぞ」

　リヒトが言っているのは黒髪の女の子、プルメリアのことだろう。マロルネはそんなことは言っていなかったので、同級生から様子を聞いたに違いない。彼女は直前の行動に違和感があったし、スカーレットに悪感情を持っていたのは傍目にも明らかだったので、しっかりと聞き取りがされているのだろう。

　スカーレットは横に寄せていた上掛けをぎゅっと握った。

「お前なにか見たんだろ？」リヒトが問う。

「わからないわ。ほんとにいきなり茂みから出てきて、むこうもわたしたちの班を見て驚いてたもの」

「じゃあ出くわしたこと自体は偶然ってことか」

「たぶん」

「なにかへんな動きはなかったか」

「へんな……？　あ、伝書鳥《メールバード》を……出そうとしてたのかな。手の中にあったわ。野外実習中にそんなの使うなんて変だって思ったから、見間違いじゃないわ」

「伝書鳥？」

ルカが聞く。リヒトはもう知っているというような顔をしていた。

「ええ。わたしたちの班と出くわして、わたしを一度睨んだあと、なにも言わずに少し離れていったの。目に見える程度の距離だけど」

「それで？」

「わたしたち魔法使いクラスは各班一人か二人しかいないでしょ？　わたしの班はわたしだけだったから、魔術使いクラスの子は気を遣って『話しかけてきたら？』って言ったの。魔法使いクラスじゃ、わたしたちの仲が悪いことはみんな知ってるから、ぜったい言わないけど」

「うん」

「で、クラスメイトと仲が悪いの、なんて初対面の子たちに言えなくて、しかたなく話しかけに行ったの」

「スカーレットにも問題があるのかもと思われるからな」

リヒトは一定の理解を示した。

「うん……それでわたし一人であの子に近づいて行ったら、手の中に伝書鳥があったの。それが変なんだけど、革袋から小さな瓶を取り出して、伝書鳥に中身の液体を振りかけていたのよね」

「それから」

「そしたら地面が揺れて、なにか大きなものが近づいてくる気配がして、木々を越えてそれが首を出して、……みんなその場からろくに動けなかったわ」

「それがヒュドラか」

　スカーレットは頷いた。

「ヒュドラはわたしたちのほうにまっすぐ向かってきた。ほとんど同時に、わたしたちの班の護衛の人が〈色音石《シグナルストーン》〉を使ってくれた。わたしたちはそれに考えが及ばないくらい頭が真っ白になっていたの」

　無理もない。戦う術もなくあんなものを突然見たら足が竦《すく》むのは当然だ。

「ヒュドラが周りの木々をなぎ倒して、わたしとあの子は木の下敷きになるところだった。そしたら班の子が檻を発動させながら投げつけて、わたしたちを檻に閉じ込めることで木の下敷きになるのを回避してくれた。そこからは記憶がないの。昨日、お見舞いに来てくれた班の子に聞いたら、檻が不安定に傾いて横倒しになって、わたしたちは揉み合うように倒れこんでお互いの頭をぶつけたみたい。まぬけよね。わたしたちが気を失ったあと、すぐに先生たちが駆けつけてきて、班の子たちは避難することになったそうよ。あとは……リヒトのほうが知ってるでしょ」

「ああ」

怖かった記憶を整理したスカーレットは、一息つくとルカに向き直った。

「ルカさまが助けてくれたって聞いたわ。ありがとう」

「私だけではないよ。ずっと君を守って戦っていたのは先生や居合わせた護衛たちだし、ヒュドラに自身の毒が効くのを見つけたのはリヒトだ。みなでの勝利だな」

そう言うと、スカーレットは琥珀《こはく》のような目を潤ませてじっとこちらを見た。なにかまずいことを言っただろうか。いまいち女の子の扱いはルカにはわからない。

「おいブス。二度と兄さんをそんな目で見るんじゃない」

「ブッ……！　ブス!?　このわたしに向かってブスですって!?　わたしは町一番の美人になるって言われてたのよ!?」

スカーレットは立ち上がり、目を剝いて怒った。おそらく生まれてこのかた言われたことのない暴言だったろう。

「はいはい親の欲目親の欲目」

「リヒト、女の子にそんなひどいことを言ってはいけない」

「ごめんなさい」

「謝るの早っ！」

「スカーレットは……そこそこかわいいだろう」

ルカはスカーレットの顔をまじまじと見たあと裁定を下した。

「……ほら！　ルカさまはかわいいって!!」

「黙れそこそこ」

「なんでそこを抜き取るのよ！」

「お前だって都合のいいところだけ抜き出しただろ」

「ぐうっ!!」

スカーレットが身悶《もだ》えている。もしかしてヒュドラの毒の症状がいまごろになって現れてきたのではあるまいか。ルカは心配した。

「なんなの!?　ほんとなんなの!?　人の顔見て真剣にそこそこだなんて！　あとなんでリヒトの頭撫でてんのルカさま!?」

「え、場を和ませようとしてわざと露悪的な言葉を使ってしまったリヒトがいじらしくてかわいくて」

「なにその曲解！　ちがうわよ！　わたしがただ単純に罵《ののし》られただけよ！　そいつに和ませようなんて意図があるわけないでしょ!?」

「リヒト、お前の心がウンディーネの棲まう湖のように美しいことは私が一番よくわかっている」

「聞いて!?　あとその台詞《せりふ》この本からの引用よね!?」

スカーレットは後ろに隠していた本をずずいと押し出した。

「でもいくらほかの意図があったとしても、その薔薇の花びらを食《は》んだような愛らしい唇で、いたずらな言葉を紡がないでくれ」

「うんわかった」

「オリジナル……!!」

「どうだ。私の応用力もなかなかのものだろう」

「さすが兄さん」

ルカに頭を撫でられて頬を染めている男は、スカーレットからしたら悪魔にしか見えない。

「……!!　どこが……!!　薔薇の……!!」

「よく見ろスカーレット」

リヒトはルカと微笑み合っている顔をまったくスカーレットに向けることなく話しかけた。

「なにをよ！」

「美しい顔というのは兄さんのような顔を言うんだ」

「……!!」

スカーレットはルカの顔を見た。妖精の王と見紛《みまご》うばかりの幻想的な美貌がそこにはあった。

「まけ………た……」

「勝った……」

スカーレットはがっくりと膝をつき、なぜかリヒトの勝利宣言で応酬は終了した。

スカーレットは知らなかった。

ルカにとって「かわいい」はリヒトしかおらず、「そこそこかわいい」が二番目に強い称号であることを。

◇　◇　◇

リヒトはベッドから立ち上がり、大きく伸びをした。

「さてと、こいつも元気なのがわかったし、そろそろジュールラックのところへ行こうよ」

リヒトはルカにそう呼びかけ、ルカも立ち上がる。スカーレットは二人の顔を交互に見上げ、自分も起き上がってワンピースの膝についた塵を払った。

「わたしも行くわ！」

「なんでだよ寝てろよ」

「スカーレット、無理はよくない」

「大丈夫よ。暇で暇で死にそうだったの。お日さまの下をちょっと歩くくらい、したっていいと思うわ」

「おい」

「オクノ先生、ちょっとだけ散歩に行ってもいいですか？」

邪魔そうな顔をするリヒトにもめげず、スカーレットはオクノに許可を求めた。するとそれまで衝立の向こうで黙っていたオクノが顔を出した。

「そうさねぇ……まあ、ジュールラックがいればおかしなことにはならないだろう。いいよ」

　余計な寄り道をしないことが条件についたものの、あっさりと許可が下りた。スカーレットはいそいそとストールを羽織り、ルカとリヒトを追い立てた。よほど外に出たかったに違いない。


　三人でジュールラックの元へ向かう道で、スカーレットは疑問を口にした。

「ジュールラックってたしか門の飾りよね。なんでオクノ先生、あんなこと言ったのかしら」

　スカーレットはオクノがジュールラックを信頼している口振りだったのが気になったよ

うだった。それを聞いてルカとリヒトは思わず顔を見合わせた。

「お前、ジュールラックが飾りだと思ってたのか」

「え？　ええ……え？　ちがうの？」

リヒトはこれ見よがしに溜息をついた。

「まあ、あいつがわざわざ飾りに擬態してるんだしな」

「な、なによ！　教えてよ！」

リヒトは答えることはなく、ルカはどうしようか少し迷ったが、エイプリルの野外授業のように自分で考えて行動させる方針をひとまず採用した。

リヒトはジュールラックのことを、ひとかどの魔法使いとして扱っている。しかも人間の魔法使いと違い、使える魔法は一つどころの話ではない。ルカもジュールラックのやっているおかしなことに気づいていて、リヒトと確認したこともある。魔術使いと違って魔法や魔術の行使の様子が見えないスカーレットには、難しくてもしかたがないのだが、いったんは自分でいろいろ考えてみるのがよいだろう。実はリヒトとて、「そうでなくてはおかしい」という仮定を立てるまでしかできていない。細かな計測と観測がしたいが、そのための道具や魔術具を揃えるとなると、まとまった資金がかかるため手が出せないでいるのだ。

口を尖《とが》らせるスカーレットを尻目に、リヒトはジュールラックのところまで歩いて行った。

「よお、ジュールラック」

リヒトに声をかけられたジュールラックは真鍮色のまま目だけを動かし、今日も澄まして門の飾りを気取っていた。

「ほんとに食べ物がないとなにもしないよな、お前……」

リヒトも何度もジュールラックのもとへ通ううち、かなり打ち解けたようだ。呆れ混じりの顔をしつつも革袋からクッキーを出した。

「外出禁止令が出てるもんでね。今日はこれで我慢しろよ」

「これはこれはリヒト殿！　バルバラ殿手製のクッキーですね！　いやはや、なんとも香り高い！」

ジュールラックが陽気に話し出し、クッキーを手にする。肉を与えたときほどの反応ではないものの、リヒトは奴がしっかりと賄賂を口に入れたのを見て本題に移った。

「魔術学校のなかで放たれた伝書鳥《メールバード》がどうやって王都や僕たちの村に行っているのか知りたい」

リヒトの疑問はこうだ。

ジュールラックのいる門をくぐるとルカたちはどう考えても王都ではない場所に飛ばされている。だから魔術学校から王都へ、あるいは王都から魔術学校へ伝書鳥が送られたとき、どのように飛んで行っているのかが不明だったのだ。

野外学習のあの日、空飛ぶ絨毯で高みから改めて確認したのだが、見渡す限り樹の海だった。遥《はる》か遠くに人工物がないかと目を凝らしたが、霞む緑の絨毯の向こうには、見覚えのない稜線《りょうせん》の山がうっすらと見えるだけだった。植物相も異なり、神話で語られるような魔獣すら生息している。ここは王都からちょっと離れただけの場所ではないのだ。

だから（ルカもリヒトもそうは思っていないが）王都と魔術学校が地続きだったとして、周囲の森を抜けて遥か遠くの王都へ行くのは無駄だし時間もかかりすぎる。途中、海や険しい山脈があるかどうかすらもわからないのだ。

「ああ、なんだ。そんなことですか」

ジュールラックは頬にクッキーを詰め込んで、器用に門柱の上を指さした。「校内で飛ばされた伝書鳥や、王都から来た伝書鳥は一度ここを通ってるんですよ」

見ると門扉の軸となっている柱のてっぺんに細い棒が伸び、ルカの頭がやっと入るほどの輪っかが垂直に立てられて付いていた。

「伝書鳥はこのジュールラックめが、あすこを通して往来させていますよ。いちいち扉を開け閉めしていたら、面倒でしょう」

「へえ……確かにあの輪っかの内側、へんに歪《ゆが》んで見えるな。まるで油膜が張っているような……」

「リヒト殿はやっぱり目がいいですねぇ」

リヒトの言葉を聞いてルカも輪の中を見てみたが、普通に向こうの空が見えるだけで違和感はなかった。スカーレットもしゃがんだり横にずれたりして必死に見ようとしているが、見えていないのは明らかだ。やはり〈魔術使い〉というのは素晴らしい〈恩恵〉なのだ。

「二日前、プルメリアの伝書鳥を通したか？」

リヒトの問いに、ジュールラックは少し考えてこう答えた。

「このジュールラックめは、皆さまの手紙の秘密を侵すようなことはしやしませんよ」

「そうか……」リヒトは声を落とす。

「ただ、三日前の晩から、二日前のあの時まで、ここを通った伝書鳥はひとつもございませんでしたね」

「……そうか！」

リヒトはジュールラックの答えに満足したのか、残りのクッキーもすべて与えた。

「兄さん、そういえば部分的なマーキングってできるようになったの？」

リヒトはいまだ輪っかに固執しているスカーレットに聞こえないよう、小声で尋ねた。

「ん？　どれ、ジュールラックで試してみるか」

「やって、やって」リヒトが楽しげにしがみついてくる。かわいい。

「お、お兄さま!? なんですか!? 不穏な空気を感じますよ!?」

ジュールラックがめずらしく動揺した声を上げる。

「……ううむ、無理なようだ。あ、ジュールラックで試したのが良くなかったかな」

「それもそっか。ジュールラック自体がよくわかんないのに、目とほかの部分に区別があるのかなんて知りようがないもんね」

「この忠実なジュールラックめに、なにをなさろうとしたんですか！」

ジュールラックが体を真っ赤にして抗議する。初めて見る色だ。どこにつなげているのやら。

「まあ気にするなよジュールラック」リヒトが軽く流す。

ジュールラックの目だけにマーキングすることはできなかったが、ジュールラック自身にはつけられた。これがルカがジュールラックを門とは独立したひとつの個体として認識している主観によるものか、あるいはルカのマーカーが当たり障りのないものに自動でつく作用によるものかはわからない。だからルカのマーカーがついたからといって、ジュールラックが門とは別の存在と証明することにはならない。とはいえマーカーがつけられたということは、〈相互移動〉ができるということである。

さて、ジュールラックの右半身にマーカーをつけたとき、王都にいくつもある左半身がどうなっているのか確認する術《すべ》はない。

（〈相互移動〉で門から無理矢理引っぺがしたら怒るだろうか）

ルカは赤く熟れた林檎のようになったジュールラックを見ながら、引っぺがす想像をしてにやりと笑った。

その後、通りすがりのメジロでも試してみたが、やはり目だけにマーキングすることはできなかった。リヒトにもそれを伝え、矢は自身で組み立てていた経験がよかったのではという結論を仮定して、検証を終えた。


「駄目。どうしてもただの鉄の輪っかにしか見えないわ」

スカーレットがようやく諦めてルカたちの元へ寄ってきた。

「ねえ、さっきのなんだったの」スカーレットがリヒトに詰め寄る。

「なんだったのって、なにが」

「伝書鳥が輪っかを通ってるからなんだっていうの」

マーキングの話を聞かれていたのかと思って焦ったが、そうではなかったらしい。スカーレットは魔術学校で放たれた伝書鳥が直接王都へ行っているのはおかしい、という考えにまだ至っていなかったのだ。急に二歩後退したかのような話題を振られて、リヒトは一気に冷めた顔をした。

「なによ！」

軽んじられたことを瞬時に察知したスカーレットは顔を赤らめて噛みついた。リヒトは黙っているほうが面倒くさくなったのか、疑問点をスカーレットにもわかるように説明してあげた。

「……つまりだ、魔術学校の周囲の森を渡って王都へ行くのは非効率だろって話をしていたんだ」

「じゃあすべての伝書鳥はあの輪っかをくぐっていないと変だということね」

「すべてって……魔術学校のなかでのやりとりはここを通る必要はないぞ」

「わかってるわよ」

「じゃあすべてって言うなよ」

「この門ってすごいのね」スカーレットは話を逸らし、門扉に触れた。

ジュールラックはクッキーを食べ終え、真鍮色に戻っている。この感じだと今日はもう動く気はなさそうだ。

「果たしてすごいのは門だろうか」ルカはうっかり口にした。

「え？　どういうこと？」スカーレットは聞き逃さなかった。

おっといけない。先ほど自分で考えさせようと思ったばかりだった。

「……この門は魔術具だって、前にリヒト、言ってたわよね。リヒトがそんなこと間違えるはずないし」

　スカーレットが思案顔でまじまじと門を観察し始めた。とはいってもいまは作動もしておらず、表面の装飾が鈍く光るばかりである。

「指輪の認証は間違いなく門がやってるな。いつも通るときに膨大なデータと照合してる流れが見えるし」

　リヒトがあえてそれだけ言ったということは、門をくぐるときにまったく別の場所に通じる部分は、魔術具としての門の働きではないと暗に匂わせているのだ。スカーレットには正しく伝わっただろうか。

「そういえばさっきもへんなこと言ってたわよね。ジュールラックが飾りだって言ったとき、擬態とかなんとか」

　スカーレットが考え込んでいる。「もしかしてわたしたちがここと王都を行き来するときは、ジュールラック自身がなにかしてるってこと？」

　スカーレットはすばらしい閃《ひらめ》きをしたといったふうにリヒトの顔を覗き込んだが、すぐにまた眉根を寄せた。「それはそれですごいって思うけど、だからなんなの？」

「別にそれでお前のなかで完結するならいいじゃないか」

「あんたが気にしてることを教えなさいよ」

「なんでそんなに偉そうなんだ」

「リヒトにだけは言われたくないんだけど!?」

　スカーレットはいろいろ思い出したのか、また目を剝いて怒った。

「……ヒントをやってもいいが、代わりに治癒魔法を見せろ」

　抜け目ないリヒトは、ここぞとばかりに交換条件を出した。

「なんかこっちが払う分が多い気がするわ」

「お前、よくオクノ先生のところで手伝いしてるんだろ？　怪我人が来たときに呼んでくれればいいよ。伝書鳥はおごってやる」

　治癒魔法はもっとも望まれていると言っても過言ではないのに、魔術具化が成功していない魔法だった。教会が権威保持のために治癒魔法の使い手を囲い込み、魔術使いに解析させてやらないからだという声もある。しかし魔術使いも怪我をすれば、各地の礼拝所に併設された治療院で治癒魔法を受けられる。実質見放題であるにもかかわらず魔術具がいまだ開発されていないとなると、やはりおいそれとできることではないのだ。そのため薬草学や医療技術、医療に応用できる魔術の研究は続けられている。

　リヒトはスカーレットの治癒魔法にずっと興味があったに違いなく、取引ができる機会を虎視眈々《たんたん》と狙っていた。いまならヒュドラ退治の立役者として十分な交渉材料があるはずなのだが、スカーレットがそれも頭に浮かんでいることを把握していて、あえて口に出していない。高圧的な言葉とは裏腹の微笑みに、金銭的な負担もさせず、今後もやるであろうことをついでに見せてもらうだけだと言い迫る。齢十の女の子は言い返す術を持たず、今後機会があるたびに治癒魔法を見せると了承することになった。

◇◇◇

何日かして、ヒュドラが現れた一連のできごとの顚末がまとめられた。

魔術学校ではすでに授業が再開されていたが、プルメリアは反省室に移されていた。スカーレットは女子寮に戻り授業にも出ているが、時折もの思いに耽《ふけ》る様子が見られていた。

ルカとリヒトは先日のマロルネの言《げん》の通り、関係者としてその説明会に招かれた。場所は入学式のときに一度入ったっきりの大講堂だ。

今日は壇上ではなくみな中央通路を挟んだ長椅子に着席しており、校長と副校長、エイプリルだけが、みなに向かい合う形で中央通路に臨時で設置された席に着いている。長椅子に座るほとんどが教員や魔術師団の面々であり、さすがに生徒たちとは違ってざわつくこともなく会の開始を待っていた。

ルカとリヒトは職員の案内で、前から二列目の右手の席に座った。前後にはあの日ともに戦った教師や護衛たちがいて、目が合うとまるでルカに信頼を寄せているかのように微笑んで頷いた。ただ風の魔術具を使っていた教師だけは顔色が悪かった。

ここにはリヒト以外は成人しかいない。リヒトが例外なのは、あの場に立ち会ったことと、ほかの生徒たちに伏せる情報については口を噤むと約束したからだ。すでにリヒトが独自に動いていたため、あらかた事情を摑まれているというのもあるのだろう。

「みな揃ったようなので、これより野外学習域におけるヒュドラ出現とその背景、そして討伐と現況について説明する」

顚末は副校長ガジュラがまとめて語るようだった。

このガジュラは、ヒュドラ退治の翌日、ルカとリヒトに改めて聴取に来ていた。ルカとは正反対の褐色の肌を持ち、骨格も平均より頑健な様相で、一目で人種が違うのがわかった。厳格な内面の表れた顔つきにはいくつも皺が刻まれていたが、豊かな焦げ茶の髪が雄々しく逆立っている。野性味のある見た目に反し、この男はずいぶんと理知的に話すのだ。

ガジュラはまず野外学習の概要と二日目の平民クラスのルート、ヒュドラの出現時刻など、基本的なことから始めた。そして今回の件の原因がプルメリアにあることを断言したあとで、彼女の動機と、具体的になにをしたのかを順序立てて説明した。

ひとつ目の背景として、スカーレットに対するプルメリアの嫉妬があった。

スカーレットは王都に来る途中の森で負傷した騎士たちを治癒したことが功績と認めら

れ、入学前に教会から称号を得ていた。〈エスメラルダの右手〉という、〈聖女〉――国一番の治癒魔法の使い手――に連なる称号だ。エスメラルダというのは神話に出てくる、世界で初めて治癒魔法を使った女性の名であり、原初の聖女とも呼ばれている。

治癒魔法の使い手のなかでも称号持ちは将来的に王都の教会本部に配属されるのが暗黙の了解なので、スカーレットの将来は極めて安泰と言えた。

一方のプルメリアはスカーレットの評価を羨んでいた。

プルメリアの〈恩恵〉は〈魔獣使い〉といい、その名の通り魔獣を操り配下に置く魔法の使い手だ。治癒魔法以外の魔法の使い手は、所属こそ教会であるものの〈恩恵〉の力を最大限発揮できる外部組織に派遣されることが多い。決して待遇が悪いということでもないのだが、治癒魔法の使い手の優遇に比べればたしかに見劣りしてしまう。

またプルメリアの実家もスカーレットと同じ裕福な商会であり境遇が似ていること、スカーレットが二つも年下であることも悪感情に拍車をかけたのかもしれない。とにかく入学直後、スカーレットの称号を担任がみなの前で讃えたときから、プルメリアはスカーレットにきつく当たっていた。そして同時に自らも称号を得たいと考えていた。〈魔獣使い〉が称号を得るには強い、あるいは特別稀少な魔獣を従えるしかない。そこでプルメリアは稀少な魔獣に近づく機会をずっと窺っていたのだ。

ふたつめの背景として、プルメリアが王都でおかしな薬を入手したことがあった。

彼女は狙うのなら突然変異レベルの強い魔獣が出ると騒ぎになっている王都の森よりも、稀少な魔獣がいそうなエルダーの森にすべきだと考えていた。エルダーの森にも強い魔獣はいるはずなので、協力者が必要だともわかっていた。

事前にエルダーの森に生息している魔獣を調べなかったのかについて聴取したところ、彼女は稀少且つ小型の魔獣に絞って調べていた。つまり自分の目的に適《かな》う魔獣だけを調べ、強い魔獣はいずれ見つけるつもりの協力者に任せようと考えた。結果彼女は何種かの鳥類（魔鳥）に目星をつけた。

資料を読むのと並行して、どう目当ての魔鳥をおびき寄せるかも考える必要があった。実家の商会の伝手や王都で人に尋ねるうち怪しげな行商から声をかけられ、人通りの少ない小道に誘いこまれた。行商は小さな瓶を取り出して、それが「魔獣を呼び寄せる薬」と言った。その香りを嗅げばたちどころに魔獣が寄ってくるという。もちろん魔鳥もだ。聞いたときは眉唾物だと思ったし、初めはとてもではないが手が出ない金額を言われたのでやめようと思った。しかし行商はその日の晩には王都を発つこと、そしてこの薬を持って王都の森には入れないことをこぼした。プルメリアとしても手立てがないまま何日もくすぶっていたところに渡りに船の売り込みだったのだ。処分したがっているのは明白だったし、その薬を持って危険と言われている王都の森に入れないという言葉が妙に真に迫っていたので、やはり欲しくなった。交渉ののち、行商は初めに比べれば捨て値と言えるような金額でプルメリアに薬を譲った。行商は自分が王都を発った明日以降に使うことを約束させ、プルメリアから金貨をふんだくって去っていった。

　この怪しげな薬を手に入れたのは野外学習が発表されるよりひと月以上前のことだった。厳重に封印された薬の瓶を手に、プルメリアは遠い森を見つめながら、森から魔鳥を引っ張ってくる方法をずっと考えていた。そしてあるとき最悪の着想を得たのだ。伝書鳥《メールバード》にこの薬を染み込ませて、森の上空を旋回させればいいのではないか、と。

　それでもまだ課題は残っていた。魔術学校には王都と同じく防衛の魔術具が常時作動していると授業で習った。伝書鳥がうまくいったとして、学校のそばまでおびき寄せることまではできない。プルメリアはこれをいったん保留にして伝書鳥の改造にとりかかった。

　彼女はよく研究した。そしてレターヘッドに刻まれた術式を改変すれば、飛行ルートや距離を調整できることに行き当たった。ただし術式を改変できるのは魔術使いだけである。プルメリアは協力者として真っ先にリヒトを思い浮かべたが、リヒトは鋭すぎるため改変した伝書鳥でなにをするのか追及される恐れがあった。最終的には協力関係になりたいが、スカーレットとよく話しているので自分をよく思っていないかもしれない。頼むのなら断れない状況に追い込んでからにしようと、術式の改変はほかを当たることにした。

そして平民クラスで定期試験の結果が二番目に良かったフッタールに声をかけたが、面倒くさいと断られた。しかたなく三番目のジェットに頼むと、ジェットは興味が湧いたようで協力を了承した。プルメリアとしては自分の思う通りに作ってほしいだけだったのだが、ジェットはあれやこれやと試行錯誤しながら純粋に術式改変の実験を楽しんでいた。彼女は内心かなり焦れていた。しかし誘ったときに「こういうことをしたらどうなるか興味があるからやってみたい」と知的好奇心をくすぐる言い方をしたため、あまり急《せ》かすのは不自然と思い我慢していた。日が経つにつれ、ジェットはプルメリアにはなにか目的があると薄々感づいていた。それでもエルダーの森の魔鳥をおびき出そうと企んでいるなど想像の範疇を超えており、放課後の実験は楽しんで付き合っていたのだった。

　エルダーの森で野外学習をすると発表があったのはそんなころだった。プルメリアは最大のチャンスが訪れたと思った。ひとりでおびき寄せた魔鳥と対峙するのは不安があるが、教師や護衛がいるタイミングで偶然を装って自分が〈魔獣使い〉を行使すれば、自然なかたちでフォローもらいながら魔鳥を従えることができる。強い魔獣を任せるための協力者を探す手間も省けた。

　でもまだ薬が本当に効くのかの実験すらできていない。ジェットはプルメリアの焦りなどつゆ知らず、マイペースに試行錯誤を続けている。とうとう我慢の限界を超えた彼女はジェットを呼び出し、作っていたいくつもの伝書鳥を確認させてくれるよう頼んだ。自分の真上で旋回するような軌道のもの、三角形や五角形をなぞるように飛行するもの、いろいろあるなかに一直線にかなり遠くへ飛んでいって折り返して戻ってくるものを見つけた。飛距離もかなり長い。

（この軌道ならより森の深いところに飛んでいける。深いところにはきっと魔鳥も多く飛んでいるはずだわ）

そう考え、ジェットの試作品を黙ってくすねた。

それは野外学習一日目のことだった。

プルメリアは伝書鳥《メールバード》の性能をなんとしても一度テストしておきたかった。だからジェットから伝書鳥をくすねたあとすぐにエルダーの森側の草地に出た。もう夕刻で、その日野外学習をしていた貴族クラスの面々は引き揚げていた。プルメリアは手早く伝書鳥を取り出すと、ふと思いついて薬の小瓶を取り出した。今日中に薬の効果まで確かめることはもう無理だ。しかし今日も使っておけば、夜のうちに魔鳥を森のふちまでおびき寄せておくことも運が良ければできるのではないか。そう思い、件《くだん》の薬の半分を振りかけた。言うまでもないことだが、この思いつきは最悪のかたちで成功した。

こぼれないように薬が紙に染み込むまで待ち、うまくいくことを願って飛び立たせる。朝に戻ってくるように魔力は多めにした。飛んでいった伝書鳥を見ながら、このまま野外学習で森に入るときまで飛ばせておけばよかったかと思ったが、正確な飛行時間の計算が心許なかったため、やはり明日の朝戻ってきた伝書鳥を再度森のなかで飛ばすのがいまできる一番のことだと考え直した。翌朝目が覚めると、伝書鳥は無事に戻り窓枠に留まっていた。

実はこの、プルメリアが伝書鳥を飛ばすところを見ていた者がいる。片付けが遅くなった貴族クラスの生徒だった。彼はプルメリアが伝書鳥を飛ばすのを見たが、それはエルダーの森へ飛んでいったと証言した。魔術学校内で飛ばされた伝書鳥は、宛先が魔術学校の誰かであればそのまま学校敷地内のその人のところまで飛んでいくし、王都などへ行くときは門の上の輪っかに向かう。彼自身は輪っかのことまでは知らなかったが、エルダーの森の奥へと飛んでいくのは見たことがなかったため、不思議に思い印象に残っていた。

プルメリアは戻ってきた伝書鳥を大切に革袋にしまい、今日の野外学習の成果に胸を膨らませていた。しかし森では大変なことが起きていたのだった。

「これは推測ではあるが、確度は高いと思われる」

ガジュラは声を一段と低くして言った。

「夜中に森の上を、薬の匂いを撒き散らしながら森の深みまで飛んだ伝書鳥は、その下にいたあらゆる魔獣を興奮させていた。だが森の奥深くから一番やっかいな魔獣が目を覚ましたため、ほかの魔獣は近寄ることができなかった。それがヒュドラだ。薬の香気に狂うか、ヒュドラへの恐怖心が克《か》つかといったところだが、ヒュドラの通り道にいればどのみちどんな魔獣も死んだはずだ。だから伝書鳥を森の浅いところまで執拗《しつよう》に追いかけてこられたのは、ヒュドラだけだと考えている」

　ヒュドラの生態にはわからないことがたくさんある。むしろわかっていることが少なすぎる。だが森を調査した魔術師団の報告によると、考えるのも嫌になるくらい遠くから木々をなぎ倒し、すさまじい速さで近づいてきたことが推察できた。前日の日中までは異変がなかった森だ。森番の気持ちを考えると同情を禁じ得ない。

　プルメリアは予定通り伝書鳥を携帯して野外学習に参加した。

　しかしもう伝書鳥を飛ばす必要などなかったのだ。前夜のうちにヒュドラは釣れており、薬の匂いをぷんぷんさせたプルメリアが自ら防衛の魔術具の範囲外である森まで入っているのだから。ヒュドラは一直線に向かってきたのだ。昨夜嗅いだかぐわしい香りが、いっそう濃く強く近づいてきたのを感じて。

　ルカもリヒトもその〝薬〟がなんなのか、もうわかっていた。

　プルメリアは伝書鳥を飛ばすところをリヒトたち——とくに試作品をくすねたジェットに見られまいと、用を足すふりをしてより森の深くに入っていった。

　そのあとは、ルカたちがスカーレットに聞いた通りだった。プルメリアはスカーレットたちにもできるだけ見られまいと彼女たちから離れ、すでに乾いていた昨日の薬の残りを再度かけて飛ばすつもりだった。ちょうどそのときに近づいてきたスカーレットには目撃されることになったのだ。

一方、いつまで経っても戻ってこないプルメリアにリヒトはイライラしていた。そして赤い狼煙が上がる。それはプルメリアが入っていった茂みの延長線上だった。嫌な予感がした。リヒトたちについていた護衛は赤い狼煙が使われた場所に行くからリヒトたちには戻るよう指示を出した。しかしリヒトはフッタールとジェットだけ先に戻るよう言い、自分はこっそり護衛のあとをつけた。プルメリアたちのいた場所では〈縋りつく骨の手〉に護られた二人が気を失い、ほぼ同時に駆けつけた教師がヒュドラに牽制《けんせい》の魔術を放った。そしてあの戦闘が始まっていったのだ。

ヒュドラ討伐に関しては、ルカとリヒトが説明した以上のことは言及されなかった。つまり、リヒトがヒュドラの毒は自分自身にも効くことに気がつき、ルカが矢尻を毒に浸して放った――それだけだった。

校長のエーデルリンクがガジュラと目で会話し、改まった様子で口を開いた。

「今回のヒュドラ討伐には、リヒトの観察とルカ殿の協力がなければ間違いなく甚大な被害が出ていた。改めて感謝申し上げる」

講堂じゅうから拍手がさざ波のように湧き起こり、それはルカとリヒトを囲んで大きく響いた。リヒトは普通の顔をしていたが、ルカはびっくりして顔が熱くなるのを感じた。色が白いことがどの程度影響しているのか、こういうときはたいてい目尻に朱が差しているのだ。

　エーデルリンクは続いてともに戦った教師たち、護衛たちも労《ねぎら》った。

「さて、魔術学校としては討伐に関わった者たちにはなんらかの形で報いなければならないと考えている。だが本会はあくまで報告会であるので、後日改めて話をさせてもらいたい」

　エーデルリンクがそう締めると、またガジュラに交代し、プルメリアの聴取について簡単に説明があった。

　プルメリアは当初しらばっくれていた。しかし先述の貴族の証言とスカーレットの目撃情報、ジュールラックの「事件前夜から伝書鳥はひとつも輪っかを通っていない」という証言、魔術学校内でプルメリアから伝書鳥を受け取った者がいないこと、最後にジェットが試作した伝書鳥がひとつ消えていると気づいたことで「伝書鳥に鍵がある」と確信した教師たちにより、プルメリアの部屋は徹底的に調べ上げられることになった。そして気を失っていたあいだもずっと握りしめていたのか、くしゃくしゃになった伝書鳥が見つかり、押収された小瓶の中身が判明したことで彼女はようやくこれまでの経緯を白状したのだった。

「彼女は薬の効果がそれほど強いとは思っていなかった。また王都の森での異常にヨルムンガンドの血、ひいては第一王子が絡んでいる件は、市井の者には伏せてある。よって薬の正体が件の血であると予想できたとは、我々は考えていない」

薬の効果に半信半疑だったのは事実だろう。そこまで強い効果があるとわかっていれば、リスクに気が回らないなんてことがあるわけがない。そして少し自分の都合のいいように周りを利用してやろうと思ったことが、とんでもない大ごとになってしまったということだ。時間が経つにつれ自分のしたことが如何に浅はかで危険な行為だったか実感したようで、いまは反省しているという。

「それでは彼女を放免すると仰《おっしゃ》るか」

後ろのほうの魔術師団のなかから怒りの声が上がった。

ガジュラはそれまで静謐《せいひつ》と言ってもいいくらいだった後部座席からの憤りに、理解を示すように頷いた。

「もちろんなにも処罰を行わないということではない。今回の件は教会本部にも伝えてある。教会側はすでに彼女を放棄する旨を伝えてきた。魔術学校も彼女を手放せば、彼女はいままで奨学生として受けてきた保障を返還しなくてはならなくなる。実家は裕福だそうだから、なんとかなるだろうが……我々は教育機関としての役割を果たすべきだと考えている」

魔法使いは教会預かりだ。教会が放棄したので、彼女は将来の仕事を失ってしまった状態にあるのだ。

いままでじっと聞いていたリヒトがルカに耳打ちをする。

「マロルネさんに聞いたんだけど、退学処分になっても実家に帰って、魔術学校に来なかった人生に戻るだけってわけにはいかないんだって」

「ほう」

そんなマロルネは二列後ろに座っている。

「なにをされるんだ？」

「言えないって言われた」

「……」

マロルネが言えないということは、よっぽどなことになるのだろう。ルカは知りたくないと思った。

「では彼女はなかなか追いつめられているわけか」

「自業自得だけどね。まあエーデルリンク先生のことだから、魔術学校で飼い殺しにするんじゃないの。〈魔獣使い〉ってけっこう便利な魔法だし、こき使えるチャンスを逃すわけないよ」

「なるほど」

命がつながるなら、ほかはたいした問題ではあるまい。ルカとリヒトはあらかたのことがわかったので、ガジュラが魔術師団をなだめるのをまったりと待つことにした。

少しして構内は落ち着きを取り戻し、残る懸念点が列挙される。
・エルダーの森のプルメリアの伝書鳥が飛んだあたりの魔獣は、いまでも興奮状態にあると思われること。
・プルメリアが出会った怪しげな行商は、フードを深く被り顔を隠していたが、騎士か兵士と思われること。体つきがやけに逞しかったとプルメリアが覚えていたのだ。森の警邏中に見つけた血を集めて売ったと推察される。魔術学校から連絡を受けた王国軍が最近退役し王都を出た者を追ってすでに動き出している。またプルメリアの前にも誰かに売って金を稼いだはずなので、それも調べなければならない。
プルメリアは結局、十日間の反省室での謹慎と半年間の奉仕活動を課され、魔術学校に籍が残ることになった。
プルメリアの計画——とも呼び難い無謀な企みは、実行するに足る材料が偶然揃っただけでそのほかの検討をせず、見切り発車であり、確認すべきことを思いついてもいない杜《ず》撰《さん》なものだった。リヒトからしたらまったく理解できたものではない。しかしそれを掻き消すくらい致命的なことは、自分が教師や護衛などの強い者に手伝ってもらうことばかりを考えて、野外学習でそれを行えば森に慣れていない弱い者たちを巻き込むのだということを想像すらしなかったことである。

そうして頭の痛くなるような報告会の閉会が告げられた。少しの休憩ののちに魔術師団と教員たちで会議が執り行われるというので、ルカとリヒトはここで御役御免である。内容が内容だったので講堂内には重苦しい雰囲気が垂れこめている。早々に出ようと思ったが、中央通路で何回か魔術師団の者に肩を叩かれたり、握手を求められたりで閉口した。ようやく二人で大講堂を出ると、涼しい風が吹いて爽やかな心持ちになる。深く息を吸い込んでゆっくり吐こうとしていたところ、背後から声がかかった。

「ちょっとよろしいかしら」

振り返ると、そこには外の爽やかさを一気に消滅させるような黒い鳥の仮面をつけたエイプリルが立っていた。

◇　◇　◇

報告会の所感をリヒトと話そうと思っていた矢先に話しかけられ、ルカは少し身構えた。ヒュドラ討伐のときに明らかにおかしなことが起こったと居合わせた者たちにはわかったはずなのに、それについての言及がなかったからだ。エイプリルは「少し歩きましょう」と言い二人を促す。しかたがないので大人しくついていくことにした。

「リヒト。改めてになりますが、生徒たちへの説明は情報を絞りますから、先ほど聞いたことはむやみに話してはいけませんよ」

「もちろんですよ。でもここでも〝例の血〟だったんですね」

「……報いは必ず受けさせるわ」

仮面の向こうの表情は読めないが、どうやらエイプリルは第一王子のことを相当腹に据えかねているらしい。王家の人間になにができるだろうとも思うが、ルカもこれまで三度ほど迷惑を被っているので、エイプリルには是非ともうまくやってもらいたいところだ。

研究棟の裏手に、花壇に沿うようにしてテーブルと椅子が並んでいた。丸太を切ってそのまま組み合わせたものだ。生徒たちがあまり近づかない場所のため人気《ひとけ》がない。エイプリルは「ここにしましょう」と言い、ルカたちはひとつの丸テーブルを囲んで席に着いた。

「急に申し訳ないですね。あの場でお伝えできなかったことをお話したかったの」

エイプリルは顎をくいと上げる仕草をして（仮面で見えないが嘴が若干上向きになったためそうだろう）、説教をされているのかとルカたちが錯覚するような声音で詫びた。

「まずは個人的にも感謝を。あなたがしてくださったことは我々にとって本当に大きなことだったのです」

「いや……」

ルカは手を引きかけたが間に合わずエイプリルにがしりと握手された。華奢だが大きな手は力強く、ルカより幾分ひんやりとしていた。

「ところで本日晩餐を一緒にいかがかしら」

「え」

急なお誘いにルカは心が揺れるのを感じた。決してエイプリルにときめいたわけではない。食事であればこの仮面の下が見られるという単純な好奇心に駆られたからだ。

「エーデルリンク校長と」

「あ……ああ、校長とですか」

なんだ、エイプリルとではないのか。であれば用はない。バルバラの作った料理にリヒトと舌鼓を打つのと、権力者とのかしこまった晩餐では天秤にかけるまでもない。

「もちろんリヒトも招きますよ」エイプリルはルカの断りそうな雰囲気を嗅ぎつけたのか即座に付け加えた。ルカは内心なぜバレたんだろうと疑問に思う。

「兄さん、行ってみようよ」

「よし行こう」

リヒトが行きたいのであればそれがルカの最優先である。バルバラの美味しい料理はまた明日だ。エイプリルはルカの変わり身の早さに複雑な顔をしていたが、それは仮面のおかげで隠されていた。

「……では校長に伝えておきましょう。服装はいまのままで構いません。五の鐘のころ迎えを遣ります」

「わかりました」

ルカとリヒトは頷き、呼び止められたのはこの約束を取りつけるためだったのかと思ったが、エイプリルは椅子にゆったりと腰を落ち着けたまま動こうとしなかった。いつのまに出したのか、彼女は手のひらのなかで濃いピンクの石を転がした。

「〈無駄話石《エンプティ・トーカー》〉。私たちが秘密のお話をしても、このテーブルから数歩離れれば明日の天気の話をしているように聞こえてしまいます。お聞きになりたいことがあればここでお答えしますよ」

「え……」

「その石、今度ちゃんと見せてください」エイプリルの突然の発言にルカがどう応えるべきか戸惑っていると、リヒトはまず魔術具に食いついた。

「これは難し……いえ、余計でしたね。このお話が終わったら貸しましょう」

エイプリルは仮面の上からこめかみに指先を当て、揉みながら了承した。

「やった！　じゃあ僕から質問があります。ヒュドラを倒したときの状況を先生たちや護衛の人たちから聞きましたよね」

リヒトは自分の要求を通すだけ通したら途端に切り出した。〈無駄話石〉を使ったことで、相手の本題がこの話だとわかったからだ。

「ええ」エイプリルが居住まいを正して答える。

「エイプリル先生はそれを聞いてどう感じたんですか」

「……私個人の感想を聞きたいのですか」

「魔術学校としての対応はエーデルリンク先生に直接聞きます」

「あなたたちを味方にしたいと思った」

勝ち気に言ったリヒトに対し、エイプリルはルカが意外に思うほど率直に言った。

「あとで校長に確認するぶんには構わないけれど、魔術学校としてもそれは同じ。そして私たちは恩を仇《あだ》で返すような恥知らずではないつもりよ」

仮面の分厚いレンズに透かした意志の強い目が、リヒトから真っ直ぐにルカに向けられた。

「味方って、僕は魔術学校預かりで卒業後もたぶんここでしょう？　とすると兄さんを取り込みたいってことですよね」

「そうですが、リヒトも同じですよ。王都で官僚になる道もありますし、あなたにそうすべく立ち回られたら私たちはかなり苦労することになります」

苦労はするが阻止できないとは言っていない。リヒトはおもしろくなかったのか少し口を尖らせた。

「問題はルカさんです。私たちはおそらくあなたに敵《かな》わない」

「……」

それは買い被りすぎではなかろうか。エルダーの森から帰るときに見た魔術師団はなかなかの軍事力を保持しているはずだ。想像もつかないほど強力な魔術具も持っていることだろう。

「なにで競うかにも依るかと思いますが」

「そうですね。でも私たちはそう判断したのです」

「……」

「人の心を捨てて、あらゆる手段を用いて、辛勝。そんな話をしているのではないの。人道的でない手段を用いれば、必ず自身の母体の求心力が弱まるものよ。だからまともな手段を用いた場合、まず我々はあなたに勝てない。それにまともでない手段を用いたとしても、あなたは我々から逃げおおせることができる。リヒトも連れてね。そう考えています」

なんだかなにを言っても言い負かされそうな気がしたので、ルカは反論を諦めた。

「ルカさんの能力について、私たちが無理に暴き立てることはありません」

エイプリルは毅然として言った。「たしかに私含む魔術学校の幹部たちは、あの場に居合わせた者たちから『異常なことが起きた』と聞いています。ルカさんの〈恩恵〉についていくつかの推測が出たのも事実です。ですが詳細をこちらから追及することはないとお約束します。あの場にいた教師たちはもちろん、護衛も全員魔術学校所属の研究員たちです。あなたへの恩義があり、あなたの情報を漏らすことはありません」

「それを信じろって言うんですか」リヒトが問いかける。これは本気で疑っているわけではなく、続きを促す合いの手のようなものだ。

「話してもらえるならありがたいというのは否定しません。ですがこちらの好奇心を満たすためだけに、ルカさんへの心証を悪くするのは意味がないんです」

もともと能力が知られるのはやむを得ないとあの戦いの場で腹を括っていたので、魔術学校側から口を噤むと提案されたのは僥倖《ぎょうこう》でしかない。ルカたちの表情から警戒が薄れたのがわかったのか、エイプリルは続けた。

「ただ我々と共有する利点はあるかと思います。我々が協力すればルカさんの〈恩恵〉をより有効に行使する手助けもできるでしょう。たとえばルカさんが我々の提供する魔術具の助けを借りればもっと……」

リヒトの視線が少し下がったのを見て、ルカはエイプリルの話を途中で遮った。

「たしかに魅力的なお話ですが、私の弟が誰か忘れていませんか」

いまのエイプリルの〝我々〟にはリヒトは入っていなかった。リヒトを飛び越えてそんな話をされても、ルカが首を縦に振るはずがない。財力や待遇の問題ではないのだ。

「……そうでしたね」エイプリルはあっさりと引き下がった。

「ところでいまのお話だと、魔術学校はどこかと戦っているのですか」

べつにリヒトが国の官僚になろうと、魔術学校に不利に働くとは思えない。

「魔術学校はエルダーの森含め、豊かな領地を持っています。門の向こうには生息していない魔獣や薬草も、喉から手が出るほど欲しいという者は少なくありません。そして三権というのは互いに協力関係を保つと表向き言っていますが、実にやっかいな面があるんです。王家はこちらに少しでもほころびがあれば、魔術学校を手にしようとするでしょう。教会も似たようなものです。年に一度、入学式の日に教皇御一行をお招きしますが、我々がにこやかに出迎えている裏で魔術師団は厳戒態勢なんですよ」

「なるほど」

「でもたとえそのような理由がなくとも、極めて優秀な者は手元に置いておきたい。そういうものではありませんか？」

エイプリルはルカが口に出さなかった発言の意図を正確に捉えていた。小首を傾げて問われ、ルカも同意せざるを得なかった。

「わかりました。先ほどのあなたの提案は少し考える時間をください。ただ私はリヒトの味方なので、リヒトがここにいたいと思い続けられるようにしていただきたい」

「……尽力しましょう」

三者視線を交わし合い、この話はこれで終わりとばかり頷いた。


「ほかにはないですか」

大きな話題が一段落したためか、エイプリルは心なし力を抜いて尋ねた。ルカは特になかったので肩をすくめると、「あ、じゃあもうひとつ」とリヒトが手を挙げた。

「コクトー先生、今日久しぶりに見たらすごく顔色悪かったんですけど、なにかあったんですか」

今日顔色が悪かった教師といえば、ヒュドラとの戦いで風の魔術を使っていた彼である。

ルカは挨拶をしたときの青く強張った顔を思い浮かべた。

「コクトーは本日の報告会を最後にしばらく休職します」

「え！」リヒトは驚いて立ち上がりかけたが、すぐに続きを聞こうと座りなおした。

「そういえばリヒトは彼の研究に興味を持っていましたね」

「はい……」

「彼はスカーレットとプルメリアを見捨てる決断をしたでしょう。それで自責の念に耐えられなくなったのです」

「いや、あれはまだ毒のことにも気づいてなくて、どうしようもなかったから……！」

　自分も死ぬ覚悟をしていたのに、リヒトの目がそう言っていた。

「もちろんわかっています」

「じゃあなんで」

　リヒトは興奮して言葉遣いが乱れていたが、エイプリルがそれを気にする素振りはなかった。

「彼と少し話をしたのですが、彼はもし他人の身に同じことが起きたとして、『自分を責める必要はない』と慰めると言いました。つまり頭ではわかっているのです。しかし頭でわかっていることに心が追いつくことが、すぐにはできない場合もあるのです」

「そんな……」

「スカーレットもプルメリアも、誰も死なずにすみました。でも結果が良かったからといって、思い悩むことがなくなるわけではないのです」

「……」

　納得のいかない顔で俯いているリヒトに、エイプリルは続けて別の話をした。

「実は頑《かたく》なに口を噤んでいたプルメリアは、伝書鳥とヨルムンガンドの血という動かぬ証拠を突きつけられてもなお、意地を張って黙りこんでいたのです」

「え……？」

急に話題が飛んだのでリヒトは反射的に顔を上げた。

「でもコクトーのことを話したら、しばらく固まったあと力なく座り込んで、涙をこぼして本当のことを話してくれました。私たちが彼女の教師を続けたい、続けられると思ったのは、そのことがあったからです。最終的にエーデルリンク校長に彼女の更生の機会を訴えたのはコクトー自身ですけどね。……彼は強い人です。きっと戻ってきますよ」

エイプリルの言葉にルカは頷いて応えたが、リヒトは真偽を見定めるようにエイプリルの目をじっと見つめるだけに留まった。

「そうだわ。私からもよいですか」エイプリルは嘴をリヒトに向けて尋ねた。

「はい」

「ジェットは元気ですか。担任のムスタフェから聞くぶんには変わった様子はないそうですが、友達同士だと気づくこともあるのでは？」

ジェットにはとくに責任もないのだが、聴き取りの段階で自分がつくった伝書鳥《メールバード》が関わっていると悟られた。そのため、薬の正体はぼかしつつもプルメリアがどう利用したのかは伝えられていたという。リヒトは相手がエイプリルでも遠慮なく「なんだそんなことか」といった顔をした。

「いや、あいつは元気ですよ。心配するだけ無駄です。今朝も伝書鳥をいじってましたよ。それでシルジュブレッタ先生に『全部見せてみたまえ』って追いかけられてました」

ルカはその様子を見ていなかったが手に取るように容易に想像できた。シルジュブレッタは改造伝書鳥に生徒がどう挑戦したのか気になって、朝からクプレッスス寮に押しかけていたに違いない。そしてそれをマロルネも止めないに決まっているのだ。なぜなら自分も見たいから。

「ああ、あれは一年生にしてはなかなか良い研究ですものね」

エイプリルが仮面のなかでふふ、と笑う。その声は、それまでよりほのかに優しげに響いたのだった。

I

tensai majutsushi wo
otouto ni motsu to jinsei wa
kounaru

書き下ろし

魔術学校にて

tensai majutsushi wo
otouto ni motsu
to jinsei wa kounaru

入学式が終わり、新入生は各クラスの教室に移動しはじめた。式中は静かにしていた生徒たちに徐々にざわめきが戻ってくる。最初は貴族クラスの移動のため、平民クラスはしばし手持ち無沙汰に待つことになった。リヒトはいままで動きやすい服ばかりだったので、学校指定のローブがバサバサする感じがして落ち着けないでいた。大講堂を見回し、後ろの出入口から出ていこうとしているルカを目ざとく見つけたが、さすがにいまは駆け寄ることは叶わない。ルカを見送ったあとしばらく名残惜しげな視線を出入口に投げ、やがて諦めてそこかしこに描かれている魔法陣を観察しはじめた。

「なあ、お前、従者つきの奴だろ」

予習の甲斐あってか魔法陣はところどころ読める部分もあった。

(あそこは火の魔法からの防御だな。あそこは風か……)

いきなりまっさらな紙に書いてみろと言われたらまだ難しいが、こうやってお手本があるとよくわかる。

「おいって！　無視すんなよ」

リヒトはぐん、とすぐ後ろの列から肩を引かれてよろめいた。

「え、なに？　僕？」

「そうだよ、従者つき」

そう呼びかけた男子生徒の目は挑戦的で、それでいてどことなく愉《たの》し気でもあった。リヒトが訂正して名乗るのを待っているようだが、なんとなく思い通りの反応をしてやる気が起きなくて別の話題にした。

「悪かったね、僕だとは思わなくて。あそこの火魔法からの防御の魔法陣を見てたんだ。タイプの違うのが二重に張ってあって時間差で発動して精度を上げてあるんだけど、共通部分を二つの術式が共有して参照できるよう切り出してある。だからベタ書きするよりシンプルになってて構造が綺麗だ。それが模様としての美しさにも反映されている。思うに魔法陣は数式に似ているよね。正しいものは必然的に美しくなるみたいだ」

「……」

生徒は若干怯《ひる》んだ顔をした。これによりリヒトは強めの力で引かれたことへの溜飲を下げた。リヒトは口の端を上げて生徒に正対した。彼はリヒトと同じ黒髪を少しのばして後ろでひとつに束ねており、勝ち気なつり目があどけなさを残す顔に不思議と似合っていた。

「へえ、もう全部読めるんだ。すごいねぇ」

今度は横から声がかかる。見ると榛《はしばみ》色の猫毛を好き放題に撥《は》ねさせた、いかにも暢気《のんき》そうな奴が立っていた。入学式だから整える、という考えはないらしい。服は成長を見越して大きめを用意したのだろう。袖が余っているが、折ってはおらず指までかかっていた。

「僕はジェット。よろしく」

猫毛の生徒はリヒトに率直に名乗って手を差し出した。リヒトも「僕はリヒト。よろしく」と手を握り返した。「全部ってわけじゃないよ。ところどころ……」

「お、おい。俺はフッタールだ！」

リヒトがジェットと会話を始めそうになったので、フッタールも焦って自己紹介に入ってきた。仲良くなるアプローチが苦手な奴はスカーレットで経験済みだ。リヒトは初対面だしこの辺で勘弁してやるかと手を差し出しながら、内心で二人に暢気と勝ち気というあだ名をつけた。

「従者ってお兄さんなんでしょ？」

ジェットが先ほどまでの会話を聞いていたらしく問いかけてきた。

「うん。知ってるんだ？」

「結構噂になってたよ」

「平民で従者申請してるのもめずらしいし、王都で聞いてた白い狩人だしな」

「ふうん」

気のない素振りで応えるが、リヒトは少し落ち着きをなくす。ルカが目立つのは想定の範囲内ではあるが、その噂を知らなかったからだ。一心不乱に予習と実験に時間を注ぎこみすぎたのかもしれない。

（やっぱり少しは社交をしないとな。兄さんも心配するし……）

「白い狩人ってハンター以外にも有名なものなの？」

リヒトはなんでもないふうを装って聞いてみた。

「みんながみんな知ってるわけじゃないけど、王都観光してたら食堂の雑談とかでちらっとは聞くんじゃないかな」ジェットが思い出すように上を見ながら答えた。

「ハンターズギルドに登録したあとで、一回わっと噂になったけど、『こんな奴がいたぞ』って耳にした程度だな。そもそも見た目と、弓の使い手って以外に情報もないし」

フッタールが自分なりの情報をつけ加える。

「たくさんある雑多な噂のうちのひとつってくらいだよ」

「なるほど」

二人はあえてルカの見た目に深く踏み込まない話し方をしているようで、ポルカ村とは違う教育を受けてきたとわかる。魔法陣の読み方をああだこうだと話しはじめた二人をリヒトは同じように魔法陣を見上げるふりをしながら観察した。


貴族の移動が終わってクプレッススの番になった。身分の上の人たちがあらかたいなくなったので、先ほどまでより一層気が緩んだ。列も乱れ、リヒトはジェットとフッタールとともに連れだって歩いた。

　東の大講堂を出ると中庭とは名ばかりの林が正面に見える。なかの小道を通るとすぐ事務棟と中央学舎を結ぶ一番広い石畳の道につきあたる。この広い道をはさんだ反対側の林を抜けると、リヒトの通いなれた図書館につながる木のトンネルが見えてくるのである。いまはおあずけだ。


「リヒトは、貴族たちの寮は見たか？」

「ああ、遠目にね」

「なんだよそれ」

「だってべつに興味ないし。貴族の寮になにかあるの？」

「俺らの木造の寮と違って、石造りのお屋敷みたいだったろ？　入学前の暇な平民がわらわら見学に行くから注意されたんだよ」フッタールが口を尖らせて言った。

　これから行く中央学舎はまんなかに吹き抜けのホールを構え、東翼と西翼に分かれている。東翼側は貴族学舎であり、平民は西翼だ。入学式が終わるまではこの学舎には入れなかったので、これはマロルネ情報だ。

　貴族寮も学校の東側に寄っていて、リヒトの活動範囲であるクプレッスス寮、図書館、シルジュブレッタの研究室がある研究棟は学校の西側に寄っているため、貴族寮に近づく理由がなかった。

「リヒトは学校探検しなかったの？」ジェットが意外なように聞いた。

「ちょっとはしたよ。でもほとんど寮と図書館を往復してただけ。シルジュブレッタ先生のところも近いし」

「そっかぁ」

「二人はしたの？　探検」

ジェットとフッタールを顔を見合わせたあとリヒトに食ってかかった。

「当たり前だろ！　すっげぇんだぞ、ここ！」

「てゆうか来たらひと月は歩き回るよ。僕なんて魔術師団本部を取り囲んでるまやかしの森で遭難したんだからね！」

ジェットはなにをやっているのだ。

「俺は運動場や西の演習場を見に行ったな。魔術師団の若手の団員が走り込みしてるの見つけてからは、ときどき交ぜてもらってた」

（魔術師団って走り込みするんだ……）

イメージと違う。

「まやかしの森って、西のはじっこの、なんかもっさりしたとこだよね」

「そうそう」

リヒトは初日、クプレッスス寮に行くのに敷地を外から回ったほうが早いのではと考えたのだが、あの森があるから中を通ったほうが早いのだとあとからわかった。森とは呼ばれているものの、あくまで魔術学校の敷地内なのでエルダーの森に比べれば豆粒のようなものである。しかしそのなかには魔術師団本部があり、あそこがここの中枢であるのは間違いないので興味がないと言えば嘘になる。リヒトはお互いの冒険譚（？）を得意気に話すジェットとフッタールを見ながら、勉強とルカの能力の検証に探検まで加えれば、時間がまったく足りなくなると溜息を落とすのだった。

「探検してないのもめずらしいけど、シルジュブレッタ？　先生のところに入学前に行けるのもすごいよね。どうやったの？　僕、研究棟に忍び込んで手近な部屋に入ろうとしたら防御魔法にぶっ飛ばされたんだけど」

だからジェットはなにをやっているのだ。

リヒトは研究室を訪ねることになった経緯を話した。二人は揃って驚嘆の声を上げた。

「あー……事務棟に仲介を頼めばよかったのかぁ」

「だからお前そんなに勉強進んでんのかよ」

二人が兄の存在をしきりにうらやんでいるため、リヒトは気分が良くなった。リヒトもあんなに兄の押しが強いとは思っていなかったので、あの時は驚いた。いまではリヒトも負けておらず、かつて自分がなんであんなにもじもじしていたのかと自嘲するほどである。

「ねえ、リヒト。僕にも勉強教えてくれない？」

「ああ、俺も頼む」

「え、僕忙しいんだけど」

リヒトはジェットとフッタールの要望をすげなく蹴った。

「普通そこで断るかよ。親睦を深める大チャンスだろうが」

「あはは」

そこで断るのだ。リヒトは忙しいのである。ルカの能力のさらなる分析がしたいのに、それをするに己《おの》が知識の未達が足枷になっている。それを毎日毎刻口惜しく思っているのだから。

ルカがいろいろやらかしてしまう前にルカを守る術を身につけなければならない。

そして叶うならばずっと自分のそばにいてもらえるように。

（あの能力《ちから》は異常だ）

リヒトはルカが鮎を土産に帰ってきた日のことを思い返した。


リヒトはあの日までルカの〈恩恵〉を、ずっと射撃に関するものだと考えていた。ルカの正確な射撃を鑑みれば、それが一番自然だからだ。

もちろん変だと思ったことは何度かある。ひとつはホホグロジカを仕留めたときだ。リヒトが見せてもらった時にはすでに解体されていたが、持って帰ってきた肉の量が多すぎる。一人で運べたはずがない。村では自分以外にそのことを気にかける者はいなかった。ヴォルフが迎えに行って手伝ったと聞いてはいたが、あれは単独ハントとしてヴォルフがルカを一人前と認めた狩りなのだ。実際に狩りをしていた場所までヴォルフが行ったとは思わないし、だとするとヴォルフと合流した地点まではルカ一人で持ってきたことになる。リヒトは当時、一応可能性を潰すためヴォルフに聞いたのだ。

「兄さんが狩りをしていた場所まで迎えに行ったの？」と。

ヴォルフはリヒトがなにを知りたいのか、おそらくわかっていた。わかっていたうえで

「うん？　さあてな。それにしてもあの歳で、ホホグロジカを本当に狩るとはなぁ」

とすっとぼけたのだ。ヴォルフは教えてくれることはいつも直截《ちょくせつ》簡明に教えてくれる。だから一度すっとぼけたということは、ぜったいに教えてもらえないということだ。ヴォルフの口の堅さや察しの良さにリヒト自身救われているだけに、ごねるわけにもいかなかった。

そしてルカ自身にはというと、家族に〈移動〉と申告した以上、それで通すつもりのはずだと思ったので聞けなかった。聞けば困らせてしまうかもしれない。それはリヒトの望むところではないのだ。だからリヒトは、ルカのやっているはずの「なにかふしぎなこ

と」は、気になることではあれ、暴くことではないと自分に言い聞かせた。〈恩恵〉が〈一撃必中〉に近いものであり、それになにか付加要素があるのではないだろうか、という甘い予測を立てるに留まっていたのである。

リヒトの検査の日も「なにかふしぎなこと」は起こった。耳打牛《ソニックウェイブバイソン》を打ち取ったのはルカだ。王都へ来るときの馬車で、ルカはうっかり魔獣を知っているかのような口振りをした。でもそれがなくても、リヒトは触れ書きに書かれた弓使いの青年の特徴がルカから外れていないことが気になっていたのである。しかしあれを倒したのがルカだとすると、自分に花壇で待つように言って町の北門に向かい、耳打牛を倒して兵士を振り切って自分たちのところに戻ってきたことになる。そして入学手続き直前の買い物中にルカの隙をみて町の人に礼拝所から北門までの距離を確認したところ、その時間は短すぎたのだった。

極めつけは当然、鋼羆《スチールコートグリズリー》だ。リヒトが死んだ鋼羆の眼窩に突き刺さる折れた矢を見て、ルカに結びつけないのは無理があった。ルカは騎士たちやスカーレットに対し知らんふりを決めこんでいるし、リヒトとしてもこんな初対面の者どもに自分さえ知らないルカの秘密をやすやすと暴かれてはたまらない。とくに騎士などに目をつけられた暁には、せっかくルカと魔術学校での生活が始まるというところで王国軍に掠《かす》め取られる危険性まである。とんでもないことである。

ルカがなにをしているのかという疑問は折に触れリヒトの頭を思考の渦に巻きこんでい

たものの、明確な答えが出せることはなかった。リヒト自身、魔術学校に着いてからは勉強に必死だったし、ルカのおかげで道が開けた魔術具制作に没頭したからだ。そんなときに、打ち明けられたのだ――〈相互移動〉を。

ルカの〈恩恵〉に射撃に関することが微塵も入っていなかったのはリヒトを呆然とさせた。あれが天性のものならば、ルカは〈恩恵〉を二つ持っているに等しいとさえ思った。

だが

（いや、あれは兄さんの努力と、ヴォルフという師匠がいたからだ）

ルカの努力をなしにしてしまうのは違うとすぐに考え直した。小さいときからヴォルフのような優秀な狩人に一対一で教えを受けたのもそうだ。努力と幸運がルカの実力を高めた。リヒトは二人をいつも尊敬していたが、その思いがさらに深まった気がした。

それはそれとして〈相互移動〉だ。なんだあれは。聞いたことがない。〈相互移動〉はどう考えても異常だった。いや、この目で見せてもらえたのだからなにも否定することはできない。あれが〈魔法使い〉認定されず〈移動〉で処理されてしまうことから考えて、教会の魔法使い集団にもあんなことができる奴などいないはずだ。王国軍も然《しか》りだ。前例が発見されていれば、〈移動〉と表示された時点で奨学生に認定されたに違いない。

その日リヒトは興奮でなかなか寝つけなかった。布団を頭から被り思考を巡らせる。

――まずなにより優先すべきは、兄さんの身を守るための備えだ。僕にできることとなると、それは当然魔術具になる。これは自分で用意しないといけない。必要なのは既製品の単純な護身用魔術具じゃないんだ。それもあるに越したことはないだろうけど、王国軍や教会に本気で狙われてどれほど役に立つというのかといったら、ガラクタみたいなものだろうな。それに大きな作用のある既製品の魔術具を買えば、それがなぜ必要なのか確認される。成人しないと買えないものも多い。そもそも買うお金もないし。だから基本的には自分で作れなきゃいけない。魔力をうまく扱えない兄さんが使えるようにカスタマイズもしなきゃいけないし。じゃあ具体的にはどんな魔術具があれば兄さんの身を守ることにつながるんだ？　そもそも見つからないことが肝要なんだ。だけど魔術具の力だけで完全に見つからないとなると、なかなか見当がつかないな。周囲に人がいても目撃されないという方向で考えると、たとえば透明になれるとか、ヨルムンガンドみたいに擬態できるとかの魔法使いがいれば、それを僕が解析して魔術具化すればいい。でもそんな大層な知り合いはいないから現実的じゃない。じゃあ目撃されないために人が周りにいないか確認するという方向で考えるほうが実現可能性が高い。兄さんは狩人として気配に敏感なところがあるから、本人が注意できる範囲ならいい。でも人間の感覚には限界があるからな。なにか生き物の動きや魔法・魔術の行使を感知して知らせてくれるようなものも必要かもしれない。そしてそこまでやっても、たまたま目撃されることはあり得る。可能性をゼロにすることはどんなにがんばってもできない。だから二段構えで目撃されてしまった場合を考えてみよう。そのときに大切なのは、目撃者が対象を兄さんだと認識しないことだ。兄さんは目立つ。本人の意思とは関係なしに、目撃した時点で記憶に兄さんの圧倒的な見た目の特徴が刻まれることになる。そうなってくると、最初から兄さんっぽくないことが望まれる。兄さんっぽくないとはつまり、白くないってことだ。……あいつ。あいつを利用できないかな。

そうやってできたのが〈変装石〉だった。あれはなかなかの自信作だ。使うときは服も一式着替えてもらえば、さらによい。部屋で一通り変身したルカを見せてもらったものの、まだ本格的に使えていなくて残念である。〈変装石〉ができたので、保留になっていた〈相互移動〉の実験にも手が回るというものだ。積み残し課題はいくつもある。それを解決するための知見に富んだ研究者は、この学校であれば幾人もいるだろう。だがリヒトはルカの研究を誰にも譲るつもりがない。だから自力でこなしていくためにも、いまは必死で勉強しなければならないのだ。

「……ってことで、いいかな？　リヒト」

「…………ん？」

「ん？　って。聞いてなかったのかよ！」

「だからさ、勉強。授業の合間だけでも教えてって。僕らも質問はできるだけまとめてくるようにするから」

「あ？　ああ、まあ、そのくらいなら」

話をまったく聞いていなかった気まずさと、社交を少しはするべきだと考えたばかりだったことからリヒトは了承した。

(たいした負担にもならなそうだしな)

リヒトはジェットのぴよぴよと撥ねた髪を見ながら失礼な判断を下した。

「んで、僕らは見返りに学校で発見したことを教えてあげる。都度思いついたらって感じだけど」

「ああ、助かる」

勉強を教え合ったり、学校の情報を交換したり、つまりはただの学友なわけだが、実にまわりくどいアプローチをしなければリヒトは口説けないとジェットとフッタールはこのとき的確に把握した。そして同時におもしろい奴だとも思ったのである。

◇　◇　◇

中央学舎の広く開け放たれた正面玄関から入ると、目の前にはグリフォンの背に乗った男の像が姿を現し、それを取り囲むようにしかつめらしい顔をした老人の肖像画が何枚も飾ってあった。引率のムスタフェによると像の男は魔術学校の創設者で、周りの肖像画は歴代校長のものだという。ところどころ設置された燭台《しょくだい》には、いたずら好きの妖精《パック》の像が松明《たいまつ》を持って腰掛けたり、寝転んだりしていた。なかには器用に壁の装飾を伝い、手に持った松明で何代か前の校長を炙《あぶ》っている者もいる。肖像画もパックも松明もすべて魔術具だ。そして優雅な曲線を描く階段が東翼と西翼の上階に、左右対称に伸びており、ムスタフェが言い慣れた台詞とばかり簡潔に説明しながら西翼側を昇っていく。生徒たちの感動や驚嘆は置いてけぼりの様相だ。リヒトは目の高さが近くなった創設者の像にぎろりと睨まれたじろぎつつ、これからはいつでも観察できると自分に言い聞かせ、みなと一緒に教室へ向かった。


教室に入ると席は自由だったので、リヒトはジェットとフッタールに促されるまま比較的後ろのほうに座った。

「みんな、まずは入学式おつかれさまだったな」

式中に担任として紹介されたムスタフェは改めて名乗った。良い体格に猛禽《もうきん》類を思わせる顔立ちをしている。

今日は午前中はホームルーム、昼は小講堂で昼餐（今日だけ特別に学校側がもてなしてくれるという）、午後はクラスごとに校内の施設案内と各教科の紹介といった流れになっていた。

教室の前面には黒っぽい大きな石板があり、ムスタフェが杖を振るうと文字が描かれていく。石板と蝋石《ろうせき》でできることをあえて魔術具でやっているというわけだ。蝋石の粉は落ちないし消すのも専用の杖を振れば一瞬なので、便利と言えば便利である。

ムスタフェが書いていったのは魔術学校におけるカリキュラムだった。

科目は大きく座学と実技に分かれている。

座学
・魔術基礎理論（前期）
・術式解析基礎（後期）
・自然学（地学、植物、動物、魔獣など、薬草以外全般）
・薬草学
・魔法分類学
・魔術具史

・社会（国の歴史、政治経済、魔術使いの社会での役割）

実技
・魔力コントロール
・魔術具操作
・魔術具作成（後期）
・体育
・礼儀作法

補講
・読み、書き、計算

部活動
放課後に同好の士が集まり、その活動分野における知見や能力の向上、そのほか有意義な時間を過ごすことを目的とした活動。運動や芸術活動が多い。自由参加。

一年間は冬休みを挟んで前期と後期に分かれる。座学・実技ともに期末考査があり、座学の必須科目は基本的に三年終了時までに単位を修得しなければならない。

二年生からは魔法陣基礎と魔法陣作成が加わり、三年生からはもっと多岐にわたって選択科目を取ることができる。なかでも絨毯操縦の実技は選択とは名ばかりでほぼ全員が取る人気科目だ。貴族と違い個人での所有はできなくても、魔術師団に入れば運転できないと話にならないし、国の官吏も国有絨毯の運転を求められることがあるからだ。

そして四年生以降は自分の専門や進路を定めて研究室に入り、卒業課題に向けて各々で研究する、といった具合になる。

リヒトは石板に書かれた一年生の科目名を目で追いながら、今日考査を受けても全部受かりそうだと溜息をついた。

◇◇◇

「さて、そんなわけでみんなの生活にも密接に関係している魔術具だが、これは二種類に大別されている。さて、なにとなにかな？　えー……フッタール」

「はい。一般魔術具と特定魔術具です」

魔術基礎理論を受け持つ担任のムスタフェに当てられて、フッタールが教科書を見ずに答えた。いま開いているところを二ページほどめくれば答えは載っているが、入学式の日にリヒトから教科書のはじめから三分の一ほどを示され、「ここまでは超基本だから三日で叩き込め」と雑な助言を受けて必死で覚えたのが功を奏した。

「うん、そうだな。ではその違いは？　えー……クローディア」

「え、えっと……わかりません……」

　クローディアは焦ってぱらぱらと教科書をめくったのだが、めくりすぎて通り過ぎてしまったようだ。

「では……ジェットはどうかな？」

「はぁい。えーと、特定魔術具が、キーになる材料がないと作れない魔術具で、一般魔術具は、だいたいなんとかなるやつです」

　ジェットの適当な回答に教室がどっと沸く。

「うん、まあ、……実際そうだな」

　ムスタフェが苦笑しながら、みなのざわめきを手で制した。「もうちょっと教科書的な説明を見てみようか。二十六ページをひらいて」


　入学してから早くも十日が過ぎていた。しばらくは新しい友達づくりや部活動の見学などに勤しんでいた新入生たちも、ようやく落ち着いてきた頃合いだ。リヒトは初日の宣言通り、講義と講義の合間にだけジェットとフッタールに勉強を教えた。ごく短時間で二人の進度を把握してポイントを押さえた課題を出し、質問への解答も教科書の文章よりわかりやすい説明をする。ジェットとフッタールはリヒトとの圧倒的な差を思い知らされていたのだった。

ひと月したら実力考査という、期末考査とは別のテストがある。生徒たちの学力差や予習進度を教員側が把握するためのものだ。いまでも読み書き計算があやしいものは補講を受けているのだが、この実力考査で点数が基準より下だと各科目ごとに臨時課題を出されてしまう。それは当然放課後にこなさなければならないわけで、生徒たちは仮入部していた部活に臨時課題で参加できないとあっては楽しみが減ってしまうため、戦々恐々としていた。

「リヒトは結局部活には入らないの？」

ジェットが休み時間に話しかけた。勉強の質問でないということは、昨日の課題はオールクリアだったようだ。

「うん」

「お前、見学にすら行ってないだろ」フッタールが交じってくる。

「だって、最初から入らないと決めてるものに見学に行ったって、時間の無駄だろ」

「でたよ。超合理主義」フッタールが頭でも痛そうに額を手で押さえた。

「フッタールは剣術部にするんだっけ？」

「うーん、悩んでるんだよな。陸上にも仮入部してるんだ」

フッタールは体を動かすことが好きだと、この十日でリヒトもジェットも把握していた。父親が王国軍にいて、本当は軍学校に行きたかったという。

「そういうジェットはどうするんだよ」

「僕も決めきれないんだよね。園芸部もへんな薬草育てておもしろそうだったし、魔術学校不思議探求同好会もなかなか……」

「それはちょっと楽しそうだな」

「おお、リヒトが食いついた」

「おいどういうことだよ。筋肉にも興味持てよお前」

男子三人が揉み合う。

「でもまあリヒトは、シルジュブレッタ先生のところに行くのが研究系の部活みたいなものだよね」ジェットが言う。

「たしかになー……」

「あ！　兄さんだ！」

リヒトが会話をほっぽって窓ガラスに飛びつく。王都の森から帰ってきたところだろうか。事務棟を通り中央学舎の西側を通ってクプレッスス寮に行くので、運が良ければ教室から見えることがあるのだ。

「でたよ。兄ちゃん大好き野郎」

「僕らのときと顔つきも声も変わるもんね」

悪態はついているが、この変わり身にも二人は慣れたものである。リヒトはルカの弓の腕がいかに素晴らしいかを語るときが、どんな勉強の解説をしているときよりも饒舌《じょうぜつ》なのだ。二人はもうこちらの声が届いていないであろう級友の後ろ姿に、揃って肩をすくめたのだった。

◇◇◇

実力考査で文字通り実力を示したリヒトは、晴れて単位取得レベルに達しているとみなされ、それまでもサボりがちだった一年生の座学は修了とし、二年生の座学に交ざってよいことになった。なにせ貴族を全員押さえての一位だ。教師も文句のつけようがない。むしろどんどん勉強を進め、興味のある研究に没頭するべきなのだ。それを後押しするかのように魔術学校には飛び級制度があり、優秀な生徒が時間を無駄にしなくて済むようになっている。ただ二年生も試験にさえ通れば出席は必須ではないため、リヒトは今日も座学をほったらかしてシルジュブレッタのところへ向かっていた。

ジェットとフッタールの勉強を見るのは昼休憩に集中させることにした。彼らもなかなか優秀なようで、平民クラスでは二位と三位を取ったし、二人とも後期からやるはずの術式解析に手を出せるようになってきた。ただリヒトの目を離れたジェットが想定を上回る速さで応用できるようになっていたことには、のちのち驚かされることになるのだが、このときのリヒトには知る由もなかったのである。

リヒトは勢いをつけて階段を駆け上《のぼ》った。

「わ！」

上りきったところで人にぶつかりそうになって急ブレーキをかける。

「わ、わわ」

後ろによろけそうになると、ぐい、と腕を引かれて体勢をなんとか安定させられた。

「すみません」

リヒトが悪いので素直に謝ると、そこには黒髪が重たげに額にかかり、目の下に濃い隈《くま》をこしらえた長身の男が立っていた。黒のローブと相まって、物語に出てくる死の精霊を思わせる。

（怖）

これがコクトーとの最初の出会いであった。

「…………気をつけて」

低く、小さく、声というより虫の羽音のような感じで注意すると、コクトーはそそくさと階段を下りていった。

研究室に着いてすぐマロルネに話すと、「それはコクトーね」と教えてくれた。

「魔術学校の研究者はね、変わり者が多いの」いくらなんでもマロルネに言われては彼らも立つ瀬がないだろう。「担任は持ってないけど教師だから、中央学舎でも会えると思うわよ」

リヒトとしては助けてもらったことに感謝はしているが、特別会いたいわけではない。なんとなく先ほどあったこととして話しただけなのだ。しかしマロルネは彼について好意的にリヒトに教えた。

担当科目は自然学で、とくに鉱物と地質調査を専門としている。魔術使いにとって鉱物と地学は切っても切れない重要な研究対象だ。つまり多くの者が当然のごとく学んでおり、論文を書くにも対象になりやすい。そんななかでそれを専門として教鞭《きょうべん》を執れる立場にあるということだ。図抜けて優秀なのは間違いない。

「彼と話すといろいろおもしろいわよ」

「はあ」

「それに彼、いい人なの」

「そうなんですね」

シルジュブレッタ研究室にばかりいると忘れがちになってしまうが、シルジュブレッタとマロルネは特別いい人たちだ。

研究棟に出入りしていると様々な人とすれ違う。そのなかには入学前のリヒトをいかにも邪魔そうにしたり、品定めするような視線を投げてくる者が何人もいた。だから立場も知識も経験も、雲泥の差があるリヒトを同じ学問を志す者と扱って指導をいとわないシルジュブレッタたちは素直に尊敬できる人物だった。事務棟の男性職員が真っ先に紹介してくれたのも納得だ。

後ほど調べたらコクトーは後期からクプレッススの自然学を担当することになっていた。前期はロウラスとパルムで講義をしている。同じ科目でも前期と後期で担当教師が変わることは普通にある。できるだけいろいろな人から教えを乞えるように時間割が組まれていた。


意識していたら後日、廊下の奥からこちらに向かってくるコクトーを見つけた。今日も今日とて濃い隈を蓄えていたが、こういう人なんだと思ってからだったので初対面のときほど怖い感じはなかった。校舎の廊下という採光のよい場所で見たからかもしれない。研究棟は鬱蒼とした木々に囲まれていて日当たりがあまりよろしくないのである。

リヒトの先を歩いていた数人の女子のかたまりが、コクトーとすれ違った直後くすくすと笑い、声を潜めてなにやら話している。たしかに女子にからかわれそうな風貌の先生である。知らないが、気も弱そうな気がする。だが卒業後自分たちの上司になるかもしれない人に、そんな失礼な態度を取ってよいのだろうか。リヒトは礼儀や倫理観以前に、女子たちの貧々とした想像力を残念に思った。

目礼だけして通り過ぎるつもりだったのだが、マロルネの「話すとおもしろい」という言葉を思い出し話しかけることにした。

「あの、コクトー先生」

話しかけられると思っていなかったのだろう。わずかに肩を揺らしたあと立ち止まり、内心の不審を隠さない目を向けてくる。

「…………なにか？」

小さい声で、一言発するのにとても時間を要した。

「僕、ポルカ村のリヒトと言います。あ、クプレッススの一年です」

「…………クプレッススの講義は持っていない」

「後期からですよね。でも先生の専門、鉱物だって聞いて」

「…………そうか」

コクトーは、すぅ～……と息を吐いたのか吸ったのかよくわからない音をわずかに出すと、リヒトから目を逸らして行ってしまった。

（……え？）

いまリヒトとしては話しかけている最中で、確実に話を切り上げるタイミングではなかったはずなのだが、どういうことだろう。時間がなかったなど、なにか理由があって話せなかったか、あるいは話したくなかったのか。

(でも普通一言くらいなにか言ってから立ち去らない?)

リヒトはコクトーに対し変わり者という認識を深めた。


三度目に会ったのは研究棟のポーチ前だった。リヒトは今回は目礼に留《とど》めると決め、早足で通り過ぎようとした。すると
「ポルカ村か」

と聞こえた。幻聴だろうか。いや、たしかに聞こえた。無意識に立ち止まっていたリヒトがコクトーのほうを見ると、陰鬱な顔をこちらに向けて確かにリヒトに話しかけていた。まさか前回の会話の続きなのだろうか。リヒトはさすがに驚愕を隠せなかった。

(そんなテンポで会話する人、いる?)

「そうです。王都より、ずっと南の」戸惑いながらも返事をした。

「……………実力考査、学年一位おめでとう」

「あ、ありがとうございます」

リヒトは改めてコクトーに正対した。

「田舎の村からずいぶんと優秀な者が出たものだ。貴族クラス《ロウラス》の優等生たちが悔しがっていた」

田舎者とは言われたものの、コクトーの口調からはそれに対するからかいや侮りは感じられなかった。ただ事実確認をしただけ、といった様子だった。

「多少手を抜いたほうがいいですか？」

無駄な軋轢《あつれき》を生むなら考査の成績は単位を落とさない程度に抑えてもよい。リヒトとしては表面上の成績にこだわりなどなかった。ただ自分がやっている勉強や研究の邪魔はされたくない。それだけだ。

「……………そんな必要はない」

本当だろうか。とりあえずいまのところ貴族からの接触があったわけでもないので、リヒトは「そうですか」と答えておいた。

「前回我が魔術学校にポルカ村の出身者が入学したのは四十年前だ」

「…………はい？」

思わず聞き返してしまった。話しなれてきたせいか、コクトーの話しかたがだんだんと明瞭になってきている。

「ただし成績は君よりずっと劣っていたそうだがね。学生名簿を調べるのにずいぶんと時間を要した。卒業はぎりぎり。〈魔術使い〉としては心許なかったようだ。就職に困り当時の担当教授が官吏枠に押しこんだが、うだつが上がらず、地方の小さな町役場に出向。そこで結婚しいまも慎ましく暮らしている」

「はあ……」

いったいなんなんだ。そんなことどうでもいい。まさかリヒトの出身地を聞いてそんなことを調べているとは思わなかった。正直ちょっと引く。

「たしかに検査の日に僕が魔術使いだとわかって、村は大騒ぎでしたね」

リヒトはリヒトで嘘泣きで大騒ぎだったので、村の騒ぎようは落ち着いたあと父から聞いただけだ。しかし前回が四十年も前とはさすがに思わなかった。

「でも軍学校に行った人は僕の親世代に一人いたみたいですよ」

「そうか…………」

もう帰ってよいだろうか。こんな景気の悪い顔を見るより、もう狩りから戻っているであろう兄の綺麗な顔を見たい。

「あのー……」

つまんないから帰っていい？　を丁寧に言う場合の台詞を聡明と自負している頭から絞り出すべくがんばっていると、予想外の問題を提示された。

「貴族は毎世代、なにかしら貴重な〈恩恵〉を賜っている」

「……はあ」

「国の人口における平民の比率はおよそ九割八分。対して〈恩恵・魔術使い〉が認められ魔術学校に入学した生徒の比率は貴族と平民で一対二。これは魔法使いも軍学校も同じ傾向がある」

「……」

「平民の場合でも魔法使いや魔術使いは出身地がよく被る。私も同郷の者が、我が魔術学校・魔術師団の現職で数十人はいる」

リヒトは顔が引きつった。解放してもらえないからではない。いままでそれを考えたことがなかった自身を恥じたからだ。

「ポルカ村なんて辺鄙な村の出身は君ひとりだ。だが………………もう友人もできたようでよかったよ」

後半、明らかに話を変えた。コクトーは研究棟に入ろうと足を踏み出した。

「あ、あの！」リヒトが急いで呼び止める。「明日から……コクトー先生の研究室に行ってもいいですか」

コクトーは眉ひとつ動かさず、不景気な顔のまま言った。

「………………嫌だ」

そして彼は今度こそ足早に研究棟へと入っていってしまったのだった。

翌日、リヒトはマロルネに改めてコクトーのことを聞いた。

「あら、仲良しになったの？」

仲良くはない。コクトーがそんなに友好的ならばリヒトはいまコクトーの部屋にいる。

リヒトは昨夜コクトーのせいでほとんど眠れなかった。

――国の人口における平民の比率はおよそ九割八分。対して魔術学校に入学した生徒の比率は貴族と平民で一対二。

〈恩恵〉がランダムに与えられるものであれば、魔術学校の生徒の比率も二対九十八に近くなるはずである。でも実際は一対二。貴族が多すぎる。コクトーは貴族は毎世代、貴重な〈恩恵〉を賜っていると言っていた。平民よりも圧倒的に強力な〈恩恵〉を賜りやすいということだ。しかも平民であっても出身地が重なりやすいと。

ということは、貴重な〈恩恵〉を賜るにはなにかの条件、おそらく場所に関する条件があるはずで、ポルカ村なんて南の辺鄙な村で賜るのはおかしい。コクトーはそう言ったのだ。

（それで鎌をかけたのに僕が間抜け面してたから……）

見限られた。リヒトはそう判断した。こんなことは生まれて初めてだった。馬鹿だと思われたのだ。つらいのは、なによりもリヒト自身が自分を馬鹿だと思っていることである。

そしてこのつらさ以上にリヒトを悩ませることがあった。

（ポルカ村なんて辺鄙な村の出身は、僕ひとりじゃない）

　コクトーはリヒトが〈魔術使い〉であることしか知らない。だがもっととんでもない〈恩恵〉を授かった者がごく近くにいる。強力な〈恩恵〉などめったに出ない南の僻《へき》地《ち》で、血を分けた二人の兄弟が揃って強力な〈恩恵〉を得る――なぜそんなことが起きたのか。

「コクトー先生って鉱物とかのほかに、なにか別のこと研究してるんじゃないですか？」

「あらあら、やっぱり仲良くなったのね」

「……なれてません」

「コクトーのことはコクトーに聞くのが一番よ」

「……コクトー先生って、一度馬鹿だと思った奴とまた話してくれますか？」

　これにはさすがのマロルネも固まった。

「ちょっとなにそれ、冗談でしょ？　リヒトくん自分のこと言ってるの？　同級生に泣かれるわよ」

「でも……」

　マロルネは眉をつり上げた。

「それにコクトーはそんな人じゃないわ。そりゃあ、底抜けに明るい人ではないけど。でも生徒のことを馬鹿だなんて切り捨てたりする人じゃない」

「うう……」

「自分に厳しいのもいいけど、もっと平等な視点を持たないとね。……まあ、わかった。とりあえずコクトーのことは置いておきなさいな。リヒトくんはいま、もっと基本的なことを身につける段階よ。私が三日前に出した課題はまだクリアしていないわよね？」

痛いところをつかれたリヒトは顔をしかめた。

「やりかたの目途はついていますよ。取り掛かれてないだけです」

一応反論するが、そんなものが通用するはずもない。マロルネの言うとおりだ。目の前のことがこなせていないのに、一足飛びに首を突っ込めるようなことではなかった。マロルネが出している課題は三年生でも半分は解けないだろうという内容だが、彼女はそんなことはあえて言わず内心で舌を出していた。

そうしてマロルネと話しているうちに気を取り直したリヒトが自身を奮い立たせてコクトーにつきまとい、それを耳にしたエイプリルからまずは学校のカリキュラムをこなすようどやされたのは、また別の話である。

魔術学校地図

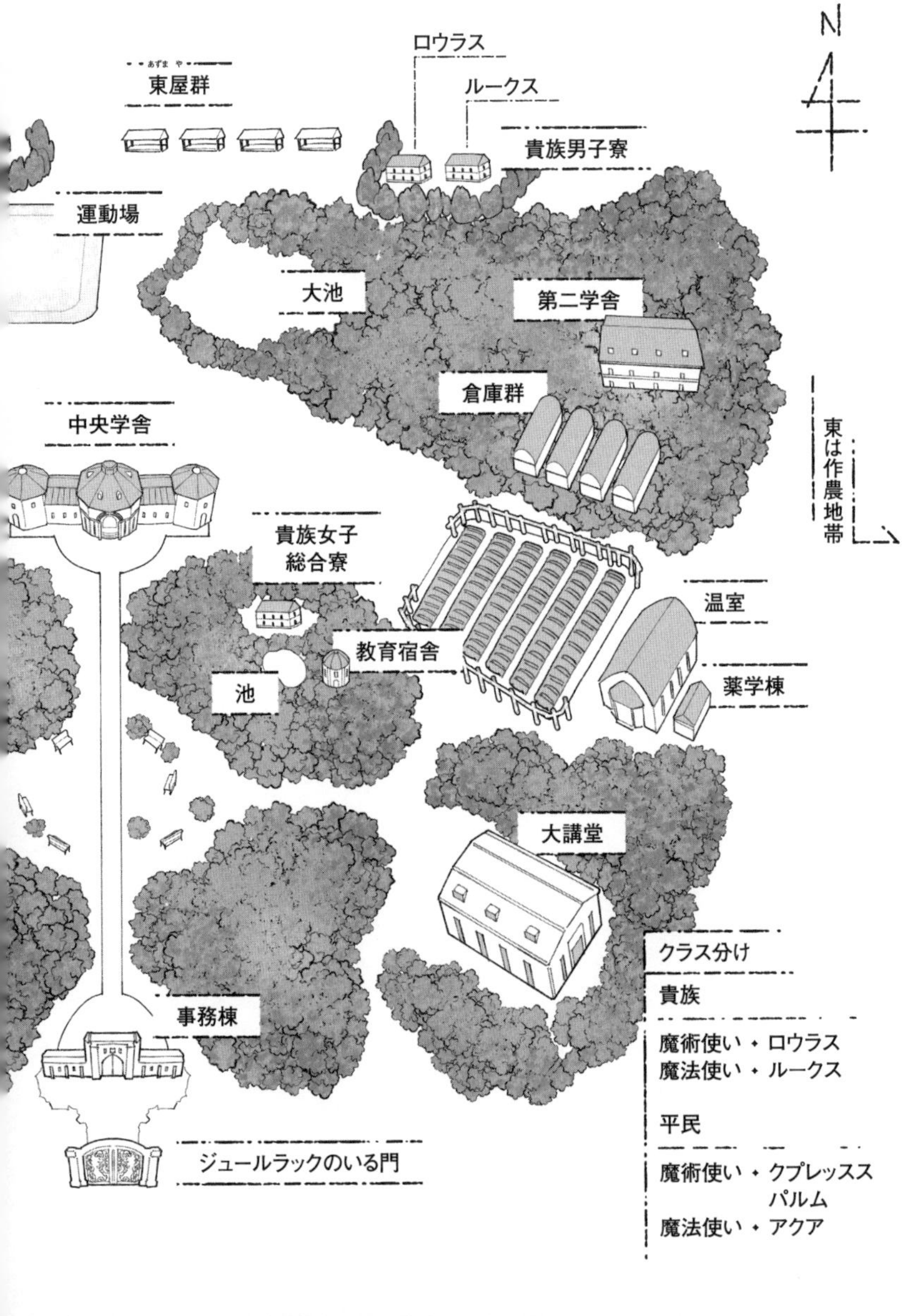
N
東《あずま》屋《や》群
ロウラス
ルークス
貴族男子寮
運動場
大池
第二学舎
倉庫群
東は作農地帯
中央学舎
貴族女子
総合寮
温室
教育宿舎
薬学棟
池
大講堂
事務棟
ジュールラックのいる門
クラス分け
貴族
魔術使い ◆ ロウラス
魔法使い ◆ ルークス
平民
魔術使い ◆ クプレッススパルム
魔法使い ◆ アクア

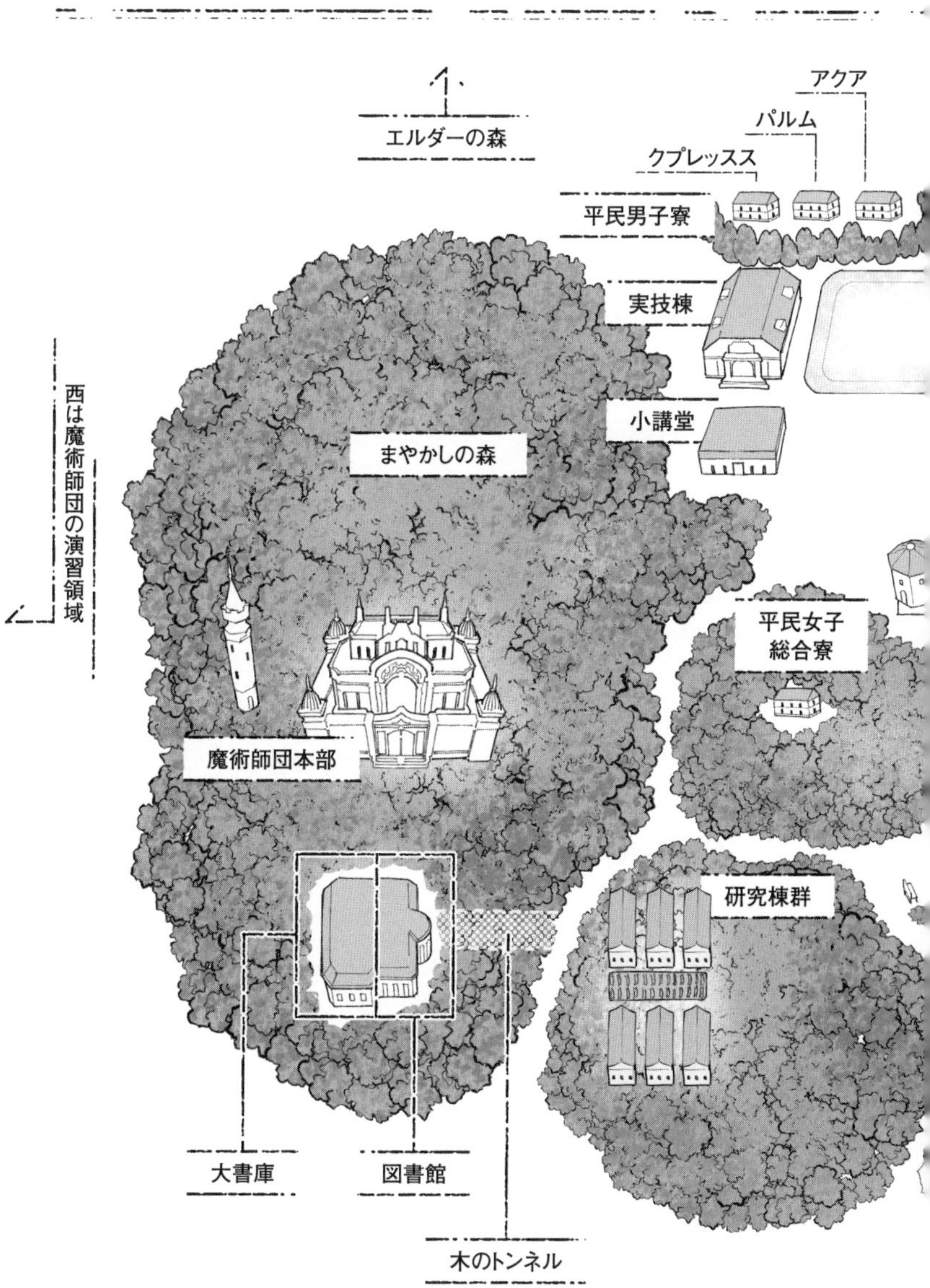
アクア
パルム
エルダーの森
クプレッスス
平民男子寮
実技棟
西は魔術師団の演習領域
小講堂
まやかしの森
平民女子
総合寮
魔術師団本部
研究棟群
大書庫
図書館
木のトンネル

鐘の鳴る時刻

ルカの検査の日	野外学習の日
2024年6月(夏至)の東京を例にした目安	2024年9月半ば頃の東京を例にした目安
4時25分	5時23分
8時04分	8時29分
11時43分	11時36分
15時21分	14時42分
19時00分	17時49分
22時39分	20時56分

一の鐘 ◆ 日の出（始鐘）

二の鐘 ◆ 一の鐘と三の鐘のだいたい真ん中

三の鐘 ◆ 日が南中にあるとき（中鐘）

四の鐘 ◆ 三の鐘と五の鐘のだいたい真ん中

五の鐘 ◆ 日没（暮鐘）

六の鐘 ◆ 日没後、四の鐘と五の鐘のあいだと同じ時間が取られる（終鐘）

※ルカたちのいる世界は私たちの住む世界とは別の世界だが、
王都の緯度は日本の東京と同程度としている。

あとがき

この度は拙著をお手に取っていただきありがとうございます。江崎乙鳥です。本書は私にとって初めての書籍ですので、怖さに少し楽しみが混じったような気持ちでこの文章を書いています。ルカとリヒトの冒険の序章はお楽しみいただけたでしょうか。

あとがきを書くにあたり、このお話が生まれたときを思い返してみました。二〇二二年一月の休日、寝穢《いぎたな》い私は布団にノートパソコンを持ち込み、誰にも言ったことのない趣味を楽しんでいました。その趣味というのはお話を作ったり、保存済みのお話を読み返したりしては一人でにやにやするという、取るに足らない一人遊びです。世に溢れるファンタジーに影響を受けていた私はその日、「よし、今度は魔法使いのお話にしよう」なんて軽い気持ちでデスクトップに新しいファイルを作成しました。

最初はルカが一人でなにもかもできてしまうような設定でした。ところが、もはやなにがきっかけかも覚えていないのですが、突然頭のなかにリヒトがやってきて、彼の強烈な個性が最初の設定をボロボロに破壊していきました。人がプロット（お話の骨組みのこと）を作っている横から「魔法と魔術を分けたら面白いんじゃないの」などと囁かれ、「聖石がポンコツのほうが話が広がるだろこの間抜け」などと罵られ、このお話は信じられないくらいの膨張率を見せていまの形になっていったのです。そしてせっかくこんなに書いたのだから、ちょっとネットに載せてみようかな、なんて気まぐれを起こしたことから皆様にお目見えすることになりました。普段の私からするとずいぶんと向こう見ずな冒険だったと思います。いまとなっては、外に出たくてうずうずしたルカとリヒトが〈空飛ぶ絨毯〉に乗り、強引に飛び出してしまったような気さえしているのです。

世界観を作るにあたり、左記の本を参考にしました。

鶴岡真弓『ケルト 再生の思想――ハロウィンからの生命循環』ちくま新書（二〇一七年）

書籍の形にしていただくにあたり、ｏｘ様にはまるで童話のなかから抜け出してきたような可愛らしい登場人物や、躍動感溢れる魔獣を描いていただきました。また合同会社アルコインクの楠目智宏様には美しいデザイン・装幀に仕上げていただきました。そして株式会社ＫＡＤＯＫＡＷＡの山崎悠里様には書籍化のお話をいただき、私のこだわりにいつも真摯に応えていただきました。この場を借りてお礼申し上げます。ありがとうございました。

二巻ではさらにこの物語世界を深く見知るようなお話が展開されていく予定です。またそこでお目にかかれると光栄です。

最後に、私の自由な生き方を見守り続けてくれる両親と、おばあちゃん、一昨年の夏彼岸に渡ったおじいちゃん、マミーに敬愛の意を込めて。

二〇二四年一月

江崎乙鳥

江崎乙鳥

author itcho esaki

平日は通勤電車の人混みの構成員です。
睡眠時間の確保を大切にしています。
なんだかんだと文句を言いながらも、
常識的な労働時間の範囲内であれば
働くのは好きみたいだと、
最近になって気がつきました。

ox

illustration ox

イラストレーター、漫画家。
異形の生き物が好き。ほぼＰＣやタブレットで
仕事をしているので文房具は
あまり必要ないのですが、
大型ホームセンターの文房具コーナーは
ついつい見てしまいます。

天才魔術師を
弟に持つと人生はこうなる　1

2024年3月29日 初版発行

著 ———— 江崎乙鳥 ©Itcho Esaki 2024

イラスト —— ox

発行者 —— 山下直久

編集長 —— 藤田明子

担当 ——— 山崎悠里

装丁 ——— arcoinc

編集 ——— ホビー書籍編集部

発行 ——— 株式会社KADOKAWA
〒102-8177 東京都千代田区富士見2-13-3
電話：0570-002-301（ナビダイヤル）

印刷・製本 — 図書印刷株式会社

お問い合わせ —— https://www.kadokawa.co.jp/（「お問い合わせ」へお進みください）
※内容によっては、お答えできない場合があります。※サポートは日本国内のみとさせていただきます。
※Japanese text only

定価はカバーに表示してあります。

Printed in Japan　ISBN978-4-04-737824-7　C0093

エーデルリンクの家に
招待されたルカとリヒト。

そこでルカは
エーデルリンクから
ある提案を受ける。

魔術学校の森番・
ホッグウォックと出会い、

エルダーの森に
出入りするようになったルカが
起こした事件とは——？

天才魔術師を
弟に持つと
人生はこうなる

2

tensai majutsushi wo
otouto ni motsu to jinsei wa
kounaru

2024年秋頃
発売予定!!

tensai majutsushi wo
otouto ni motsu to jinsei wa
kounaru

◆ I ◆